KB248555

청명
清明

청명절에 비 어지럽게 내리니
길 가는 나그네는 시름겨워지네
술집이 어디 있는가 물으니
목동이 멀리 살구꽃 핀 마을을 가리키네

清明時節雨紛紛
路上行人欲斷魂
借問酒家何處有
牧童遙指杏花村

左劍右刀傳

Fantastic Oriental Heroes

좌검우도전

좌검우도전 8

이령 新무협 판타지 소설

초판 1쇄 찍은 날 § 2006년 6월 28일
초판 1쇄 펴낸 날 § 2006년 7월 8일

지은이 § 이령
펴낸이 § 서경석

편집장 § 문혜영
편집책임 § 장상수
편집책임 § 이재권 · 서지현

펴낸곳 § 도서출판 청어람
등록번호 § 제1081-1-89호
등록일자 § 1999. 5. 31
어람번호 § 제2-0949호

주소 § 경기도 부천시 원미구 심곡1동 350-1 남성B/D 3F (우) 420-011
전화 § 032-656-4452 팩스 § 032-656-4453
http://www.chungeoram.com
E-mail § eoram99@chollian.net

ⓒ 이령, 2005

ISBN 89-251-0191-2 04810
ISBN 89-5831-530-X (세트)

조씨세가

이령 新무협 판타지 소설
Fantastic Oriental Heroes

도서출판 청어람

◈ 第八十章 ◈ 비마의 재등장

비마의 재등장

짙은 안개의 일부분이 흩어지며 두 사람이 천천히 다가왔다.

비웃음과 득의양양함을 가득 머금고 있는 그들의 눈동자가 번쩍였다.

흠칫!

언강호는 절로 몸이 뻣뻣하게 굳는 느낌이었다.

나원을 떠나온 이래 지금 같은 낭패는 처음이었다.

천비서원에서 유선과의 일전이나, 장손세가에서 천살마시와의 대치, 그리고 잠혈독단으로 체내의 잠력을 모조리 격발시킨 이위 일당과의 격전에서는 어떤 어려움도 없었다.

또한 낭랑묘에서 금갑마인 송백남과 은경보의 합공을 쳐부술 때도, 독웅채에서 육천의 일인인 천고자황수 진복원과 유명마곡의 마물들을 상대로 처절한 격전을 벌일 때도 이런 낭패감은 들지 않았다.

자신의 힘과 무공으로 능히 헤쳐 나갈 자신이 있었고 실제로 그렇게 할 수 있었다.

하지만 지금은 달랐다.

힘과 무공만으로는 해결할 수 없는 진퇴양난의 상황이었다.

천오와 이일의 계책에 따라 송백남을 추적하여 외가인 소주담가의 후예들이 숨어 있는 곳을 찾아왔지만 놈은 오히려 이를 역이용하여 천락성마독을 회수하고, 거기에 더하여 또 다른 대가까지 요구하고 있었다.

포건공, 소설란 등이 보이지 않는 것으로 보아 아마도 소주담가의 후예들은 이미 녹수로에 중독되었으리라.

이뿐만이 아니었다.

엎친 데 덮친 격으로 자신들의 뒤를 노리고 전혀 예상치 못했던 자들까지 나타난 것이었다.

둘 다 안면이 있었다.

언강호 일행은 모두 놀란 표정을 감추지 못했다.

여기에서 이들을 보게 되리라고는 전혀 생각지 못했던 것이다.

앞장선 외팔이가 괴이한 웃음을 떠올리며 말했다.

"크크크, 죽음의 단공쇄류와 군림의 용명도후를 휘두르는 좌검우도마도 곤란한 표정을 지을 때가 있다니? 이거 잘하면 잃어버린 한 팔의 대가를 받아낼 수 있겠는걸?"

빈 소매를 펄럭여 보이는 붉은 머리의 사나이는 바로 현현독지의 계주 적발독광 전락생이었다.

그가 비록 삼대독물과 삼대극독을 자유자재로 다루는 현현독지의 계주(契主)라고는 하나 이 지독한 안개와 험한 계곡을 뚫고 그들을 뒤따라왔다는 것은 믿기 힘든 일이 아닐 수 없었다.

십정십패 중 적사묘 다음으로 무공이 약한 집단이 바로 현현독지가 아닌가.

고개를 갸웃거리던 구시사객 정수산은 전락생을 뒤따라오는 자의 신분을 확인하고 낮은 목소리로 외쳤다.

"비마 옹확?"

의문과 긍정의 뜻이 함께 담긴 음성이었다.

유명마곡의 마지막 힘인 마물 명왕과 유령귀인을 언강호에게 모두 잃고는 독응채 뒤쪽 절벽에 몸을 던졌던 그가 멀쩡하게 살아나 전락생과 함께 모습을 드러내다니?

옹확이 어떻게 살아났는지가 의문이었고, 그의 보신경 부명유공이라면 이런 곳에서도 뒤따라오는 것이 무리는 아니라는 생각이 들었던 것이다.

일행의 생각도 정수산과 다르지 않았다.

잡아먹을 듯한 눈빛으로 언강호를 노려보던 옹확이 이빨을 뿌드득 갈며 말했다.

"죽일 놈!"

명왕과 유령귀인을 모두 잃고 절망하던 눈빛이 아니었다.

그의 눈동자에는 기이한 열기가 일렁이고 있었다. 마치 광기와도 같은 기운이었다.

그에게 무엇인가 큰 변화가 있었음을 직감으로 알 수 있었다.

"……."

언강호는 대꾸하지 않고 묵묵히 옹확을 바라보았다.

적개심으로 불타는 그의 눈빛을 대하는 순간 기이하게도 어찌할 바를 몰라 당황했던 마음이 차분하게 가라앉는 느낌이 들었던 것이다.

부명유공이란 신비한 보신경에 감탄한 때문일까?

아니면 비록 자신에게 더욱 좋지 않은 감정을 품게 되었음이 분명하지만 천오의 계책으로 모든 것을 잃어버렸던 한 노인이 다시금 살아갈 끈을 붙잡았다는 사실이 안도감으로 다가왔기 때문일까?

천오의 사부이자 원수였던 유명마곡의 전전대 곡주는 이미 세상을 떠난 지 오래였고 그 후계자마저 자신에 의해 제거되었다. 물론 유명마곡을 비호할 생각은 전혀 없지만 직접적인 복수가 아닌, 이런 식의 절망감을 안겨주는 복수는 결코 내키지가 않았었다.

이는 아마도 언강호의 가슴속에 사부 진립의 절망이 깊숙이 자리 잡고 있기 때문일 것이다.

대사형 양조가 사라졌을 때, 그리고 소설란이 사라졌을 때.

지금도 삼류문파의 숙명에 허덕이며 처절하게 절망하던 사부의 모습이 눈에 선했다.

힘을 가졌다면 당당해야 하는 것이다.

복수에 있어서도 마찬가지다.

언강호의 생각을 뚫고 빈정거리는 전락생의 음성이 들려왔다.

"옹 노인! 좌검우도마가 얼마나 무서운지 몰라서 죽일 놈, 살릴 놈 하시오? 겨우 건진 놈들마저 한칼에 박살나면 어쩔려구?"

무슨 말인가 싶어 모두들 의아한 표정이 되었다.

하지만 곧 그 뜻을 알 수 있었다.

희뿌연 안개 속에서 흐느적거리며 모습을 드러내는 마물들.

옷은 걸레가 된 데다가 전신에 구멍이 숭숭 뚫리고, 팔다리가 떨어져 나가고, 부러진 것을 억지로 잇대어놓아 괴이한 형상으로 비틀거리며 나타난 놈들은 바로 유명마곡의 마물 명왕과 유령귀인이었다.

그야말로 지옥의 왕이요, 왕비라는 이름에 걸맞는 모습들이었다.

"후아~! 저러고도 움직이다니? 정말 대단하군."

생각없는 저일민은 아무렇지도 않은 음성으로 말했지만 다른 사람들은 비마의 광기 어린 눈빛과 어우러져 으스스한 느낌이 엄습하는 것을 느끼고 가볍게 몸을 떨었다.

안개의 일부분이 다시 흩어지며 마물들의 뒤쪽에서 현현독지의 삼대독물까지 꾸역꾸역 몰려들고 있었다.

안개를 타고 지독한 냄새가 풍겨왔다.

거리가 가까워 철취독웅과 백안독묘, 대왕독랑이 내뿜는 숨결만으로도 중독될 위험성이 있었다.

언강호는 즉시 곽요진을 끌어당기며 그녀의 몸에 내공을 불어넣어주었다.

거의 동시에 사독과 강숙도 공심이, 공여이 자매의 손을 슬며시 붙잡았다.

무공이 약한 그녀들이 중독될까 봐 걱정된 것이다.

공심이, 공여이는 손을 뿌리치지 않았다.

두 사람은 기회를 놓치지 않고 다시금 한발 앞서 나갔다.

반면 생각없는 저일민과 하독승은 지금이 점수 딸 좋은 기회라는 사실도 모르고 신기한 듯 명왕과 유령귀인만 바라보고 있었다.

고황이 한 걸음 앞으로 나서며 물었다.

"어떻게 우리를 따라올 수 있었는가?"

"크크크, 좌검우도마와 통륜방, 동심맹, 금강숙 출신의 대단하신 분들을 뒤쫓아온 것이 믿어지지 않는 모양이군. 하긴 우리같이 별 볼일 없는 삼류가 따라왔으니 자존심이 상할 만도 하겠지. 그러나 우리에게는 삼대독물이 있다는 사실을 알아주었으면 좋겠어.”

“……”

전락생은 대놓고 빈정거렸지만 고황은 화를 내지 않았다. 이제 웬만한 일에는 감정이 흔들리지 않을 나이가 된 것이다.

그는 속으로 고개를 끄덕였다.

복수심에 불타고 있을 두 사람이 그들을 찾고자 했다면 불가능한 일도 아니었으리라.

백여 마리의 철취독응을 풀어놓으면 금방이 아니겠는가?

하늘 높이 나는 커다란 독수리의 눈을 어떻게 벗어나겠는가?

거기에 백안독묘는 눈이 밝아 미세한 흔적도 찾아낼 수 있고 대왕독랑은 냄새를 잘 맡는다. 또한 보신경이 뛰어난 비마 옹확이 있으니 전락생을 데리고 따라붙는 것도 불가능한 일은 아니었으리라.

“이곳에 나타난 까닭은?”

“조금 전에 말했을 텐데? 대가를 지불하면 도와주겠다고.”

“무엇을 도와준단 말인가?”

“이거 왜 이러시나? 송백남이란 놈이 녹수로를 써서 중독시켰다는 소주담가의 후예들은, 크크크, 아마도 좌검우도마에게 무척 중요한 존재들일 거야.”

“……”

“우리 현현독지의 무공이야 당신들 눈에 우습게보일지 몰라도 녹수로 등 삼대극독은 결코 만만한 게 아니거든. 아아~! 물론 좌검우도마 정도 되는 감람경의 고수라면 이야기가 다르겠지. 내공으로 독기를 몸

밖으로 밀어낼 수도 있을 테고, 삼매진화로 태워 버릴 수도 있을 테니까 말이야. 그러나 아직 삼경(三境)에 오르지 못하고 사급(四級)에 머물고 있는 사람들에겐 전혀 불가능한 일이지."

자부심 가득한 전락생의 큰소리가 사람들의 자존심을 건드렸다.

고황의 등에 업혀 있는 하독승이 코웃음을 치면서 말했다.

"흥, 그깟 독이 뭐가 대수롭다고?"

"크크크, 당신이 바로 능변기조, 아니, 다리병신 하독승이군."

"아니, 이런 개자식이!"

대놓고 자신을 다리병신이라고 하자 하독승은 화를 참지 못하고 가뢰조를 끌어올렸다.

그의 손톱에서 새파란 광채가 이글거리며 피부를 따갑게 하는 예기가 퍼져 나갔다.

분노한 하독승의 기세는 대단한 것이라 무공이 약한 공심이, 공여이 등은 자신도 모르게 가볍게 진저리를 쳤다.

하지만 그는 가뢰조를 쓸 수 없었다.

"가만있어."

고황의 한마디에 입이 툭 튀어나왔지만 하독승은 내공을 거두어들일 수밖에 없었다.

상황이 예사롭지 않다는 사실을 그도 잘 알고 있었던 것이다.

"크크크, 통륜방의 염부객 출신들이니 웬만한 독은 눈에 들어오지도 않겠지. 내가 듣기로 통륜방에는 백독(百毒)을 해독할 수 있는 해독제가 있을 뿐만 아니라 축심기공이란 뛰어난 내공심법이 있어 온갖 악기(惡氣)를 물리친다고 하더군. 하지만 녹수로는 달라."

"제기랄. 그래, 뭐가 다르단 말이냐?"

이번에는 저일민이 기분 나쁜 음성으로 되물었다.

물론 그도 현현독지의 삼대극독이 얼마나 지독한 것인지 오래전부터 숱하게 들었지만 전락생의 하는 짓이 여간 마음에 들지 않아 절로 말투가 삐딱하게 나오고 있는 것이다.

"당신이 바로 염라도쟁 저일민이군. 과연 염라대왕과 칼부림할 정도로 성질 더럽게 생겼어."

"아니, 이런 싸가지없는 새끼가 죽고 싶어 환장했냐?"

분노한 음성이 안개를 뒤흔들었다.

저일민의 얼굴은 순식간에 시뻘겋게 달아올랐다.

공심이 자매를 놓고 사독, 강숙과 사랑의 신경전을 벌이면서 하독승과의 유대감은 더욱 진해졌다. 더구나 일이 뜻대로 되지 않아 가슴속에는 짜증과 울분이 가득했다.

이런 차에 하독승과 자신이 연속적으로 처참한 면박을 당하니 콧구멍에서 연기가 푹푹 뿜어져 나오는 것도 무리는 아니었다.

거기에 전락생이 기름을 끼얹었다.

"아하하하~! 그대로 달려나오면 꼭 멧돼지가 돌진하는 꼴이겠는데?"

"으드득!"

이빨 가는 소리가 안개 속에서 선명하게 울려 퍼졌다.

"아미타불!"

적각 선사가 불호를 외며 고황에게 황급히 말리라는 눈짓을 보냈지만 이미 때는 늦었다.

쿠우우~!

저일민이 그간의 울분을 몽땅 쏟아 부어 전력을 다해 도를 떨쳐 내었던 것이다.

말릴 사이도 없이 전락생의 소원(?)대로 멧돼지처럼 돌진해 가고 있었다.

삽시간에 전방 일 장의 공간에는 안개가 깨끗이 사라지고 쇠와 바위마저 으스러뜨릴 듯한 무서운 압력이 일어났다.

칼바람과 도인(刀刃)의 날카로운 기운이 폭풍처럼 휘몰아치면서 뒤에 있던 언강호마저 내공을 새롭게 끌어올릴 정도였다.

그러니 전락생은 말해 무엇 하겠는가?

대항하는 것은 고사하고 피할 엄두조차 내지 못했다.

가공할 기세를 휘날리며 자신을 향해 똑바로 날아오는 한줄기 도세(刀勢)는 전설상의 거인이 하늘을 내던지는 듯한 모습이었다.

"척천도법?"

그는 멍하니 서서 중얼거렸다.

전락생도 무급에 오른 고수였지만 간신히 턱걸이한 정도라 이미 중간 이상의 경지에 이른 저일민에게는 상대가 되지 않았다.

거기에다가 자신이 조금 놀렸기로서니 모든 상황을 무시하고 정말로 미친 멧돼지처럼 달려들 것이라고는 전혀 생각하지 않았던 것이다.

자연히 거리를 제대로 벌리지 못했고 대비도 소홀했다.

물론 그렇지 않다고 하더라도 척천도법은 무림삼자의 첫째 무성자가 남긴 통륜십육공 중의 하나가 아닌가? 중도류에서는 타의 추종을 불허하는 이 가공할 도법에 제대로 대항할 수 있는 무공은 무림을 통틀어도 많지 않은 것이며, 십정십패 중 하위에 속하는 현현독지에는 그러한 무공 자체가 없었다.

갑작스러운 저일민의 공격을 피하기는 거의 불가능한 상황이었다.

전락생뿐만 아니라 곽요진과 적각 선사까지 눈을 질끈 감았다.

"으음……."

언강호 역시 말릴 기회를 놓치고, 녹수로에 중독되었을지도 모를 소주담가의 후예들에 대한 걱정으로 안타까움의 신음을 흘렸다.

바로 이때 전락생보다 일 장 정도 뒤에 서 있던 비마의 신형이 흐릿하게 움직였다.

사람들은 약간 의아한 느낌이었지만 여전히 적발독광의 죽음을 떠올리고 있었다.

이미 저일민의 도세가 전락생을 꿰뚫고 지나가면서 땅에 부딪쳐 '쿠아앙~!' 하는 폭음을 일으키고 있었던 것이다.

흙먼지와 돌가루가 어지럽게 튀어 올랐다.

척천도법의 도세가 떨어져 내린 땅 위에는 웅덩이라고 해도 좋을 구덩이가 파여 있었다.

여전히 공심이 자매의 손을 잡고 있는 사독과 강숙은 저일민의 놀라운 도법에 서로 얼굴을 마주 보며 침을 꿀꺽 삼켰다.

그들은 비로소 이제까지 저일민이 자신들을 많이 봐주었다는 사실을 깨달았던 것이다.

"어머, 살아 있네?"

요선 연옥귀의 놀라는 음성에 사독과 강숙은 급히 앞쪽을 쳐다보았다.

그야말로 찰나의 순간에 박살난 전락생의 시체(?)를 끌고 뒤로 물러났던 비마 옹확이 안개 속에서 다시 걸어나오고 있었다.

한데 연옥귀의 말대로 살아 있었다.

분명 척천도법의 무서운 기세에 가슴이 산산이 터져 나가는 것을 보았건만 웅확의 손을 잡고 있는 전락생은 구멍은커녕 다친 흔적조차 없었다.

"어떻게 된 거지?"

"그러게 말이야. 저 영감의 보신경이 이 정도였던가?"

사독과 강숙의 중얼거림은 모두의 의문이었다.

전력을 다한 저일민의 척천도법 아래서 순식간에 사람을 빼내는 것은 결코 쉬운 일이 아니다. 그들 중 언강호나 정철원, 유곤, 연옥귀, 고황 정도만이 가능할 것이다. 아니, 지금처럼 기습적인 상황에서 다친 곳 하나 없이 다른 사람을 구하기란 언강호와 보신경의 달인 고황만이 가능한 일이리라.

저일민은 크게 놀라 다시 공격할 생각을 못했다.

비마는 확실히 달라져 있었다.

독웅채에서의 그 사람이 아니었다.

특히 언강호는 그의 변화를 누구보다 잘 알 수 있었다.

'어떻게 한계를 뛰어넘었지?

신비의 보신경 부명유공에는 의문의 벽이 존재한다.

이제껏 유명마곡에서 십이성이라고 생각했던 경지가 바로 그 벽이자 한계로, 감람경에 이른 언강호도 천오가 적어 보낸 구결을 보고 이를 알아보기는 했지만 아직 돌파하지 못하고 있었다.

한데 지금 그가 보여준 부명유공은 분명 이를 넘어선 것이었다.

"정말 대단한 보신경이군."

범마 등호도 감탄을 숨기지 않았다.

그의 칭찬에 혈마 노표는 슬며시 고황의 얼굴을 쳐다보았다.

아니나 다를까, 눈꼬리가 가늘게 떨리고 있었다.

신환룡영(神幻龍影)이라고 불리는 고황은 아직 천급에 머물고 있지만 통류십육공 중의 귀축도궁을 익혀 보신경에서는 누구에게도 뒤지지 않는다고 자부하는 사람이었다.

그 자부심의 일각이 무너졌음이 틀림없었다.

함께 오는 동안 염부객 출신답지 않게 차분하고 생각이 깊은 고황에게 감탄하고 있던 노표는 입가에 슬며시 미소가 떠오르는 느낌이었다.

아직 그도 무인 특유의 승부욕은 버리지 못했다는 생각이 들었던 것이다.

이때 범마 뒤에 있던 검령과 도령이 앞으로 나섰다.

"호~ 오! 십패의 유명마곡에서 척천도법을 무력화시키는 보신경의 고수가 나오다니 놀라운 일이야."

"글쎄, 정말 저 영감의 보신경이 그렇게 대단한 것일까? 멧돼지, 아니, 염라도쟁이 실수했을 수도 있잖아?"

"그거야 그렇지만."

"한 번 더 시험해 보는 게 어때? 만약 저 노친네가 우리의 시험마저 통과한다면 진정한 강자라고 해도 무방하겠지. 진정한 강자는 당당히 자신을 주장할 권리가 있는 것이고……."

"그런데 단주가 허락할까?"

언강호만은 어려워하는 검령이다. 물론 이는 도령도 마찬가지였다.

검령은 직접 묻지는 못하고 애꿎은 출옥귀검 손연중에게 눈길을 보냈다. 대신 허락을 얻어달라는 뜻이었다.

융무전의 인간 사냥꾼들, 그중에서도 가장 흉맹하던 검령과 도령이 고삐 매인 송아지가 되었다는 생각에 손연중은 피식 웃음을 지으며 언강호를 쳐다보았다.

비마가 보여준 놀라운 부명유공의 동작을 한창 마음속으로 더듬어 보고 있던 언강호는 손연중의 눈길을 받고 바로 고개를 끄덕이려다가 멈칫했다.

다시 그의 보신경을 보고 싶은 마음이 굴뚝같았지만 범마와 고황의 의견을 들어 결정해야겠다는 생각이 들었던 것이다.

아버지의 의형제이자 의숙(義叔)인 등호는 예우 차원에서, 나이가 많은 고황은 그의 경험과 경륜을 존중하는 뜻에서였다.

눈길이 마주치자 범마는 곧바로 찬성의 뜻으로 고개를 끄덕였다. 어쩌면 등호 역시 자신과 같은 생각을 하고 있었는지도 모를 일이었다.

고개를 돌려 고황을 바라보니 아직까지 눈꼬리를 가늘게 떨고 있는 것이 상당한 충격을 받고 자신만의 세계에 빠져 있음을 알 수 있었다.

그의 조언은 기대할 수 없는 상황이었다.

언강호는 서늘한 눈빛으로 비마와 전락생을 번갈아 쳐다보며 말했다.

"당신이 진정한 강자라는 사실을 입증하시오. 만약 당신이 승리한다면 나는 옹 노인과 전 계주의 조건을 들을 것이나, 그렇지 않고 패한다면 오직 칼을 뽑을 뿐이오. 정당하지 못한 강자는 나의 적인 것이오."

"으음."

이 한마디에 적개심으로 들끓고 있던 비마는 마음이 싸늘하게 가라앉는 느낌이었다.

그는 자신을 돌이켜 보았다.

'과연 내가 그를 죽이고자 하는 것은 정당한 일인가?

짧은 순간 수많은 생각이 스쳐 갔다.

분명 좌검우도마는 많은 것을 앗아간 원수다.

조카이며 이장로, 삼장로였던 유마 옹지희와 명마 옹해의 목숨을 끊어놓았고, 구문마성에게 떼를 쓰다시피 하여 몽땅 끌고 온 명왕과 유령귀인을 대부분 파괴했다.

사실상 옹가(雍家)와 유명마곡은 박살난 셈이었다.

하나 따지고 보면 이는 모두 자신의 욕심에서 비롯된 일이었다.

전전대 곡주의 제자이자 전대 곡주였던 환환마풍 정억은 명천마패가 없어 정식으로 곡주가 되지 못했다. 이를 틈타 옹지희는 곡주가 되고자 하는 야심을 품었고, 동생인 옹해가 적극 뒷받침했으며, 대장로인 자신은 뒤에서 암암리에 일을 꾸몄다. 장로 중 세 명이 옹가니 곡주는 당연히 옹씨 문중에서 나와야 한다고 생각했던 것이다.

그러나 정억도 바보는 아니었다.

그는 시간을 벌기 위해 육합천을 끌어들여 옹지희와 옹해를 밖으로 내보냈다. 그런 외중에 재수없게도 그들은 언강호를 만나 목숨을 잃고 말았다.

따지고 보면 원수는 자신들의 욕심이었으며, 정억이었다.

물론 정억도 명천마패를 가지고 숨은 천오를 쫓아 운남 난창까지 갔다가 언강호에게 목숨을 잃고 말았다.

그뿐인가?

인정하기 싫지만 천오의 계략임을 뻔히 알면서도 손연중이 명천마패를 던져 줄 때 바보가 아닌 이상 알아듣게 말했음에도 천살마시에 대한 욕심을 버리지 못하고 명왕과 유령귀인을 몽땅 끌고 나오지 않았던가?

정억이 없는 이상 유명마곡은 자신의 수중에 있었다.

그의 사망 소식을 듣고는 옹가의 힘으로, 자신의 손으로 유명마곡의 영광을 이루어야겠다는 허황된 욕심에 들떠 천살마시의 쟁탈전에 뛰어들었다.

생각이 여기까지 미치자 옹확은 가슴이 타는 듯한 느낌이었다.

유명마곡과 옹가를 망쳐 놓았다는 자책감이 거세게 몰아쳤다.

정당한 강자라는 말에 식은땀이 흘러내렸다.

모든 것을 잃고 독옹채 뒤쪽 절벽에 몸을 던졌다가 철취독옹으로 인해 살아나던 때가 생각났다.

죽고자 하는 마음에 전락생의 삼대극독 중 하나인 백상화를 엄청나게 들이켰지만, 뜻밖에도 역근세수 이상의 효능을 얻어 몸이 거듭나고, 절망하여 모든 욕심을 버린 덕분에 마음이 맑아져 이제까지 한계라고 생각했던 부명유공의 경지를 뛰어넘어 새로운 세계를 볼 수 있었다.

그는 복수를 다짐했었다.

자신을 희롱한 좌검우도마와 육합천 모두를 결코 용서지 않으리라 맹세했었다.

하나 지금 생각하니 자신에게는 자격이 없었다.

문제는 자신의 욕심이었다.

절망감을 딛고 불타오르던 비마의 복수심이 언강호의 서늘한 눈빛과 한마디 말에 격렬하게 뒤흔들리고 있었다.

잠시 그는 대꾸를 하지 못했다.

그렇다고 이대로 물러날 수도 없는 일이었다.

옹지희와 옹해의 아버지이자 전대 대장로였던 형은 자신에게 두 아들을 맡기고 눈을 감았다.

또한 구문마성을 비롯한 대부분의 반대에도 불구하고 명천마패로 내곡(內谷)을 열어 명왕과 유령귀인을 몽땅 끌고 나온 것도 자신이었다.

자신이 책임져야 하는 것이다.

모든 것은 이제 자신의 책임이었다.

형, 옹가, 나아가 유명마곡이라는 무게가 그의 어깨를 짓눌러왔다. 여기서 피하거나 물러서면 자신만이 아니라 모두가 비겁자가 되고 말 터였다.

옹확도 검령과 도령을 잘 알고 있었다.

아무리 부명유공에서 새로운 경지에 올랐다고 하지만 상대는 십패와는 격이 다른 이웅의 고수였다.

그것도 냉혹무비한 인간 도살자들의 집단인 통륜방 융무전 출신의 최고 고수 둘이었다.

두려움이 뭉클뭉클 일어났다.

자책감만큼이나, 책임감만큼이나 큰 두려움이었다.

비마는 온 정신을 모아 간신히 이를 억누르고 자신을 주시하고 있는 사람들의 눈동자를 하나하나 마주 보았다.

시선이 마주친 정철원과 유곤이 감탄한 듯 고개를 끄덕였다. 감정의 변화가 거의 없는 혈해의 마물 혈군들을 제외하면 대부분 비슷한 반응이었다.

사람들의 시선에는 조금 전 부명유공에 대한 감탄과는 다른 눈빛이 감돌고 있었다.

자신의 변화를 눈치 챈 것일까?

부끄러움이 일었지만 옹확은 얼른 지워 버렸다. 지금은 자책감과 책임감, 두려움만으로도 감정의 격랑을 이겨내기가 버거웠던 것이다.

마침내 언강호와 시선이 마주쳤다.

그는 천천히 입을 열었다.

"유명마곡의 마(魔)는 부명유공에 대한 마다. 전설은 말한다, 부명유공을 이루면 마풍(魔風) 그 자체가 될 것이라고."

"아마도 그럴 것이오."

언강호의 긍정이 뜻밖이었는지라 비마는 다시금 뜸을 들이다가 말을 계속했다.

"…마는 욕심이지. 갖고 싶어 미치는 것! 하지 않고는 견딜 수 없는 것! 이로 인해 마가 생기는 것이지. 먼 옛날 부명유공을 수련하여 마풍이 되기를 갈망했던 사람들이 모여 자연스럽게 형성된 곳이 바로 유명마곡이었다."

"……."

"그런 유명마곡이 어떻게 비겁자이겠는가?"

"……."

"검령, 도령! 그대들의 일검일도(一劍一刀)를 받아보겠다."

낮고 조용한 노인의 목소리가 모두의 귓전을 선명하게 울렸다.

비마는 물론이고 유명마곡 자체를 별 볼일 없는 존재로 생각했던 검령과 도령은 진심으로 그를 인정하게 되었다.

인간의 향기가 그들 사이의 적대감을 씻어주고 있었다.

"클클클. 좋군, 좋아. 이건 우리가 행운이라고 해야겠군."

"그러게 말이야. 이런 대결이라면 전력을 다하지 않을 수 없지."

두 사람은 크게 만족한 표정이 되어 천천히 앞으로 걸어나왔다.

융무전의 전주였던 불현군자 곽종연의 사후, 검령과 도령은 우여곡절 끝에 언강호와 합류하게 되었고 성격도 많이 바뀌었다.

더 이상 냉혹한 인간 도살자가 아니었다.

그들은 어느새 인간의 향기를 느끼고 즐길 줄 아는 사람이 되어 있었던 것이다.

두 사람이 칼자루를 쥐고 한 걸음 더 앞으로 나오자 비마가 전락생을 보고 말했다.

"미안하이. 내 마음대로 결정해서."

"젠장! 죽지나 마시유. 저 두 살인귀의 검도(劍刀)는 정말 무섭다고 들었소."

인상을 찡그리는 전락생을 향해 옹확이 희미하게 웃어 보였다.

"만약 내가 죽거든 나의 시신과 마물들을 유명마곡으로 보내주고 좌검우도마를 한번만 도와주도록 하게."

"흥, 나는 손톱만큼도 그럴 마음이 없으니 무조건 이기슈. 옹 노인이 지면 당신의 시신은 들개 먹이로 던져 주고 명왕과 유령귀인은 삼대극독으로 모조리 녹여 버릴 것이며, 내 모든 능력을 동원해 좌검우도마 일행 중 한 명이라도 죽여 버릴 테니까."

그의 고약한 성질을 잘 아는 옹확은 다시 한 번 웃어주고는 몸을 돌렸다. 기다렸다는 듯이 검령과 도령이 다가오면서 무서운 기세를 피워 올랐다.

뭐라고 한마디 더 하려던 전락생은 숨이 막히는 느낌에 뒷걸음질을 쳤다. 자기도 모르게 하나 남은 손으로 품속의 독을 잡아가고 있었다. 늘 쓰던 오른팔을 언강호에게 잃었지만 그간의 연습 덕분에 왼팔로도 충분히 독을 뿌릴 수 있게 된 것이다.

이를 눈치 챈 범마 등은 일순 긴장했지만 전락생이 돌부리에 걸리며 몸을 휘청하더니 슬그머니 손을 빼내고 있었다.

이제 시선은 검령, 도령과 비마 옹확에게 집중되었다.

곽요진이 걱정스러운 음성으로 말했다.

"강호! 지금이라도 대결을 말리는 것이 어떻겠어요? 그의 진심은 충분히 알았잖아요?"

"설사 신이 있다고 하더라도 지금 그들의 대결을 말릴 수는 없는 것이오. 아니, 말려서는 안 되는 것이오."

단호한 언강호의 대답에 곽요진은 더 이상 입을 열 수 없었다.

아니, 애초에 말리는 수 없다는 사실을 그녀도 잘 알고 있었지만 안타까운 마음에 한번 말해본 것뿐이었다. 곽요진은 마음으로 비마 옹확이 무사하기를 빌어주었다.

대치한 세 사람의 기세가 점점 드높아지고 있었다.

그들은 입술을 굳게 다문 채 서로의 눈동자를 뚫어져라 주시하고 있었다.

마치 눈싸움을 하고 있는 듯했다.

누가 언제 움직일지 깊고 깊은 눈동자를 통해 본능적으로 파악해야 하기 때문에 서로 눈을 뗄 수가 없는 것이다.

지금의 대결은 일견 옹확에게 불리해 보이지만 사실은 그렇지도 않았다.

서로의 거리는 일 장!

검령과 도령은 찰나의 순간 이 거리를 압축해 공격으로 상대를 잡아야 하는 반면에, 옹확은 맞상대하지 않고 피하기만 하면 되는 것이다.

그럼 비마가 유리한가?

그것도 아니었다.

비록 보신경에서 한 단계 진전을 보았지만 전체적인 무공의 경지는 분명 검령과 도령보다 한 수 아래였다.

　웅확은 이제 무급의 중간인 반면 두 사람은 벌써 무급의 말에 이르러 구만리 생사현관을 눈앞에 두고 있었다.

　거기에 부명유공은 다른 점이 있지만 이웅과 십패의 무공은 본래부터 차이가 심하다. 특히 내공심법에서는 더하다.

　내공의 차이는 기세의 차이로 나타나고 있었다.

　거의 표정 변화가 없는 검령, 도령과 달리 땀을 줄줄 흘리는 웅확의 모습은 보기에도 딱할 정도였다.

　일 장이란 거리가 보신경의 고수에게 주는 잇점은 상쇄되고 없다고 해도 과언이 아니었다.

　비마는 처절한 압박 속에 오로지 책임감으로 견뎌내고 있었다.

　정신력으로 버텨 나갔다.

　역겹과도 같은 침묵과 긴장의 순간이 지나가고 있었다.

◆ 第八十一章 ◆ 사나이들

얼마나 시간이 흘렀을까?

눈썹이 무거워지는 느낌이 들더니 땀방울이 기어코 눈동자 속으로 굴러 내렸다.

짠 느낌과 따가움에 옹확은 자기도 모르게 눈을 깜박였다.

순간,

파앗~!

가벼운 파공음과 함께 빛무리가 피어올랐다.

그러나 막 눈을 깜박이던 옹확은 이를 감지하지 못했다.

그는 정신이 아득해졌다.

벌써 검과 도에 몸이 갈가리 찢겨져 혼백이 구천을 헤매는 듯한 느낌이었다.

"아!"

누군가의 탄성이 들려왔다.

비로소 비마는 정신이 들었다.

그는 아직 죽지 않은 상태였다.

눈을 깜박이는 순간을 놓치지 않고 검령과 도령이 공격했지만 본능이 먼저 이를 알아차리고 몸을 뒤로 물러나게 했던 것이다. 육감이라고도 하는 본능은 이성이나 생각보다 정확하고 빠르게 반응했다.

물론 이것으로 위기가 끝난 것은 아니었다.

뒤로 물러나는 용확을 따라 구름처럼 피어오르는 괴이한 기운이 무서운 속도로 들이닥치고 있었다.

"도, 도운(刀雲)?"

유도류가 최고의 경지에 이르러야만이 나타난다는 도의 구름.

그 위력을 비마가 모를 리 없었다.

중도류의 척천도법은 오히려 피하기가 쉬웠다.

무거움을 장기로 하는 중도류는 도를 통해 거대한 압력을 일으켜 일정한 범위 내의 물체를 으스러뜨려 버린다.

그 압력을 견디기는 쉽지 않은 일이나 용확의 부명유공은 워낙 빠르고 실낱같은 빈틈이라도 빠져나갈 수 있는 것이었다.

더구나 폭발하듯 일어나는 중도류의 무서운 압력은 보기와 달리 상당히 많은 틈이 있었다.

순간적으로 이를 파악하고 실제로 보신경을 써서 빠져나가는 것은 결코 쉬운 일이 아니지만 부명유공은 충분히 이를 가능하게 해주었다.

전락생을 데리고도 빠져나갈 수 있었다.

그러나 유도류의 도운을 상대로는 그런 재주를 부릴 수가 없었다.

중도류와 정반대인 유도류는 부드러움을 장기로 하기에 도가 미치지 않는 방위가 없다. 도운이라는 것은 도로써 모든 방위를 갈라 버림으로써 마치 그 형상이 구름처럼 보이는 것이다.

약간이라도 스쳤다가는 사지분시가 될 것이 자명한 일이었다.

방법은 오로지 도운을 피해 뒤로 물러나는 수밖에 없었다.

옹확은 두려움을 넘어 공포가 엄습하는 느낌이었다.

아무리 보신경에 자신이 붙었다고 하지만 과연 일시에 힘과 내공을 모아 폭발적으로 뿌려내는 도운을 따돌릴 수 있을 것인가? 빛과 소리, 바람과 기세는 어떤 사람의 동작보다도 빠르다고 하지 않던가? 뿐만 아니라 자신은 눈을 깜박이면서 아무래도 제대로 속도를 내지 못했다.

이런 생각들이 옹확에게 공포심을 안겨주었다.

그러나 여전히 믿을 것은 부명유공뿐이었다.

그는 마음의 평정을 유지하려 애쓰며 온 내공을 가슴 부위에 모았다.

보통의 경우 보신경은 다리에 내공을 보내지만 최상의 경지에서는 상진하허(上眞下虛), 즉 위를 무겁게 하고 아래를 가볍게 해야 하는 것이다.

옹확도 얼마 전에야 비로소 이런 사실을 깨달을 수 있었다.

자신을 삼키려 꿈틀거리며 닥쳐오는 도운이 괴물처럼 보였다.

아가리를 쩍 벌리고 안달하며 달려드는 모습은 정녕 공포스러운 것이었다.

그럼에도 그는 끝까지 마음의 평정을 잃지 않았다.

평정심이 흩어지는 순간 상진하허가 무너진다는 사실을 잘 알기 때문이었다.

덕분에 부명유공은 최상의 위력을 발휘해 주었다.

비마의 신형은 그림자가 흩어지듯, 빛무리가 사라지듯 환상처럼 뒤로 주루룩 물러나고 있었다.

그의 움직임을 정확하게 꿰뚫어 보고 있던 언강호와 범마 등호, 신환룡영 고황은 감탄을 금하지 못했다.

옹확의 보신경은 세 사람에게도 환상이 아닐 수 없었다.

어느새 그토록 무섭게 뻗어가던 도운도 마침내 한계에 다다랐는지 점점 거리가 벌어지고 있었다.

비로소 옹확은 안도의 한숨을 내쉴 수 있었다.

두려움은 사라지고 기쁨의 미소가 입가에 번졌다.

한데 이때였다.

파앗~!

한줄기 섬광이 다시 번쩍하더니 도운을 뚫고 번갯불 같은 검경(劍勁)이 쭉 뻗어오는 게 아닌가?

"허억?"

무엇이든 베어버릴 듯한 일격필살의 기세와 전광석화를 방불케 하는 놀라운 속도!

혼백이 흩어지는 느낌에 비마는, 힘을 아끼고 있던 검령이 결정적인 순간에 장검류의 천장검법을 썼다는 사실도 의식하지 못했다. 도령이 유도류의 반종도법을 써서 도운으로 공격한 것은 사실 맛보기에 불과하며, 그를 현혹하기 위한 허초(虛招)라고 할 수 있었던 것이다.

너무 놀란 탓일까?

비마는 그 자리에 우뚝 멈추어 버렸다.

"악!"

비명을 지른 것은 곽요진이었다.

공심이와 공여이도 놀라 사독, 강숙의 손을 꼭 쥐었고, 연옥귀는 기회를 놓치지 않고 지금의 놀라움을 핑계로 재빨리 언강호 곁으로 다가와 남은 한 손을 잡았다.

언강호는 흠칫했지만 뿌리치지 못했다.

그랬다가는 한동안 귀찮은 종알거림과 투덜거림을 감당해야 할 뿐만 아니라 애꿎은 사람들이 연옥귀에게 들볶일 것이기 때문이다.

한데 그녀의 행운은 여기에서 끝나지 않았다.

갑자기 언강호가 어깨를 바싹 끌어당기는 것이 아닌가?

감격한 연옥귀는 장내의 상황에 일체 신경을 끊고 그의 품에 얼굴을 묻고는 황홀해했다.

당연히 그녀는 언강호가 중얼거리는 말도 듣지 못했다.

"합극분류(合極分流)!"

모임이 극에 이르면 나뉨이 되어 흐른다.

이 말은 부명유공의 후반부에 나오는 구절이다.

비도(非道)와 정도(正道)의 무공을 함께 익히고 오대검류(五大劍流)와 이대도류(二大刀流)를 전부 수련한 언강호는 감람경에 오른 이후 무학에 대한 이해가 극히 깊어져 웬만한 무공은 구결을 한번 보는 것만으로 그 이치를 훤하게 알아볼 정도였다.

하지만 부명유공과 사망교의 흡식마공은 달랐다.

천오가 구결을 적어 보낸 이 기이하고 신비한 두 가지 무학은 언강호조차 이해하지 못하는 부분이 적지 않았다.

합극분류도 그중의 일부분이었다.

지금 눈앞에서는 기묘한 광경이 펼쳐지고 있었다.

뒤로 물러나던 비마는 분명 절체절명의 위기에 몰렸었다.

일행은 모두 검령의 검경이 옹확의 몸을 여지없이 꿰뚫고 지나가는 듯한 환상을 보았다.

한데 바로 그 순간 믿을 수 없게도 비마의 몸이 좌우로 환상처럼 갈라지는 게 아닌가?

그야말로 사람이 좌우로 갈라졌다.

믿을 수 없지만 사실이었다.

그토록 살벌하던 검경은 어이없이 허공을 가르고 말았다.

뿐만이 아니었다.

픽, 픽, 픽, 픽, 픽.

위기의 순간은 지나갔건만 기이한 파공음과 함께 비마의 신형은 여기저기서 흩어지고 합쳐지기를 반복하고 있었다. 신들린 듯한 몸짓이었다. 이미 검령의 검경도, 도령의 도운도 사라졌건만 환상적인 그의 움직임은 멈추지 않았다.

아마도 무의식중에 계속하는 듯한 비마의 지금 부명유공은 어떤 무공으로도 잡기 힘들 만큼 대단한 것이었다.

"정말 명부의 유령이 허공을 배회한다는 부명유공(浮冥幽空)의 이름 그대로구나."

정철원의 감탄은 결코 과장이 아니었다.

이미 무기를 회수한 검령도 크게 고개를 끄덕이며 말했다.

"호오~! 언 단주의 말대로 부명유공은 정말 대단한 무공이었군. 이렇게 되면 패배를 인정하지 않을 수 없겠는데?"

"과연 그는 자신의 말에 책임을 질 줄 아는 사람이었어. 유명마곡에 진정한 강자가 출현했군."

도령 역시 이의를 제기하지 않았다.

이때 전락생이 옹확을 불렀다. 기쁨이 가득한 목소리였다.

"크하하하. 옹 선배, 이겼소! 이겼어!"

"헉헉헉."

순간적으로 힘을 너무 많이 썼음인지 옹확은 발을 멈추고도 숨을 크게 헐떡였다. 그런 비마를 붙잡고 전락생은 펄쩍펄쩍 뛰었다. 옹확은 귀찮은 기색이 역력했지만 면박을 주지는 않았다.

언강호 등은 조용히 지켜보는 것으로 그의 승리를 축하해 주었다.

죽음을 두려워하지 않고 승리한 강자에게 당연한 대우였다.

열 호흡이나 지났을까?

사람들의 시선에 자신의 행동이 너무 방정맞았다고 생각했는지 전락생은 '흠흠' 헛기침을 하며 먼 산을 쳐다보았다.

비마도 이때는 어느 정도 숨을 돌리고 있었다.

언강호가 그를 보고 말했다.

"옹 노인, 당신의 승리요. 나는 당신들의 도움을 받겠소. 대가를 말해보시오."

"……."

막상 좌검우도마에게 이런 말을 듣고 보니 옹확과 전락생은 말문이 막히는 느낌이었다. 사실상 항복 선언이라고 할 수 있는 말을 그는 너무도 당당하게 하고 있었다.

이 때문일까?

원래는 당연히 목숨을 요구하려고 했지만 그 말이 입 밖으로 나올 생각을 하지 않고 있었다.

쭈뼛거리던 비마가 전락생을 보고 말했다.

"먼저 요구하게. 자네의 철취독옹이 아니었으면 나는 이미 죽었을

것이고, 또한 자네의 백상화가 아니었다면 지금의 성취도 없었을 테니
까 말이야."

"아암~ 당연한 일이우, 옹 노인!"

그는 이상해지려는 기분을 떨쳐 버리려는 듯 일부러 얼굴 가득 득의
양양한 표정을 지으며 언강호 일행을 쭉 훑어보더니 말했다.

"크크크, 송백남이 어떻게 녹수로를 손에 넣었는지 모르겠지만 내가
아니면 해독하기는 거의 불가능한 일이지. 더구나 물에 풀어 사용하는
녹수로는 일정 시간이 지날 때까지 아무런 증상을 느끼지 못하고 많은
인원을 한꺼번에 중독시킬 수 있다는 장점이 있다는 말씀이야. 송백남
이 선택을 아주 잘했어."

"……."

"보통 자신이 녹수로에 중독되었다는 사실을 깨닫게 될 즈음이면 곱
게 죽음을 기다려야 하는 신세가 되기 마련이거든."

"전 계주, 대가로 무엇을 요구하려는 것이오?"

언강호는 전락생도 승자로 대우해 주었다.

"대가? 그걸 몰라서 묻냐? 너도 나와 똑같이 한 팔을 잘라……."

큰 소리를 치던 그는 슬그머니 말꼬리를 흐렸다.

이미 맥이 빠져 있던 참이었다.

일부러 큰 소리를 쳐보았지만 한번 사라진 홍이 되살아나지는 않았
다.

더구나 언강호는 육합천과 다른 면모가 있었다.

진복원은 뻔히 보면서도 자신의 팔이 잘리는 것을 방치했을 뿐만 아
니라 쫓아온 칠원성군 중의 한 녀석은 자신의 상처는 아랑곳하지 않고
제멋대로 흩어지려는 삼대독물을 속히 수습하라고만 재촉했던 것이다.

육합천에 대하여 실망을 넘어 분노까지 느꼈었다.

그런 그들과 지금 좌검우도마의 행동은 뚜렷이 대비가 되는 것이었다.

그렇다 해서 괴팍한 그의 성격에 그냥 물러나기는 싫었다.

잠시 생각을 굴리던 전락생은 고함을 버럭 질렀다.

"제기랄, 구체적인 조건은 나중에 말하고 일단 천락성마독부터 내게 줘야겠어."

"알겠소."

선선히 고개를 끄덕인 언강호가 연옥귀를 보고 말했다.

그녀는 아직도 품에 안겨 정신을 못 차리고 있었다.

"연 원주, 천락성마독을 내게 주겠소?"

"으응, 그러세요."

간드러진 음성에 사람들은 소름이 돋는 것을 느꼈다. 언강호의 품에 안겨 몽롱한 상태가 된 연옥귀가 자기도 모르게 미령천향공을 끌어올렸던 것이다. 그녀의 콧소리에는 요기(妖氣)가 풀풀 넘쳐 나고 있었다.

연옥귀는 느린 손짓으로 천락성마독의 검은 단주를 꺼냈다.

햇빛에 반사되는 검고 요사스러운 광채가 어쩐지 그녀와 잘 어울려 보였다.

곽요진과 검령 등은 연옥귀가 순순히 천락성마독을 내놓은 것을 보고는 약간 놀란 표정이 되었다.

생전 처음 남자에게 선물받은 것이라고 하여 한시도 품에서 떼어놓지 않았던 것이 아닌가?

어쨌든 이렇게 해서 천락성마독의 마지막 단주는 전락생의 손에 넘어가고 말았다.

물론 그는 이를 제련한 사람이 바로 자신의 사부인 독선 장한징이라는 사실은 꿈에도 모르고 있었다.

그러니 천락성마독이 어디에 쓰이는지, 왜 독선이 사랑스러운(?) 제자를 버려두고 현현독지를 나와 자신의 삶을 희생하면서까지 이것을 만들어야 했는지 등의 의미는 알 턱이 없었다.

단지 그는 독문의 전설인 천락성마독을 손에 넣게 되었다는 사실에 기뻐 어쩔 줄을 몰라 하고 있었다.

'이제 이놈을 잘 연구하면 되겠구나.'

단순한 전락생이지만 그 역시 그의 사부처럼, 현현독지의 삼대극독을 개량하여 언젠가는 만마성의 칠대마독을 능가하는, 명실상부한 고금제일독을 만들려는 생각을 오래전부터 해오고 있었다.

하지만 일위의 천락성마독이나 이위의 유마산(唯魔散) 등은 만마성에서도 좀처럼 만들어진 적이 없는지라 감을 잡을 수 없었던 터였다. 그런 차에 실물을 손에 넣게 되었으니 독문의 사람으로서 어찌 기쁘지 않겠는가?

희희낙락하던 그는 문득 옹확이 생각났다.

고개를 돌려보니 쓸쓸한 표정으로 어딘가를 망연히 바라보고 있는 노인의 모습이 안쓰러움을 느끼게 했다.

조금 미안한 기분이 든 전락생은 가까이 다가가 팔을 잡으며 말했다.

"옹 선배, 어서 좌검우도마에게 대가를 요구하시우."

"좌검우도마에게 요구라? 정말 꿈같은 이야기군."

"그토록 천살마시를 갖고 싶어하지 않았수? 어서 천살마시를 뺏어달라고 하시우."

“후~ 우. 어디로 가야 할지, 무엇을 해야 할지도 모르겠는데 천살마시가 필요있을까?”

“무슨 말이유? 우리 같은 졸자들의 운명을 다시는 놈들이 마음대로 주무르지 못하게 힘을 가져야지! 그리고 복수도 해야지!”

악을 쓰듯이 말하고는 있지만 전락생 자신도 반쯤 맥이 빠져 있었다. 아니나 다를까, 그의 열변에도 불구하고 옹확의 시큰둥한 표정은 크게 달라지지 않았다.

잠시 생각하던 비마가 천천히 입을 열었다.

“그럼 그렇게 요구해 볼까?”

“크헤헤헤, 정말 잘 생각했소. 당연히 그래야지. 어서, 어서 이리 와서 말하시유.”

전락생은 그의 마음이 달라질까 봐 얼른 옹확을 앞으로 떠밀었다. 기운을 빼고 있다가 떠밀리는 바람에 잠시 휘청이던 비마는 곧 몸을 바로잡고 힘없는 음성으로 말했다.

위기의 순간 부명유공에서 또다시 한 단계 성취를 이루었고 절호의 기회까지 잡게 되었지만 옹확은 지금 극심한 허탈감에 사로잡혀 있었다. 승리함으로써 무거운 책임감의 일부를 내려놓았다는 안도감 때문인지도 모를 일이었다.

“내게 천살마시를 얻어줄 수 있겠나?”

언강호는 이미 대답을 준비하고 있었다.

“그렇게 하겠소. 지금의 위기를 넘기는 대로 와령각(臥靈脚) 이호(李昊)를 찾아갑시다. 하지만 조건이 있소.”

“무엇인가?”

“천살마시가 정신을 차리면 자유를 주시오.”

“……”

옹확은 물론 전락생도 어리둥절한 표정이 되었다.

천살마시가 어떻게 정신을 차리겠는가?

그들의 상식으로는 절대로 불가능한 일이었다.

언강호는 천살마시가 사실은 장손세가의 세 아들이며 그들을 정상으로 되돌릴 약물을 신비용녀 피용화가 만들고 있다는 것을 이야기해 줄까 하다가 그만두었다.

지금은 그럴 시간도 없고 어쨌든 옹확이 승낙하고 고개를 끄덕였던 것이다.

이때 호수에서 기척이 일었다.

“잠시 몸을 숨기시오!”

다급한 언강호의 음성에 옹확과 전락생은 재빨리 짙은 안개 속으로 몸을 감추었다.

마물과 독물들도 신속하게 그들의 뒤를 따랐다.

거의 때를 같이하여 호수가 첨벙이며 송백남이 모습을 드러냈다. 은성동 입구까지 갔던 그는 언강호 등이 따라오지 않자 다시 되돌아온 것이었다.

“왜 머뭇거리고 있는 것이냐?”

송백남은 호수에서 머리만 내밀고 말했다.

미리 변명거리를 생각해 놓았던 손연중이 태연한 안색으로 대꾸했다.

“우리 중에는 수공(水功)을 모른 사람도 있는데 깊은 물속을 어떻게 따라간단 말이오?”

“훗, 난 또 뭐라고? 저기에 커다란 나무둥치가 떠 있는 것이 보이지 않느냐? 그 아래에 긴 밧줄이 연결되어 있다. 그걸 잡고 내려가면 된다."

"알았소. 앞장서시오."

"조금이라도 빨리 가는 게 좋을 거야."

비웃음을 흘리며 다시 물속으로 들어가는 그를 언강호는 싸늘한 눈길로 노려보았다.

은성동의 통로가 이곳뿐이라면 송백남과 포건공, 소설란 등은 스스로 무덤을 파고 있는 셈이었다. 원래 악인은 죽을 꾀를 낸다고 했던가? 언강호는 아직도 자신의 품에 기대 있는 연옥귀를 떼어놓으며 광린검의 손잡이를 슬며시 움켜쥐었다.

이때 정철원이 전음을 보내왔다.

"언 단주, 먼저 가시오. 유곤과 이 사람이 비마 등을 데리고 가겠소."

고마운 일이었다.

동심맹 삼원 중 태미원 원주인 북곤조사 정철원과 천시원 원주인 남극어은 유곤의 신분은 십정십패의 주인에 버금가는 것이었다. 거기에 무공도 높았다.

그런 두 사람이 자청해서 궂은 일을 맡아주니 어찌 고맙지 않겠는가?

송백남으로 인해 차가워지던 마음이 풀리는 것을 느끼며 언강호는 가벼운 미소를 보냈다.

"갑시다!"

손연중이 앞장서자 검령과 도령이 그 뒤를 따랐고 이어서 혈마 노표와 혈군들이 차례로 호수로 뛰어들었다.

그들은 상당히 멀리서 몸을 날렸음에도 거의 물방울조차 튀지 않았다.

염부객 출신인 손연중 등은 원래 무공이 뛰어난 데다가, 통륜방이 있는 영상(潁上)이 영하(潁河)와 회하(淮河)가 복잡하게 얽혀 있는 곳이라 기본적인 수공을 익히고 있었다.

또한 혈선의 심복이자 혈해 제이의 고수인 노표도 무공이 예사롭지 않을 뿐만 아니라, 오랫동안 혈선의 딸 계화연을 찾아 바다를 헤매고 다니면서 충분히 물에 익숙해져 있었다.

물론 일혈령(一血靈) 관홍과 일혈혼(一血魂) 사의, 이혈령 정유와 이혈혼 남우가 지휘하는 혈해의 마물 혈군들은 감정 자체가 거의 없고, 장시간 혈선과 노표를 따라다니면서 험한 바다를 누빈 탓에 조금도 주저함이 없었다.

그들의 뒤를 금강숙의 방편원 부원주 적각 선사와 적사묘 계주 구시사객 정수산이 따랐고, 곧이어 언강호가 두 여인의 손을 잡고 몸을 날렸다.

곽요진은 비록 천급에 올랐으나 아직은 걱정스러운 점이 있고, 더구나 공기 중에 독기가 떠돌고 있어 손을 놓지 못했던 것이었다.

반면 연옥귀는 무공으로 보면 충분하다 못해 차고 넘치겠지만 물에 익숙한지 알 수 없어 물어보려고 하는데, 냉큼 언강호의 팔을 잡으며 초롱초롱한 눈으로 '나두~!' 하고 바라보는 통에 할 수 없이 함께 몸을 날린 것이었다.

한편 사독과 강숙은 평소 그들답지 않게 망설이고 있었다.

아직도 손을 잡고 있던 공심이가 물었다.

"왜 그래?"

“그, 그게 말이야……”

젊은 저일민이라고 해도 무방할 텁석부리 사독이 말을 더듬었다. 공심이가 의아한 표정으로 다시 재촉했다.

“어서 가야지.”

“나, 난 통나무라서……”

얼굴까지 붉히는 사독의 말이 채 끝나기도 전에 뒤에서 방정맞은 웃음소리가 들려왔다.

“푸헤헤헤, 야! 사독. 너 수공의 수(水) 자도 모르는구나? 그렇지?”

좋아서 낄낄거리는 사람은 물론 저일민이었다.

뒤늦게 사독과 강숙이 두 자매의 손을 잡고 독기를 막아주고 있다는 사실을 알아차리고는 눈에 쌍심지를 켰지만, 송백남이 다시 나타나면서 공심이와 공여이의 안색이 백지장처럼 창백하게 변하는 바람에 말도 못하고 속으로만 끙끙거리고 있던 차였다.

한데 공심이의 손을 낚아챌 절호의 기회가 찾아왔으니 어찌 좋아하지 않겠는가?

얼굴이 환하게 변한 것은 하독승도 마찬가지였다.

“야, 야. 니들은 어떻게 수공도 모르냐?”

“어서 손을 넘겨.”

“암암, 니들은 우리 다리를 잡고 따라오도록 해.”

처음으로 사랑 전쟁에서 밀리게(?) 된 사독과 강숙은 연신 ‘제기랄’이라며 투덜거렸지만 어쩔 수 없는 일이었다.

공심이 자매도 저일민 등이 불쌍했는지, 아니면 자신들의 무공으로는 깊은 물속으로 들어갈 수 없다는 사실을 알기 때문인지, 그것도 아니면 송백남에 대한 원한 때문인지 아무런 말도 하지 않고 두 사람이 이끄는 대로 따랐다.

이때만큼은 고황도 면박을 주지 않고 오히려 어린아이처럼 기뻐하는 그들과 보조를 맞추어 주었다.

사독과 강숙은 떫은 감을 씹은 표정이 되어 저일민과 고황의 한쪽 다리를 붙잡고 물속 깊이 잠수해 들어갔다.

송백남의 말대로 호수에 떠 있는 거대한 통나무 아래에는 긴 밧줄이 연결되어 있었다.

이를 잡고 내려가면 방향을 잃을 염려는 없었다.

하지만 끝이 보이지 않는 물속을 거꾸로 내려가는 것은 결코 쉬운 일이 아니었다.

자존심이 상한 사독이 다리를 놓고 혼자 밧줄을 붙잡고 내려가 보려고 했지만 물의 부력에 자꾸만 몸이 뒤집어지고 위로 떠오르려고 해서 쉽지가 않았다.

더구나 이미 한 번 물로 인해 호된 경험을 한 적이 있는 사독과 강숙이었다.

염부주를 탈출할 때 그들은 이일을 비롯한 상팔대의 후예들을 따라 남쪽 지하 수로를 통해 밖으로 나왔다.

굉음을 내며 무서운 격류가 되어 흘러가던 지하의 물줄기는 지금 생각해도 두려움을 안겨주는 것이었다. 저항할 수 없는 존재 앞에 그들은 처절한 죽음의 공포를 맛보았다.

이일 등의 도움을 받아 만삭의 임산부처럼 올챙이 배가 되도록 물을 먹고 간신히 살아날 수 있었다.

그때의 두려움이 되살아나며 공포감이 엄습해 왔다.

공포심이 손발을 마비시켰다.

순간적으로 사독은 줄을 놓치고 허우적거렸다.

급한 마음에 내공을 끌어올렸지만 오히려 몸이 더욱 경직되어 물결을 따라 제멋대로 흘러가기 시작했다.

혼비백산한 그는 자기도 모르게 호흡을 했고 공기 대신 물이 쏟아져 들어왔다.

'살려!'

비명을 질렀지만 더 많은 물이 쏟아져 들어올 뿐이었다.

죽었구나 하는 생각이 절로 들었다.

이때 누군가 그의 뒷덜미를 붙잡는 것이 느껴졌다.

사독은 마구 몸부림을 치며 그 사람을 껴안으려고 했다. 물에 빠진 사람의 본능이었다. 하지만 상대의 손아귀 힘이 워낙 강해 이를 허용하지 않았다.

차츰 안정을 되찾고 정신이 든 사독은 고개를 돌려 그를 바라보았다.

다른 한 손에 공심이를 붙잡고 있는 사람은 다름 아닌 저일민이었다.

씩 웃는 얼굴이 여간 밉살스럽지 않았다.

사독은 공심이를 볼 면목이 없어 얼굴을 돌리고 말았다.

한동안 씨근덕거리던 그는 숨이 가빠옴을 느끼고 급히 축심기공을 운기하여 삼킨 물을 뱉어내고 호흡을 줄였다.

호수의 물은 더없이 맑고 투명했다.

안개 사이로 수면을 뚫고 비치는 햇살이 마치 '빛의 창'인 양 물속 깊이 이곳저곳을 찌르고 있었다.

언강호 등은 그 속을 유영하며 줄을 따라 내려갔다.

비록 물은 얼음장처럼 차가웠지만 내공의 힘으로 충분히 버틸 수 있었다.

저 멀리 앞서 가는 송백남의 모습이 한 마리 커다란 물고기처럼 보였다.

갈수록 그의 모습이 희미해졌다.

깊이 내려오면서 점차 빛이 약해지고 있는 것이다.

얼마나 내려왔는지 사방은 컴컴하고 물의 압력이 어깨를 짓눌러왔다.

혈마 노표와 적각 선사, 구시사객 정수산 등은 벌써 움직임이 둔해지고 있었다.

그러고도 한참을 더 내려가 언강호마저 한가닥 두려움을 느낄 즈음이었다.

그때 저 멀리서 환상과도 같은, 환한 빛의 덩어리가 모습을 드러냈다. 어두운 물속에서 꿈틀거리는 광채는 실로 기이한 느낌을 주었다.

언강호 등은 찬탄을 금하지 못했다.

줄은 그곳으로 연결되어 있었고 송백남이 향하는 방향도 같았다.

저곳이 은성동이라면 그야말로 이름에 걸맞은 광경이었다.

이토록 아름다운 곳을 송백남 같은 무리가 더럽히려 하고 있다는 사실이 분노로 다가왔다.

절로 맥박이 빨라지고 언강호의 움직임도 빨라졌다.

다른 사람도 이런 생각은 비슷했는지 일행은 거의 동시에 빛의 덩어리가 있는 곳에 당도했다.

'아! 정말 아름다워.'

곽요진의 눈은 꿈꾸는 듯 몽롱해졌다.

환한 광채를 뿜어내고 있는 곳은 동굴의 입구였다.

한데 그 벽은 전부 수정과 비슷한 이상한 돌로 이루어져 있고 스스로 빛을 뿜어내고 있었다. 아니, 빛을 뿜어내는 것인지, 수면 위의 약한 빛을 받아 증폭시키는 것인지는 알 수 없었다.

어쨌든 물이끼 하나, 수초 하나 없이 깨끗한 수정 벽에서 뿜어져 나오는 빛은 맑고 투명하며 환상적인 느낌을 주었다.

송백남은 잠깐 머뭇거리는가 싶더니 곧 동굴 안으로 헤엄쳐 들어갔다.

언강호 등은 재빨리 뒤를 따랐다.

수중 동굴 안은 구불구불했다. 위로 솟았다가 아래로 꺼지기를 반복하고 있었다. 그러기를 십여 번. 약 삼십 장 이상 들어왔다 싶은 순간 그들은 물 밖으로 얼굴을 내밀 수 있었다.

일행은 급히 참았던 숨을 들이켰다.

어느 정도 정신이 들자 언강호는 사방을 둘러보았다.

동굴 속의 광경은 지금까지와 비슷했다. 한데 이질적인 존재가 있었다. 그것은 두 구의 시체였다. 시커멓게 변색된 것으로 보아 부참마시의 시독에 중독된 것임을 쉽게 알 수 있었다.

십중팔구 이곳을 지키고 있던 소주담가의 후예일 터였다.

분노가 치솟았지만 겉으로 드러내지는 않았다.

언강호는 서늘한 눈빛으로 송백남을 노려보며 말했다.

"너희 무리는 어디 있느냐?"

"따라오너라."

그는 자신만만한 표정으로 사람들을 쭉 훑어보더니 앞장서서 걷기 시작했다.

빛이 가득한 동굴 속을 걷는 기분은 기묘한 것이었다.

좌우 벽면은 물론 위아래까지 빼곡하게 박혀 있는 육면체, 혹은 팔면체의 수정과 같은 돌들은 서로가 빛줄기를 반사시키며 빛을 안으로 전달하고 있었다.

언강호 등은 빛의 숲을 헤치고 걸어가는 듯한 기분이었다.

약 이십여 장을 가자 마침내 빛의 동굴은 끝이 났다.

끝 부분은 위로 경사가 져 있었다.

"후아~! 대단한걸?"

동굴을 나와 눈앞의 광경을 접하고서는 하독승이 절로 감탄사를 토해냈다.

중앙에는 너른 풀밭이, 그 위쪽과 아래쪽에는 울창한 숲이 그림처럼 펼쳐져 있고 풀밭 가운데는 조그만 연못과 강까지 있었다.

그야말로 전설에나 나오는 신선들의 세계였다.

특히 그들이 나온 동굴에서 뿜어져 나오는 빛줄기가 거대한 지하동공의 천장으로 올라가 사방으로 퍼지면서 그 기묘함과 신비로움을 더해주고 있었다.

놀랍게도 이 넓은 지하동공의 천장도 모두 수정과 같은 그 기이한 돌로 덮여 있었다.

또한 중간 중간에는 작은 산을 방불케 하는 거대한 기둥이 있어 천장을 지탱하고 있었는데, 이 기둥들 역시 수정으로 뒤덮여 있어 빛을 사방으로 뿌리고 있었다.

◆ 第八十二章 ◆ 신비의 땅

한동안 신비로운 빛의 향연에 사로잡혀 있던 언강호는 문득 묻어두었던 저편의 기억을 자극하는 무엇인가를 떠올렸다.

알 수 없는 전율이 일어났다.

가슴이 떨리는 느낌이었다.

'저 기둥들!'

언강호의 가슴을 자극하는 것은 바로 곳곳에 늘어선 거대한 기둥들이었다.

너무나 크고 웅장한 것들이라 사람들은 아예 기둥이라는 생각 자체를 못하고 있었지만 언강호는 보는 순간 기둥이라는 단어를 떠올렸다.

그리고 한 가지 기억도 함께 떠올렸다.

그것은 바로 염부주를 탈출할 때 지하 깊은 곳에서 보았던 거대한 기둥들이었다.

인간의 손길이 닿지 않는 지하 깊은 곳에 질서 정연한 기둥이 끝도 없이 늘어서 있다는 사실이 의문과 경이감으로 다가왔지만 워낙 거대한 것들이라 도저히 인간이 만들었다고는 생각할 수 없어 반대편으로 되돌아 나오고 말았었다.

하지만 의문은 항상 남아 있었다.

고개를 돌려보니 그때 같이 탈출했던 고황과 하독승은 전혀 그런 기미를 느끼지 못하는 표정이었다.

자신이 잘못 생각한 것인지도 모르고, 또 지금은 시간이 없어 언강호는 일단 의문을 접어두기로 했다.

한편, 송백남은 곤혹스러운 심정으로 고개를 두리번거리고 있었다.

포건공 등이 벌써 소주담가의 후예들을 제압하고 자신을 기다리고 있어야 하는데 아무도 보이지 않았던 것이다.

자기도 모르게 불안한 마음이 들었다.

이곳저곳을 둘러보았지만 인적이라고는 없었다.

소주담가의 후예들이 이곳에 살고 있다면 상당한 숫자일 텐데 집이나 건물도 보이지 않았다.

이곳에 실제로 와보는 것은 송백남도 처음이었다.

예전에 소주담가의 후예 중 한 명을 붙잡아 내부 사정을 샅샅이 들어 충분히 숙지를 한 덕분에 쉽게 은성동으로 들어올 수 있었지만 실제 사정은 모르고 있으니 불안한 마음이 들지 않을 수 없었다.

그는 슬그머니 언강호의 눈치를 살피며 거리를 벌렸다.

"이보슈, 다 어디 있는 거유?"

저일민이 송백남을 노려보며 물었다.

"따라오너라."

그냥 있을 수도 없는 일이라 그는 황급히 풀밭 저쪽의 먼 곳을 향해 걸음을 옮겼다.

언강호는 외가의 사람들에 대한 걱정과 이유를 알 수 없는 두근거림으로 복잡한 심정이 되어 송백남을 따라 신비의 대지를 걸어갔다.

지하동공은 엄청나게 넓었다.

염부주에 비해 족히 두 배는 되어 보였다.

일행은 모두 보신경의 고수였다. 그럼에도 한참을 달렸건만 별로 풍경이 달라지지 않는 것이 그 넓이를 말해주고 있었다.

약 스무 개의 작은 산과도 같은 기둥을 지나자 비로소 풀밭이 끝났다.

그리고 나타난 것은 엄청나게 큰 나무들이었다.

한 그루 한 그루가 어찌나 큰지 언강호와 사녹, 상숙이 염부주에서 사왕과(四王果)의 기연을 얻은 가장 큰 주장신목을 생각나게 할 정도였다. 비록 한 그루의 크기는 그보다 작았지만 워낙 큰 나무가 수십, 수백 그루나 나 있어 장관을 연출하고 있었다.

송백남은 더욱 당황하여 걸음을 멈추었다.

이름 모를 거목들은 드문드문 나 있었지만 사방으로 뻗은 가지의 잎이 무성하여 앞쪽을 잘 볼 수 없었고, 멀리 보이는 아래쪽과 위쪽은 여전히 짙은 녹음의 푸른 숲이 계속되고 있어 무엇이 있는지 알 수 없었던 것이다.

도대체 소주담가의 후예들은 어디에 살고 있단 말인가?

또한 먼저 들어온 포건공과 소설란, 유화 등은 다 어디로 간 것인가?

예전에 소주담가의 후예를 고문하여 알아낸 바로는 은성동 안에 큰 마을이 둘 있으며 모두 거기에 모여 살고 있다고 하지 않았던가? 하지만 마을은 어디에도 보이지 않았다.

그때 더 상세하게 은성동 내부 사정을 알아보지 못한 것이 실수였다. 물론 당시 그는 최대한 상세하게 물어본다고 물어보았지만 설마 은성동이 이렇게 넓고 기이한 곳이라고는 전혀 생각지 못해 더 이상 질문이 떠오르지 않았다고 해야 할 것이다.

당황한 그의 귓전에 저일민의 재촉이 들려왔다.

"이보슈, 도대체 사람들은 어디 있는 거유?"

"저… 곳을 지나면 이, 있다."

자신없는 대답이었다.

언강호 등은 이미 송백남이 무언가 이상하다는 사실을 눈치 채고 있었다.

"강호, 아무래도 이상해요. 이대로 따라가서는 안 되겠어요."

곽요진의 전음에 고개를 끄덕이며 막 앞으로 나서려는 순간 한줄기 바람이 불어왔다. 동시에 말할 수 없는 향긋한 냄새가 코를 자극했다.

하독승이 황홀한 표정을 지으며 코를 킁킁거렸다.

"흠흠흠, 이게 도대체 무슨 냄새지?"

"저 나무에서 풍겨오는 향기 같지 않수?"

저일민도 다르지 않은 표정으로 말했다.

사람들은 일제히 나무를 살펴보았다.

과연 그 거대한 나무에는 복숭아 모양의 기이한 과일이 주렁주렁 열려 있는 것이 보였다.

비록 상당한 거리가 떨어져 있고 짙은 녹색의 잎이 무성하지만 그 과일들은 상당히 클 뿐만 아니라 분홍색을 띠고 있어 웬만한 시력이면 쉽게 알아볼 수 있었다.

"맞아. 저 복숭아에서 나는 냄새가 틀림없어."

고개를 끄덕이는 하독승의 눈이 몽롱하게 풀려가고 있었다.

이때 다시 한 번 바람이 불어왔다.

더욱 강렬한 향기가 사람들을 휘감았다.

혼백이 흩어지고 넋이 나가는 느낌이었다.

"으응."

연옥귀가 언강호의 품속에 안겨 있을 때와 비슷한 콧소리를 내며 몸을 흐느적거렸다.

어깨를 축 늘어뜨리고 멍한 표정이 된 일행의 눈동자에는 오로지 그 과일을 먹고 싶다는 갈망의 빛만이 가득 떠오르고 있었다. 그들은 아무런 생각도 못하고 연신 침을 꿀꺽거렸다.

침착하고 신중한 고황과 감람경의 고수인 언강호, 송백남마저 예외가 아니었다.

"형님, 어서 갑시다!"

하독승의 재촉에 고황은 즉시 몸을 날렸다.

신환룡영이라는 별호답게 그는 뛰어난 보신경을 발휘하여 십 장이 넘는 나무 위로 단숨에 뛰어올랐다.

평소 그의 신중함을 생각하면 있을 수 없는 일이었다.

언강호나 범마도 말리지 않고 쳐다만 볼 뿐이었다.

허겁지겁 과일을 딴 하독승은 으적거리며 복숭아를 깨물더니 하나를 더 따서 팔이 없는 고황의 입에도 넣어주었다.

그가 과일을 깨무는 순간 후각이 마비되는 듯한 강렬한 향기가 퍼지자 고황이 자기도 달라고 소리를 쳤던 것이다.

도저히 못 참겠는지 보고 있던 송백남 역시 몸을 날려 그 나무 위로 날아 오르더니 정신없이 과일을 따먹기 시작했다.

세 사람이 과일을 먹어대면서 달콤한 과육의 향기가 사방에 진동했다.

보고 있던 언강호 등은 입 안 가득 침이 고였다.

"제기랄, 혼자 먹지 말고 좀 던져 주쇼."

저일민의 고함에 하독승은 고개도 돌리지 않고 몇 개를 따서 던졌다.

사람들은 일제히 그 과일을 향해 달려갔다.

구시사객 정수산과 혈마 노표, 염라도쟁 저일민이 가장 먼저 복숭아처럼 생긴 과일을 집어 들었다.

분홍빛의 광채가 투명한 옥색으로 빛나고 있었다.

보기에도 먹음직스러운 과일이었다.

홀린 듯한 표정으로 그들이 막 과일을 깨물려는 순간,

"아… 미… 타… 불!"

쥐어짜는 듯한 적각 선사의 불호성이 울려 퍼졌다.

정수산 등은 과일을 입으로 가져가던 그 동작 그대로 멈칫했고 언강호 등은 앞으로 달려가려던 동작을 흠칫하며 멈추었다.

짧은 순간 일행은 정신이 번쩍 들었다.

그제야 무엇인가 이상하다는 생각이 들었다.

뛰어난 고수인 그들이 이처럼 홀려 있다는 것은 말이 안 되는 일이었다.

특히 언강호는 여기에 심각한 문제가 있다는 사실을 깨달았다.

사람들의 표정을 살펴보니 가관도 아니었다.

침을 줄줄 흘리는 모습이 어이가 없을 정도였다.

더구나 놀랍게도 잠깐 사이에 다시 정신이 혼몽해지고 있었다.

방금 적각 선사가 외친 불호성은 결코 단순한 것이 아니었다. 그것은 바로 금강숙의 사대무공 중 하나인 대비범창(大悲梵唱)이었다.

부처님의 자비가 가득한 열반의 음성이며, 반야의 사자후이며, 만사만악만마(萬邪萬惡萬魔)를 깨뜨린다는 절대의 항마음공.

이는 단순히 무공이 강하다고 해서, 내공이 높다고 해서 깨우칠 수 있는 것이 아닌, 오랜 선정을 통해 높은 정신적 깨달음을 얻어야만 성취할 수 있는 심오한 불가의 공부였다.

따라서 적각 선사와 같은 불심이 깊은 선승의 대비범창은 사악한 생각을 깨뜨리며 미몽과 환상을 깨우칠 수 있는 힘이 있었다.

그럼에도 사람들은 잠시 정신을 차렸을 뿐 다시금 향기의 유혹에 정신을 빼앗기려하고 있었다.

언강호도 예외가 아니었다.

황급히 팔심결을 총동원해 축심기공 삼단, 즉 십만대공을 일으켜 희미해지는 정신을 붙잡았다.

축심기공의 창시자인 무성자는 금강숙과 태극도량의 공동제자인 현무상인의 대제자였다. 따라서 축심기공은 그 자체로 불가의 탕마력과 도가의 벽사력을 내포하고 있었다.

하물며 언강호는 무성자조차 완성하지 못한 십만대공을 수련했으니 그 효과는 더욱 탁월할 수밖에 없었다.

곧 몸속으로 스며든 향기를 밀어내고 정신을 차릴 수 있었다.

그러나 괴(怪) 과일의 향기는 정녕 무서운 것이었다.

팔심결로 마음을 하나로 모으고, 일월합벽으로 성취한 혼돈의 기운을 전신 가득 채우고서야 겨우 정신을 다잡을 수 있었던 것이다.

그러고도 언강호는 마음이 놓이지 않아 호흡을 중단하고 칠공과 전신의 모공을 폐쇄했다.

다시 향기를 맡으면 어떻게 될지 장담할 수 없는 일이었다.

'휴우~!'

속으로 안도의 한숨을 내쉬고 주위를 살펴보았다. 자신이 이러니 다른 사람들은 어떻겠는가?

아니나 다를까, 실로 다급한 순간이었다.

꾸물거리고 있을 때가 아니었다.

언강호는 즉시 몸을 날렸다.

저일민과 정수산, 노표가 막 괴 과일을 입으로 가져가는 것이 보였다. 언강호는 한결 성숙해진 보신경으로 바람처럼 스며들어 그들의 손을 쳐서 과일을 떨어뜨리고 혈도를 짚었다. 그리고 그사이에 앞으로 달려와 허리를 굽혀 괴 과일을 집어드는 사독, 강숙과 공심이 자매도 제압했다.

다행히 모두들 정신이 없어 반항할 생각은 하지 못했다.

다시 한숨을 돌리고 적각 선사와 범마 등호, 곽요진, 연옥귀, 혈군들을 살펴보았다.

깊은 수양으로 최후까지 정신을 잃지 않고 마지막 순간 대비범창을 발휘한 적각 선사도 더 이상 버틸 수가 없는지 비칠거리며 앞으로 걸어가려 하고 있었다.

"선사!"

조용하지만 깊은 내공이 깃들어 있는 언강호의 묵직한 음성에 적각 선사의 눈빛이 돌아왔다. 그는 괴로운 표정으로 땀을 삘삘 흘리며 앞으로 걸어나가려는 동작과 고개를 흔드는 동작을 반복하기 시작했다.

향기의 유혹이 지독한 심마가 되어 그를 괴롭히고 있는 것이다.

다행히 적각 선사는 무공도 뛰어나지만 그보다는 정신적 수양이 더 높아 이런 심마와의 싸움에서는 오히려 유리한 점이 있었다. 괴로움은 있을지 몰라도 결정적인 위험은 없어 보였다. 가부좌를 틀고 앉더니 연신 입으로 무엇인가를 중얼거리는 모습이 이를 말해주고 있었다.

반면 범마 등호는 조금 떨어진 곳에 가부좌를 틀고 있었는데 그 역시 적각 선사의 대비범창에 정신을 차리고 운기조식에 들어간 것으로 보였다.

과연 그는 구만리 생사현관의 돌파를 눈앞에 두고 있는 최절정의 고수다웠다. 하지만 등호의 모습은 실로 기괴하고도 공포스러운 것이었다. 그를 둘러싼 만마공의 시커먼 기운이 마치 한 마리 마룡처럼 날뛰며 울부짖는 광경은 언제까지고 쉽게 잊혀지지 않을 터였다.

놈은 마치 괴 과일이 먹고 싶어 미치겠다는 듯 연신 앞쪽으로 덮쳐가려고 꿈틀거리고 있었다. 등호는 적각 선사처럼 땀을 삘삘 흘리며 욕망으로 가득한 마의 기운을 붙잡으려 애쓰고 있었다.

언강호는 순간적으로 의문이 들었다.

마란 욕망의 집합체가 아니던가?

만마공의 마기는 그중에서도 가장 지독한 마라고 할 수 있다.

그럼에도 등호는 자신을 자제했고 송백남이나 고황, 하독승은 자제하지 못했다.

어째서 이런 결과가 생겼을까? 단순히 처음에 그 위험성을 몰라 방심했기 때문일까?

물론 송백남의 경우에는 이해가 될 만도 했다.

비록 그가 정파의 명문이요, 십정의 하나인 백운신문의 부문주라고는 하나, 스스로 만마성의 극악한 마물인 금갑마인이 되기 위해 자신의 몸에 온갖 사악한 마법을 베풀었으니 욕망에 쉽게 빠져 드는 것도 무리는 아니리라.

반면 등호는 마종(魔宗)이라고 해도 과언이 아닐 만마공을 수련했지만, 이후 모든 것을 버리고 백화심과 오랫동안 은거 생활을 하면서, 어쩌면 가장 역설적이게도 오히려 마를 통해 욕망을 이기는 법을 깨우친 것일지도 모를 일이었다.

남들이 들으면 말도 안 되는 소리라고 할지 모를 일이나 언강호는 그렇게 생각했다.

그는 마에 대한 편견을 갖고 있지 않았다.

조금 전에 비마의 경우에서도 보지 않았던가?

유명마곡의 마는 단지 부명유공을 익히고자 하는 욕망이라고 했다.

만약 그 외의 욕망을 다 하찮게 생각한다면 세상에 나쁜 영향을 끼칠 이유가 없을 것이며, 괴 과일이 풍기는 향기의 유혹을 물리치는 데도 도움이 될 수 있지 않겠는가?

언강호는 스스로 긍정하듯 고개를 주억거리다가는, 다시 의문이 생겨 머리를 갸웃거렸다.

그럼 고황과 하독승은 어떻게 된 것인가?

그들은 자신과 같은 축심기공을 익히고 있다. 이는 저일민과 사독, 강숙 등도 마찬가지다.

여건이 비슷한 염부객 출신 사이에서도 어째서 차이가 생겼는가?

잠시 머리를 굴려보았지만 타당한 이유를 생각해 낼 수 없었다.

이는 당연한 일이었다.

지금으로선 괴 과일의 정체도 모르거니와, 고황이 비마의 부명유공을 보고 충격을 받아 마음이 허해진 일이며, 하독승의 경우 다리도 없는 데다가 공여이가 자신을 거들떠보지도 않자 저일민보다 더 침울해하고 있다는 사실을 다 헤아리기란 신이 아닌 이상 불가능한 일인 것이다.

물론 축심기공 일단만 수련한 대부분의 염부객 출신들은 불안정한 지기의 영향으로 정신이 쉽게 흔들리는 단점이 있었다. 그런 차에 마음까지 허해 있어 고황과 하독승은 오히려 송백남보다 먼저 유혹에 빠지고 만 것이었다.

고개를 갸웃거리던 언강호의 입가에 희미한 미소가 번졌다.

곽요진과 연옥귀가 기특하다는 생각이 들었던 것이다.

그녀들도 땀을 뻘뻘 흘리기는 마찬가지였지만 적각 선사의 대비범창에 정신을 차리고는 스스로의 힘으로 괴 과일의 유혹을 이겨 나가고 있었다.

특히 언강호는 연옥귀에게 크게 감탄하는 마음이 일었다.

'그녀가 이렇듯 자제심이 강하다니?'

자신과 함께 무성자의 심혈이 담긴 무절구곡을 수련하면서 그 정수를 깨달아 가고 있는 곽요진은 그렇다고 치더라도, 사마외도의 무리인 십패 출신의 연옥귀가 견뎌내고 있다는 것은 대견한 일이 아닐 수 없었다.

더구나 그녀는 요선이라고 불리는 요사한 무리, 즉 요도(妖道)의 우두머리 격인 장미밀원의 원주가 아닌가? 그들의 색에 대한 집착은 결코 욕망으로 인한 마에 못지않을 터였다.

연옥귀가 새삼스럽게 다시 보이는 순간이었다.

그녀들의 뒤쪽에 있는 혈군들은 거의 동요가 없었다.

십패의 수좌로, 만마성이 서천(西天) 마도의 종주라면 자신들은 중원 마도의 종주라고 자부하는 혈해의 마물답게, 그들은 인간과 마물의 특성을 함께 가지고 있으면서도 괴 과일의 향기에 미혹되지 않고 있는 것이다.

그러나 혈군들을 지휘하는 십이혈령(十二血靈)의 수좌인 일혈령 관홍과 이혈령 정유, 이십사혈혼(二十四血魂)의 수좌인 일혈혼 사의와 이혈혼 남우의 눈동자에는 놀랍게도 미묘한 감정의 격랑이 일렁이고 있었다.

그들과 상당한 시간을 함께 보낸 언강호였지만 이런 감정의 빛을 보기는 처음이었다.

'저 네 명은 혈군 중에서도 좀 더 인간적인 면이 강한 것인가?'

지금으로서는 그렇게 생각할 수밖에 없었다.

언강호는 다시 시선을 돌렸다.

'그러나저러나 이거 어떡한다?'

무언가 해야 한다고 생각하면서도 잠시 망연한 기분이 들었다.

의숙 등호와 적각 선사는 그냥 둔다 치고 저일민과 사독 등의 혈도를 풀어주어야 하는지 말아야 하는지, 그리고 아직도 괴 과일을 으적거리며 먹고 있는 고황과 하독승은 어떻게 해야 하는지, 또한 송백남은 그냥 두어야 하나 말아야 하나. 여러 가지 어지러운 생각이 머리 속을 맴돌았다.

그렇다고 머뭇거리고 있을 일도 아니었다.

일단은 고황과 하독승을 제압하고 볼일이었다.

결심을 굳히고 몸을 날리려는 순간 뒤쪽에서 기척이 일었다.

고개를 돌려보니 북곤조사 정철원과 남극어은 유곤이 전락생과 옹확을 데려오고 있었다. 물론 그 뒤에는 유명마곡의 마물과 현현독지의 삼대독물들이 뒤따라오는 것이 보였다.

다행히 놈들의 시끌벅적한 소리 덕분에 먼 거리에서 기척을 알아차릴 수 있었다.

언강호가 그들을 향해 소리쳤다.

"다가오지 마시오."

의기양양한 걸음걸이로 앞장서서 달려오던 적발독광 전락생이 걸음을 멈추며 의아한 듯 큰 소리로 물었다.

"좌검우도마, 무슨 일이지?"

"이곳에 이상한 과일이 있소. 모양은 복숭아와 비슷하고 색깔은 홍옥처럼 투명한 옥색이오."

"그게 어때서?"

"무섭도록 달콤한 향기를 풍기는데 이걸 맡으면 자기도 모르게 정신을 잃고 달려들게 되어 있소. 나도 겨우 정신을 차렸소."

"……."

언강호가 이렇게 말할 정도라면 보통 일이 아니라는 것 정도는 괴곽한 전락생도 잘 알고 있었다.

삼대독물을 멈추게 한 그는 생각에 빠져들었다.

'햐? 감람경의 고수마저 홀리는 괴 과일이라? 그런 게 있었나?'

전락생은 잠시 생각을 굴리다가 언강호에게 다시 몇 가지를 물었다.

그는 자세한 이야기를 듣고 더욱 놀랐다.

특히 그 과일이 저토록 거대한 나무에 열리는 것이라는 사실이 믿기 어려웠다.

거리가 멀어 확실히 보이지는 않았지만 한동안 나무를 자세히 살펴 보던 그는 무엇인가 떠오를 듯 말 듯하는 것이 있었다.

현현독지, 아니, 독문에서 전설처럼 전해오는 한 가지 이야기!

하지만 좀처럼 생각이 나지 않았다.

"으아아, 그게 뭐지? 뭐였지?"

자기 성질을 못이긴 전락생이 머리를 쥐어뜯었다.

보고 있던 비마가 다가와 어깨를 치며 말했다.

"무슨 일인데 그러나?"

"응?"

"무슨 일인데 그러냐고?"

"옹 노인, 아니, 옹 선배!"

"왜, 왜?"

"한 번 더 쳐 주쇼. 이번에는 내 머리를 말이오."

전락생이 괴이한 눈빛을 번득이며 말했다.

옹확은 역시 이놈은 미친놈이라는 생각이 들어 자기도 모르게 뒤로 주춤거리며 물러났다.

그러자 전락생이 고함을 버럭 질렀다.

"떠글, 대가리 한번 쳐 달란 말이야!"

"아, 알았다."

그의 고함 소리가 워낙 커서 비마는 엉겁결에 전락생의 머리를 후려 쳤다.

쾅~!

"아차차차. 이거 아무래도 너무 세게 친 모양인데?"

옹확은 재빨리 몸을 날려, 돌 깨지는 소리와 함께 일 장이나 나가떨어지는 적발독광을 받아 들고는 걱정스러운 표정으로 바라보았다.

한데 전락생이 벌떡 일어나더니 말했다.

"생각났다. 옹 선배, 고맙수."

"으, 으응? 그, 그래."

남을 이렇게 후려치고 고맙다는 소리를 듣기는 처음이었다.

나중에 후환이 없을지가 걱정이었다. 그러나 전락생은 이런 비마를 아랑곳하지 않고 언강호를 향해 달려가고 있었다.

"멈춰!"

멀리서 제지하는 언강호의 목소리가 들려왔다.

급정거하는 전락생을 보면서 비마는 고개를 절레절레 흔들었다.

"생각난 것이라도 있소?"

다시 언강호가 물었다.

"푸헤헤헤. 아암, 내가 누군가? 중원 독문의 종주요, 독도(毒道)의 수장인 현현독지의 계주가 바로 이 몸이시다. 이 정도를 모른대서야 말이 안 되지."

"……."

언강호와 비마, 정철원, 유곤의 얼굴이 하나같이 떨떠름하게 변했다.

"그… 래, 이 과일은 도대체 뭐요?"

"그건 바로 환혼과(還魂果)다."

"……."

"뭐야? 내 말을 못 믿는 거야?"

"아니, 그게 아니라 환혼과가 뭐 하는 거요?"

"으음, 역시 무식한 중생들과의 대화는 피곤한 일이군, 척하면 착하고 알아들어야 하는데."

"……."

"크헴헴헴, 이 몸이 특별히 자세히 설명해 줄 테니 모두들 잘 들어두
슈."

"아, 알았소."

"환혼과란 말 그대로 혼을 돌려주는 과일이지. 이놈은 원래 동방의
신비한 영산 풍악산(楓嶽山) 깊은 곳에서만 자생하는 천령신목(天靈神
木)에서 나는 것인데 어째 여기에 있는지 모르겠군."

"그럼 저 나무가 천령신목이란 말이오?"

"맞아. 나무가 저토록 클 수 있는 것은 주장신목과 천령신목, 그리고
또 한 가지뿐이거든."

언강호는 과연 세상이 넓다는 생각이 들었다.

염부주에서도 신비한 것들을 많이 보았지만 이 은성동 역시 그에 못
지않았다. 새삼 대자연의 신비 앞에 자신이 한없이 작아지는 느낌이었
다.

"환혼과는 어디에 쓰이는 것이며 어떤 효능을 가지고 있소? 그리고
우리측의 두 사람과 송백남이 이미 혼환과를 먹었는데 어떻게 되는 것
이오?"

"이봐, 한 가지씩 물어야지."

전락생이 인상을 쓰며 말했다.

"알았소. 환혼과는 어디에 쓰이는 것이오?"

"나도 전부 알지는 못해. 단지 독문에서는 전설의 환혼독성대법(還
魂毒聖大法)에 쓰인다고들 하지."

"……."

어디선가 들었던 이름이었다.

잠시 생각을 더듬던 언강호는 곧 환혼독성대법을 기억해 냈다.

전날 장손세가에서 본 삼류 독도문파 양사독문의 문주 장운, 그리고 이호의 꾀임에 빠져 그를 배신하고 장손세가로 따라가 노리개가 되었던 장운의 아내.

자신이 곽불사와 힘을 합쳐 장손세가를 이위와 이호, 천살마시 등의 손에서 구할 때 그들의 애절한 재회와 속절없는 생사의 이별을 보지 않았던가?

장운은 그의 아내가 자결하자 환혼독성대법으로 되살릴 것이라며 아내의 시신을 썩지 않게 방부 처리하여 피눈물을 흘리며 떠나갔다.

그때 처절하게 울부짖던 장운의 얼굴이 눈앞을 스쳐 갔다.

만약 환혼독성대법이라는 것이 정녕 가능하다면 장운이 이곳에 있어 그의 꿈을 이루었으면 하는 생각이 들었다.

생각을 더듬고 있는데 전락생의 목소리가 들려왔다.

"왜 다음 건 안 물어봐?"

"……."

"아, 물어보고 싶으면 빨리 물어봐. 뭔가를 오랫동안 기억하고 있는 건 정말 힘든 일이라구. 잊어버리고 귀찮게 다시 기억을 끄집어내는 건 딱 질색이란 말이야."

투덜거리는 전락생의 말도 일리가 있어 보였다.

두 번씩이나 비마에게 부탁해 머리를 후려쳐 달라고 하다가는 사람 잡겠다는 생각이 들었던 것이다.

"알… 았소. 환혼과는 어떤 효능을 가지고 있소?"

"이름 그대로야. 즉 혼을 되돌려주지."

“……”

“아? 이런. 또 구체적으로 말해달라는 표정이군. 알았어, 그러지 뭐.”

“……”

혼자서 북 치고 장구 치는 전락생을 언강호와 정철원, 유곤, 옹확은 어이없다는 표정으로 바라보았다. 그런 그들의 표정마저 전락생은 자신에 대한 존경과 감탄으로 받아들이고 있었다.

“뭘 그렇게 존경의 눈초리씩이나? 어쨌든 말할 테니 다들 잘 들어두쇼.”

“……”

“환혼과를 먹으면 혼이 없는 자는 혼이 돌아오고, 넋이 없는 자는 넋이 돌아오게 되어 있지. 사람은 어떻게 죽겠수? 신체의 기능이 정지하고 혼백과 넋이 빠져나가면 죽는 것이유.”

“……”

“따라서 그 반대로 신체를 보존하여 기능을 정상화시키고 혼백과 넋을 돌아오게 하면 사람은 되살아날 수 있는 것이유. 이 과정에서는 고통을 느끼지 않기 때문에 특별한 능력을 갖게 할 수도 있수. 이게 바로 환혼독성대법이유.”

“……”

“즉, 환혼독성대법으로 사람을 되살아나게 해야만이 만독의 조종인 전설의 독성(毒聖)이 될 수 있는 거유. 인간의 의지와 정신으로는 그 고통을 견딜 수 없거든.”

“독성의 위력은 어느 정도요?”

“글쎄, 천살마시나 금갑마인은 잘 모르겠지만 흑혈마시나 동갑마인(銅

甲魔人) 정도는 쉽게 녹여 버릴걸."

"……."

약간 과장이 있다고 해도 자부심이 가득한 전략생의 말을 전적으로 부정하기는 힘들었다.

흑혈마시와 동갑마인을 쉽게 녹여 버리는 독의 조종.

이 말이 사실이라면 독성은 천살마시에 못지않은, 아니, 그보다 더한 괴물일지도 모르는 일이었다.

잠시 생각하던 언강호가 걱정스러운 음성으로 다시 물었다.

"그럼 산 사람이 환혼과를 먹으면 어떻게 되는 것이오? 이미 세 사람이 먹었는데?"

"크헤헤헤, 그거 좋은 질문이군. 사실 이 환혼과는 불사장생의 영약이라고도 할 수 있지. 특이한 대법을 수련한 사람이 죽고 나서 세 호흡 안에 이 환혼과를 복용하면 다시 살아날 수 있거든."

"그게 정말 가능하단 말이오?"

정철원이 놀란 음성으로 반문했다.

"아, 물론이고 말고. 단지 그 신비의 대법과 환혼과를 구하기가 어려워서 그렇지."

"그럼 전 계주가 말한 두 가지만 있으면 영원히 살 수 있다는 말이 아니오?"

"그럴 수야 있겠수? 환혼과로 되살아날 수 있는 것은 단 세 번뿐이오. 하지만 보통 사람에 비해 엄청나게 오래 살 수 있는 것은 확실할 거유."

놀라운 말이지만 지금 언강호의 관심사는 그것이 아니었다.

그는 두 사람의 대화를 끊고 대답을 재촉했다.

"그러니까 산 사람이 환혼과를 먹으면 어떻게 되는 것이오?"

"뭐야? 대답해 줬는데도 몰라? 좌검우도마가 이렇게 맹하다니?"

"무슨 말이오?"

"나 참, 죽은 사람이 먹으면 혼백과 넋이 돌아온다. 그럼 산 사람이 먹으면?"

"설… 마 혼백과 넋이 나… 가버린다는 것은 아, 아니겠지?"

"딩동댕. 맞았어. 정답이야."

"……."

장난스러운 전략생의 말에 언강호는 힘이 축 빠지는 느낌이었다. 이제 고황과 하독승은 어떻게 되는 것인가? 언강호에게 두 사람의 의미는 각별했다.

염부주가 붕괴될 때 함께 탈출하면서 인연을 맺은 이래 생사와 고락을 같이 하지 않았던가?

그들이 잘못되는 것은 생각하고 싶지도 않은 일이었다.

◆ 第八十三章 ◆ 환혼과의 유혹

환혼과의 유혹

언강호는 억지로 마음을 추스르고 다시 물었다.

"혼… 백이 없는 사람은 어떻게 되는 것이오?"

"글쎄, 그건 나도 모르겠는걸."

"혹시 환혼과를 해독할 수는 없겠소?"

"독이 아닌데 어떻게 해독해?"

"……."

어깨를 으쓱하는 전락생의 대답에 언강호는 실망을 금하지 못했다. 고개를 돌려보니 고황 등은 배불리 과일을 먹었는지 나무에서 내려와 땅에 주저앉아 있었다.

과연 그들은 넋이 나갔는지 천령신목에 기댄 채 멍한 표정으로 어딘가를 바라보고 있었다.

'외가의 후예들을 찾아왔는데 이런 일이 생기다니… 이제 어떻게 해야 하는가? 그들은 어디에 있는 것일까?

갑자기 외로운 생각이 들었다. 나원에 있을 천오와 이일이 보고 싶어졌다. 신비용녀 피용화도 생각났다. 두 사람의 지혜라면 지금 어떻게 해야 할지 자신에게 길을 일러줄 것이며, 주작의 후예인 피용화의 신비한 의술이라면 고황 등을 구할 수 있을지도 모르는 일이었다.

'하긴 천오와 이일도 이런 일이 생기리라고는 전혀 예상하지 못했겠지.'

자신이 무공에서 전능이 아니듯 그들도 일을 계획하고 꾸밈에 있어 전능은 아니었다. 이는 송백남 등이 오히려 자신들의 계획을 역이용하고 전락생과 옹확이 뒤따라온 것만 보아도 알 수 있는 일이었다.

사람이 일을 계획하고 꾸미지만 그 이후의 변화와 최종적인 성사 여부는 아무도 알 수 없는 것이다.

언강호는 마음을 굳게 먹고 정철원과 유곤에게 말했다.

"두 분 원주! 호흡과 모공을 폐쇄하고 이 천령신목 숲을 통과할 수 있겠소? 그것도 몇 사람을 데리고 말이오."

"아마 가능할 것이오."

예상했던 대로 두 사람은 자신있다는 표정이었다. 이번에는 비마와 전락생을 향해 물었다.

"옹 장로는 어떻소?"

"호흡은 참을 수 있겠지만 모공을 폐쇄하기는 힘들지 싶은데……."

그는 별로 자신이 없는 표정이었다. 역시 내공에서 달리기 때문일 것이다.

잠시 생각하던 언강호가 다시 말했다.

"아무래도 안 되겠소. 두 분은 여기서 돌아가시오."

이 말에 전락생이 성큼 나서며 대꾸했다.

"그렇게는 못하지. 이런 신기한 곳을 언제 또 보겠어? 나는 죽어도 이곳에 뭐가 있는지 보아야겠어."

"……."

그를 강제로 쫓아내기도 곤란한 일이었다.

그렇다고 데리고 가자니 언제 환혼과의 향기에 정신을 빼앗겨 달려들지 모를 일이었다.

곤란해하는 언강호를 향해 전락생이 말했다.

"이봐, 우리는 걱정 말라구. 나와 옹 선배는 철취독응의 발에 매달려 천령신목 숲을 우회해서 갈 테니 먼저 가라구. 철취독응 두 마리의 힘이면 사람 하나를 매달고도 능히 십 리 이상 갈 수 있으니까 말이야. 아, 그리고 저 사람들도 우리가 데리고 가는 게 어때?"

삼대독물의 하나인 철취독응의 힘이 그 정도이리라고는 생각지 못했다. 언강호의 입장에서는 대단히 반가운 일이 아닐 수 없었다.

"그럼 부탁하겠소."

"크헤헤헤, 살다 보니 좌검우도마의 부탁을 두 번씩이나 받게 되는군. 좋았어. 도와주지, 도와주고 말고."

방정맞게 웃어대는 그를 향해 언강호는 저일민과 정수산, 노표를 연속적으로 내던졌다. 그 기세는 질풍과 같아 전락생의 능력으로는 받아낼 수도, 피할 수도 없었다.

"이, 이봐, 치사하게 이러기야?"

"걱정 마. 내가 받아주지."

다행히 비마가 바람같이 달려와 날아오는 산적 저일민부터 하나씩 받아냈다.

전락생은 언강호를 한번 노려보고는 철취독응을 불러 뭐라고 지시를 내렸다.

삼대독물의 우두머리가 독응채에서 모두 언강호에게 죽은 이후 놈들을 다루는 것은 여간 까다로운 일이 아니었다. 한참이나 손짓 발짓을 해가며 구시렁(?)대고서야 철취독응 두 마리가 날아와 저일민의 팔 한쪽씩을 조심스럽게 움켜쥐고 날아오르기 시작했다.

언강호는 그런 전락생을 잠시 바라보다가 가벼운 미소를 떠올렸다. 어쩌면 그는 겉보기와 달리 마음이 따뜻한 사람일지도 모른다는 생각이 들었던 것이다.

언강호는 고개를 돌리며 혈군들 가운데 서 있는 일혈령 관홍에게 물었다. 그의 눈동자는 많이 안정되어 이전과 같이 무심한 빛을 띠고 있었다.

“괜찮겠소?”

“걱정 마십시오.”

“좋소. 그럼 함께 갑시다. 잠시 요진과 연 원주를 보살펴 주시오.”

“알겠습니다.”

그는 믿음직스럽게 대답하고는 혈군을 움직여, 여전히 내공심법으로 환혼과의 향기와 싸우고 있는 그녀들을 둘러쌌다.

이때 범마가 깨어났다.

“정말 지독한 놈이군.”

“의숙, 좀 어떠십니까?”

“당분간은 별 탈 없이 버틸 수 있을 게다.”

“역시 의숙이시군요. 저와 함께 가서서 저 세 사람을 살펴보시겠습니까?"

"그렇게 하지."

언강호의 무공을 잘 아는 등호는 달리 안부를 묻지 않았다. 그렇지만 그의 눈빛에는 염려와 사랑이 가득했다. 한동안 혼자서 어찌할 바를 몰랐던 언강호는 마음이 편안해지고 힘이 솟는 느낌이었다.

한꺼번에 과일을 너무 많이 먹었기 때문인지, 정말로 혼이 나간 것인지, 배가 볼록해진 고황 등은 나무에 기대 꼼짝 않고 있었다.

"고 노사!"

등호가 불렀건만 처다보지도 않았다.

확실히 그들은 정상이 아니었다. 더욱이 거리가 가까워지면서 괴이한 기운까지 느껴졌다.

범마가 긴장한 음성으로 주의를 주었다.

"조심해라."

"알겠습니다. 의숙께서도 조심하십시오."

음습하게 스물거리는 기운은 만마공의 마기와 비슷하지만 상당히 다른 점도 많았다.

딱 꼬집어 말하기는 곤란하나 언강호도, 범마도 이런 점을 분명히 느끼고 있었다.

어느새 피부에 소름까지 돋아나 있었다.

두 사람은 그 위험성이 보통이 아니라는 생각에 공력을 잔뜩 끌어올리고는 조심조심 다가갔다.

다행히 고황과 하독승은 가만히 있었다.

그들에게서는 괴이한 기운도 느껴지지 않았다.

단지 허탈한 표정으로 한줄기 침을 흘리고 있는 모습이 정말로 넋이 나갔는지도 모르겠다는 생각이 들게 했지만 지금은 자세히 살펴보고 있을 여유가 없었다.

언강호는 재빨리 두 사람의 혈도를 짚어 멀리 던져 주었다.

보신경이 뛰어난 비마가 있기 때문에 대충 던져도 상관없었다.

등호는 그런 언강호의 앞을 막고 있었다.

거기에는 송백남이 웅크리고 있었다. 음습하고 괴이한 기운은 바로 그의 몸에서 뻗어 나오는 것이었다.

"일단 이자를 제압해야겠지요?"

"아무래도 그래야겠지."

"제가 먼저 손을 쓰겠습니다."

이미 준비를 하고 있던 참이었다. 언강호는 말을 하기 무섭게 송백남을 덮쳐 갔다.

왼손이 기묘한 각도로 구부러지며 어깨를 노리며 뻗어가고 있었다. 그것은 통류방의 기본 무공인 본원십일공의 수법(手法) 회원수였지만 이미 십이성의 경지를 초월한 상태라 설령 감람경의 고수라고 해도 피하기가 쉽지 않은 절정의 금나술이었다.

과연 송백남은 피하지 못했다.

갈고리처럼 변한 왼손이 단숨에 그의 어깨를 제압했다.

한데 그 순간 송백남이 벌떡 일어나는 게 아닌가?

언강호는 깜짝 놀라 손을 떼고 말았다.

보통 회원수에 제압당하면 손가락 하나 움직이지 못하는 것이 정상이었다. 이는 감람경의 고수라고 해도 마찬가지였다.

하지만 송백남은 이런 상식을 비웃기라도 하듯 가볍게 언강호의 손을 뿌리친 것이었다.

아니, 그가 일어서는 순간 몸속에서 강렬한 기운이 요동치며 손을 튕겨냈다고 해야 정확할 것이다.

이렇든 저렇든 놀라운 일이 아닐 수 없었다.

언강호는 혼돈의 기운을 손으로 집중시키며 다시 그를 덮쳐 갔다.

"캬아아아!"

송백남이 고개를 홱 돌리더니 입을 쩍 벌리고 괴성을 질러댔다.

그의 눈동자에는 푸르고 검은빛이 괴이하게 순간 순간 교차하며 일렁이고 있었다. 동시에 괴기로운 기운이 폭풍처럼 일어나 사방을 휘감아 돌았다.

비록 숨은 쉬지 않고 있었지만 호흡이 턱턱 막히는 느낌이 들었다.

그만큼 강렬한 기운이었다.

"함께 공격하자."

심상치 않다고 생각한 등호가 소리치며 팔마공 천겁뢰의 굉렬한 지법을 발휘하여 송백남을 향해 짓쳐 들어갔다. 언강호도 보통 수로는 안 되겠다는 생각이 들어 왼손으로 검을 뽑아 들었다.

광린검에서 새파란 검광이 빗살처럼 일어났다.

동시에 등호의 손가락에서는 칼날처럼 날카로운 수백 가닥의 지공(指功)이 쏟아져 내렸다.

카앙, 따다다다당.

쇳소리가 고막을 찢을 듯이 울려 퍼졌다.

"이런!"

일장 충돌의 결과는 놀라운 것이었다.

송백남은 언강호와 범마의 합공 아래서도 무릎을 꿇지 않았다. 아니, 그 정도가 아니라 공격한 절대고수 두 사람은 손아귀가 저리는 충

격을 받았는데도 놈은 오히려 이글거리는 눈빛으로 노려보더니, 다시
금 괴성을 질러대며 덤벼드는 것이었다.

놀라움의 연속이었다.

하지만 이 정도에 당황할 언강호는 아니었다.

더구나 금방 사용한 검법은 연검류의 무절구곡이었다.

그가 수련한 무절구곡은 다른 염부객들이 알고 있는 것과는 달리,
단순히 통륜방의 시조인 무성자가 창안한 통륜십육공 중의 하나가 아
니었다.

외형상으로 나타나는 모습은 비슷해 보이나 사실은 본원십일공의
기본 검법인 심원검법의 연장이며, 검성도를 향하는 과정에 있는 천장
지구(天長地久)의 검법이었다.

곽요진과의 수련은 많은 언강호에게도 많은 성취를 가져다주었다.

특히 무절구곡의 깊은 곳에 숨겨진 상극상생, 음양화합의 이치를 깨
닫게 되었고, 이를 통해 무성자가 사실은 무절구곡에 자신의 심혈을 쏟
아 부었다는 사실을 알게 되었던 것이다.

겉으로 보이는 무절구곡의 이면에 숨어 있는 그 심오한 이치야말로
조화검법과는 또 다른 정도 무공의 정화이며 검성도의 많은 부분을 차
지하고 있었다.

즉, 무성십도 중 도화도와 더불어 신비에 쌓여 있는 검성도는 비도
에서는 단공쇄류, 정도에서는 무절구곡을 깨우치지 않고는 이해할 수
없게끔 되어 있는 것이다.

무성자의 제자인 검공조차 오랫동안 검성도의 비밀을 풀어내지 못
한 이유도 사실은 여기에 있었다. 그는 염부주에서 비도의 무공인 단
공쇄류를 통해 검성도를 찾아 헤매었을 뿐, 설마 무절구곡에도 그 길이

놓여 있으리라고는 전혀 생각지 못했던 것이다.

언강호도 곽요진과 더불어 함께 수련하지 않았다면 염부주의 마지막 순간에 본 검성도의 비밀을 영원히 알아내지 못했을 터였다.

검성도는 비도와 정도의 결합체였다.

단공쇄류와 무절구곡의 합일점이었다.

비도와 정도의 합일!

그 누구도 생각지 못했던, 실로 놀라운 무학상의 개념이었다.

현재 언강호의 경지로는 아직은 먼 이야기에 불과하지만 오대검류와 이대도류, 즉 정도 무공의 통합을 넘어 정도와 비도의 합일점이 저 멀리 어딘가에 존재하고 있다는 사실을 알게 된 것만으로도 크나큰 수확이었다.

물론 검성도조차 그 완성점은 아니었다.

단지 방법을 제시하는 정도에 그치는 것이었다.

하지만 언강호는 아직 그 검성도조차 다 이해하지 못하고 있는 상황이었다.

어쨌든 무절구곡은 기본적으로 오대검류 중 연검류에 속하는 검법이다.

상대방이 쓰러질 때까지 연속적인 공격을 퍼붓는 연검류!

일단 한 번 공격이 시작되자 빗살 같은 검광이 연속적으로 번득이며 내리 꽂히고 있었다. 이에 따라 강렬한 쇳소리가 쉴 새 없이 터져 나왔다.

카앙, 카앙, 카가가강.

계속되는 충돌의 여파는 만만치 않았다.

손아귀가 저릿저릿하더니 곧 감각이 마비되었다.

나중에는 손아귀가 견디지 못하고 찢어져 피가 흘러내리기 시작했다.

그래도 언강호는 멈추지 않았다.

송백남의 헐렁한 옷은 금방 걸레처럼 찢어지고 말았다.

그러자 안에서 금빛 찬란한 비늘이 모습을 드러냈다.

'저것이 바로 금갑마인의 금갑이었군.'

그를 상대하는 것은 낭랑묘에 이어 두 번째였으나 금갑을 이렇게 자세히 보기는 처음이었다.

그때 비도의 무공을 써서 상당수의 금갑을 상하게 했는데 지금 보니 얼굴과 손발, 그리고 국부를 제외하고는 빈틈없이 금갑이 나 있었다.

그 금갑은 피부에서 돋아나는 것인지 아니면 쇠로 제련한 것을 피부 속에 박아 넣는 것인지는 알 수 없었다.

어쨌든 금갑은 일부가 상하더라도 회복할 수 있음이 분명했다.

순식간에 이십여 초가 흘러갔다.

언강호와 등호는 놀라움을 금하지 못했다.

두 사람의 협공 아래서도 송백남은 거뜬히 견뎌내고 있었던 것이다.

"크아아악. 캬아악."

아니, 오히려 갈수록 기승을 부리고 있었다.

어떻게 보면 전락생의 말처럼 환혼과의 영향으로 정신이 없는 것 같았지만, 어떤 때는 정반대로 무섭게 미쳐 날뛰는 것이 두 사람의 간담이 다 서늘해질 지경이었다.

갈수록 놈의 능력이 높아지는 것 같았다.

'나의 광린검은 오철로 만들었을 뿐만 아니라 단지백 노인이 필생의 심혈을 기울여 제련한 절세의 보검이 아닌가? 한데 저 금갑이 대체 무

엇이기에 흠집 하나 나지 않는단 말인가?'

계속되는 충돌에도 불구하고 금갑은 전혀 손상되지 않고 있었다. 물론 비도의 무공을 쓴다면 어떻게 될지 모르지만 낭랑묘에서 대결할 때와 비교하면 놈의 능력은 확연히 달라져 있었다.

아무리 생각해 보아도 환혼과 외에는 달리 그 이유를 찾을 수가 없었다.

'정말 저 괴이한 과일 때문이란 말인가?'

언강호는 절로 마음이 무거워졌다.

그러다가 송백남의 행동을 보고는 문득 떠오르는 생각이 있었다.

'전락생은 죽은 자가 환혼과를 복용하면 넋이 돌아오고, 반대로 산 사람이 복용하면 넋이 나간다고 했다. 그렇다면 인간이면서 마물인 송백남이 복용했을 때는?'

그 답이 눈앞에 있었다.

'설마… 환혼과가 마물로 하여금 혼백을 갖게 한단 말인가? 마물은 원래 사자(死者)가 아니던가? 그렇다면 지금 송백남의 원래 혼백은 빠져나가고 정체를 알 수 없는 혼백이 들어와 저렇게 되었단 말인데, 그 때문에 마물로서의 능력이 극대화되었다면……'

이것이 사실이라면 정말 심각한 일이 아닐 수 없었다.

언강호는 이 위험한 환혼과가 열리는 천령신목 숲을 그냥 두어서는 안 되겠다는 생각이 강하게 들었다.

불행히도 걱정은 현실로 드러나기 시작했다.

송백남, 아니, 금갑마인의 능력이 정말로 점차 증가하고 있었던 것이다. 처음 놈은 단순히 금갑과 본능적인 반사신경만을 이용해 언강호와 등호의 공격을 방어했다. 몸을 잔뜩 웅크린 채 금갑이 없는 곳을 공격하면 팔로 가리는 수준이었다. 즉, 새로 들어온 미지의 혼백은 전혀 무공을 모르는 것이 분명했다.

그러던 것이 약 백여 초가 지나자 엉성하지만 보신경을 응용해 몸을 움직이며 피하기 시작했고, 이백여 초가 경과한 시점부터는 놀랍게도 완전히 보신경에 통달한 고수의 움직임을 보여주고 있었다.

빗살처럼 쏟아져 내리는 연검류의 무절구곡과 팔마공 천겁뢰의 지공을 벌써 절반 넘게 피하고 있었다.

이때서야 언강호는 송백남의 혼백이 나가고 미지의 혼백이 들어왔다는 것을 확신하게 되었다.

그리고 놈이 점차 송백남의 정신을 장악해 그의 능력을 흡수하고 있다는 사실도 알 수 있었다.

정신은 근본적으로 혼백의 지배를 받으니 당연한 일이지만 실제로 이런 일을 접하고 보니 놀라지 않을 수 없었다.

그러나 이것은 시작일 뿐이었다.

놈은 보신경에 어느 정도 자신을 가졌는지 이번에는 검을 뽑아 들었다. 물론 처음에는 검법이 워낙 엉성하여 오히려 더 많이 얻어맞았지만 그것도 백여 초가 지나자 사정이 확연하게 달라졌다.

차가가강.

"으음."

처음으로 언강호의 무절구곡이 정통으로 막혔다.

비록 놈의 검이 현저하게 밀렸으나 이는 광린검이 워낙 절세보검이라 벌어진 현상에 불과했다.

이미 놈의 검법은 송백남의 수준을 충분히 따라잡고 있었다.

"캬가가가."

"조심하거라."

괴악한 웃음소리와 걱정스러운 등호의 음성이 동시에 들려왔다.

순간 놈의 검이 허공에서 기이한 둥근 원호를 그려내었고 이를 따라 둥근 빛의 고리와 같은 것이 생겨나 날아오고 있었다.

"불해검환(不解劍環)?"

다급한 음성을 토하며 언강호는 삽시간에 십팔 보를 움직여 놈의 공격을 피했다.

드디어 끊어짐이 없다는 무절구곡이 끊어졌고, 보신경을 써서 피해야 하는 사태까지 온 것이다.

일견 단순해 보이는 놈의 공격을 언강호가 피한 것은 그만한 까닭이 있었다.

십패 중 유명마곡에는 부명유공이 있고 사망교(死亡橋)에는 흡식마공이 있듯이, 십정 중 은경보에는 월령곤법이 있고 백운신문에는 불해검환이 있는 것이다.

비록 남들은 인정하지 않지만 그들은 자기 문파에 전설처럼 전해오는 이 무공들에 대하여 강렬한 신념을 지니고 있다.

사실 일성이웅은 물론이고 같은 십정십패의 금강숙이나 태극도량, 주작천궁과 혈해, 장미밀원 등에 비해서도 쳐지는 것으로 평가받는 이들 문파가 어떻게 부명유공 같은 신비한 무공을 가지게 되었는지는 아무도 모르는 일이었다. 물론 누가 창안했는지도 전해지지 않고 있었다.

거기에다가 백운신문 등의 자부심 가득한 주장과는 달리, 오랜 세월이 흐르도록 이 무공들의 진정한 위력은 단 한 번도 나타나지 않았기에 무림인들은 여전히 허황된 이야기로 치부하고 있었다.

백운신문의 불해검환도 그중의 하나였다.

오랫동안 이름 그대로 풀리지 않는 검의 고리로 남아 있었다.

그러던 것을 송백남이 처음으로 오성을 성취하여 해검신협이라는, 풀리지 않는 검을 풀어낸 협사라는 영예로운 칭호를 얻었지만 여전히 무림인들은 불해검환을 그렇게 대단한 검법이라고는 생각하지 않고 있었다.

이는 송백남이 무림에서 공식적으로 불해검환의 위력을 선보인 적이 없기 때문이었다. 백운신문을 장악하고 금갑마인이 되기 위해 이십 년이 넘는 세월을 보내다 보니 무림에서 공식적인 활동을 할 시간적 여유가 없었던 것이다.

하지만 부명유공과 흡식마공의 구결을 접한 언강호는 대부분의 무림인들과는 생각이 달랐다.

불해검환의 전설이 거짓이 아님을 이미 짐작하고 있던 터였다.

전설은 하나씩 실현되고 있었다.

은경보의 신월곤룡 육여는 마침내 월령곤법을 통해 감람경의 고수가 되었고, 비마도 유명마곡의 마인들이 한계로 생각했던 부명유공의 경지를 넘어서지 않았던가?

진정한 불해검환이 모습을 드러냈다고 새삼 놀랄 일은 아니었다.

어쨌든 송백남, 아니, 괴물이 검을 휘둘러 뿜어낸 커다란 빛의 검환은 점점 줄어들더니 팍 하는 소리와 함께 사라졌다.

언강호는 사라지는 그 검의 고리 안에 있는 것은 순간적으로 모두 분쇄가 되고 만다는 사실을 느꼈다. 공기마저 으스러지는 듯한 힘의 파동이 전해져 왔다.

한가닥 안타까운 생각이 스쳐 갔다.

'십정의 당당한 정도문파인 백운신문의 전설이 인간도 마물도 아닌, 죽은 자도 산 자도 아닌 괴물에 의해 비로소 진정한 위력을 발휘하다니! 백운신문의 문도들과 선조들이 안다면 크게 슬퍼하겠군.'

전설이 현실이 되는 것이 모두 좋은 일은 아니었다.

안타까움을 뒤로 한 채 언강호는 놈의 공격에 대비하지 않을 수 없었다.

이때 불해검환의 일격을 성공시킨 놈은 잠시 동안 짙은 암록색의 눈빛을 일렁이며 고개를 갸웃거리고 있었다.

그러다가 어느 순간 입이 찢어질 듯 괴소를 터뜨리며 외쳤다.

"캬하하하. 죽… 어… 라!"

놈의 검이 다시 번쩍하고 빛을 발했다.

허공을 맴도는 괴이한 웃음소리를 뒤로하고 거의 오 척에 달하는 커다란 빛의 고리가 일어나 언강호와 등호를 덮쳐 왔다.

조금 전보다 두 배나 되는 검환이었다.

당연히 놈의 검법에서 느껴지는 힘의 크기도 조금 전과는 차원이 달랐다.

언강호는 사태가 심상치 않음을 절감했다. 등호도 같은 생각인지 굳은 음성으로 말했다.

"안 되겠다. 반쯤 죽여놓더라도 일단 놈을 제압하고 보아야겠다."

"아무래도 그래야겠군요."

눈빛을 한번 마주친 두 사람은 한층 강한 내공을 끌어올려 풀리지 않는 고리를 향해 돌진해 갔다.

언강호는 혼돈의 기운 속에 정신을 맑고 투명하게 유지한 채 무절구곡을 새롭게 풀어냈다. 그간 수련한 연검류의 정화, 아니, 검성도의 정화가 줄줄이 풀려 나왔다.

등호 역시 팔마공 천겁뢰 사공(四功) 중 백 가닥의 지경(指勁)을 뽑어내는 삼공을 발휘하고 있었다. 웬만한 일에는 한 가닥의 지경을 쓰는 일공만 사용한다는 점을 생각하면 그가 괴물이 된 송백남을 얼마나 대단한 존재로 받아들이고 있는지 알 수 있는 일이었다.

카앙, 카가가강.

은성동을 쩌렁쩌렁 울리는 쇳소리가 강렬하게 퍼져 나갔다.

한차례의 충돌로 검환은 사라지지 않았다.

하지만 언강호의 무절구곡도 시작에 불과했다.

불꽃이 만들어내었던 검성도의 노인!

무성자 본인인지 아니면 그의 사부인 현무상인인지 알 수 없는 신비한 노인이 보여주던 검의 향연.

지금 언강호가 내려치는 연검류의 무절구곡 속에 염부주 최후의 날에 본 그 불꽃의 향연이 되살아나고 있었다.

캉~! 캉~! 캉~!

충돌은 끝없이 계속되었다.

지혈했던 손아귀가 다시 터져 피가 흘러내렸지만 언강호는 이런 사실을 전혀 의식하지 못하고 있었다.

어느 순간 괴물도, 불해검환도 사라지고 오로지 자신만이 남아 그날의 검성도를 따라 춤을 추고 있을 뿐이었다.

마치 눈앞에서 곽요진이 자신의 검에 맞추어 함께 검무를 추는 듯한 느낌이었다.

곧 괴물의 불해검환은 견디지 못하고 소멸되었다.

위기를 느꼈음인지 놈은 다시금 더욱 커다란 검환을 뿜어냈다.

검푸른 암록색의 괴이한 기운이 파도가 치듯 사방에 넘실거렸다.

그러나 언강호는 조금도 당황한 기색이 없었다.

광린검이 아홉 초식을 따라 면면히 흘러가고 있었다.

무엇으로도 그 흐름은 끊을 수 없을 것처럼 보였다.

그야말로 무절구곡(無節九曲)이었다.

어느 순간 등호는 이런 사실을 깨달았다.

자신의 협공이 언강호에게 오히려 방해가 되고 있는 것이었다.

그는 조용히 물러나야겠다는 생각이 들었다.

걱정이 되지 않는 바는 아니지만 의형의 영령이 있어 조카를 지켜줄 것이라고 믿었다.

등호가 물러나자 이때부터 언강호와 괴물의 본격적인 대결이 시작되었다. 아니, 언강호의 무한한 능력과 괴물의 한계가 드러나기 시작했다.

기묘한 대결 구도였다.

그 누구도 끊어놓을 수 없는 검의 흐름과 사람의 힘으로는 풀 수 없는 검의 고리.

그리고 인간과 괴물.

지켜보는 등호와 곽요진 등은 크게 긴장하여 눈을 떼지 못했다.

괴물의 공격은 광란이었고 발악에 가까웠다. 자연 그 기세가 흉험하여 십 장 밖까지 여파가 미칠 정도였다. 그들의 걱정은 당연한 일이었다.

하지만 정작 언강호는 평안했다.

검세(劍勢)와 검세가 충돌할 때마다 혼돈의 기운이 분출하며 오히려 몸과 마음에 새로운 활력을 불어넣어 주고 있었다. 고통은 느껴지지 않았다.

이 때문일까?

정신이 지극히 맑아져 자신의 광린검이 가야 할 길이 훤히 보이는 느낌이었다.

언강호는 주저없이 그 길을 따라갔다.

"아! 이렇게 단순하다니……!"

탄성이 절로 나왔다.

사실 그간 언강호와 곽요진은 단순한 무절구곡의 아홉 초식에 곤혹스러움을 금치 못했다. 통륜십육공의 하나인 검법이 이렇게 단순하다는 것은 믿기 어려운 일이었다. 이로 인해 초식 속에 무엇인가 심오한 뜻이 숨겨져 있을 것이라고 생각하여 두 사람은 머리를 싸매고 찾아 헤매었다.

그 결과 음양화합이며, 상생상극 같은 심오한 원리를 발견할 수 있었다.

한데 그것은 무절구곡의 정수(精髓)가 아니었다.

진정한 연검류의 최정화는 사실 단순하기 그지없는 아홉 초식 그 자체가 전부라고 해도 과언이 아니었던 것이다.

언강호는 마침내 무절구곡을 완전히 깨우칠 수 있었다.

이는 검성도의 절반을 깨우친 것이나 다름없었다.

음양화합이나 상생상극은 아홉 초식이 빚어내는 당연한 결과일 뿐이었다. 즉, 그들이 머리를 싸매고 연구하지 않았더라도, 무절구곡만 꾸준히 연마했다면 자연스럽게 알 수 있는 이치였던 것이다.

이는 마치 장천문의 조화검법이나 천지도법과 비슷한 바였다.

알고 나니, 어이가 없기도 하고 허탈한 기분이 들기도 했다.

'설마 검공도 이 단순한 무절구곡 속에 검성도를 향하는 또 하나의 길이 놓여 있음은 생각지 못했겠지? 그가 만약 검성도와 도화도마저 익혔다면 어떻게 되었을까? 이것이 행일까, 불행일까?'

알 수 없는 미묘한 기분 속에 언강호의 검법은 큰 변화를 일으켰다.

눈부신 속도로 연신 내려치던 검은 점점 느려지고, 강경 일변도이던 검류(劍流)는 봄바람처럼 부드러워지고 있었다.

그리고 잠시 더 시간이 흐르자 마침내 언강호의 무절구곡은 처음 통류방에서 달빛 아래 보았던 곽요진의 검무를 그대로 닮아 있었다.

물론 그 위력은 천지 차이였지만 무공도 매우 약하고 그냥 심심풀이 삼아 검법을 연습하던 그날 곽요진의 검무와 지금 검성도의 정화를 깨우친 언강호의 검무가 꼭 닮아 있다는 것은 매우 역설적인 이야기가 아닐 수 없었다.

이런 사실을 멀리서 지켜보던 곽요진도 느끼고 있었다.

그녀는 영혼이 떨리는 느낌이었다.

언강호가 보여주는 검무가 그녀의 가슴속에서 생생하게 되살아나고 있었다.

곽요진은 자기도 모르게 검을 뽑아 들고 달려나갔다.

깜짝 놀란 등호가 금나수를 발휘하여 손목을 잡아채려 했지만 그녀는 마치 바람결에 날리는 꽃잎처럼 부드럽게 손아귀를 벗어나 어느새 격렬한 싸움의 외중으로 뛰어들고 있었다.

"등공, 그냥 두시오. 언 단주와 곽 아가씨의 검법이 꼭 닮아 있으니……."

정철원이 뒷말을 흐렸다.

두 사람의 검법이 무성자의 정화인 검성도라는 사실은 알지 못하지만 처음 보는 놀라운 검법에 크게 감탄하고 있었던 것이다.

과연 곽요진은 정철원의 말을 무색하게 하지 않았다.

괴물은 미친 듯이 날뛰고 있었다.

놀랍게도 놈은 사방으로 십여 개의 검환을 동시에 뿌려대고 있었다.

불해검환의 한 개 검환을 만들어내기 위해서도 엄청난 공력이 소모 됨을 생각하면 거의 불가사의한 일이었다.

그럼에도 놈의 발악은 단지 발악으로 그치고 있었다.

언강호와 곽요진을 상하게 하기는커녕 두 사람의 포위망을 벗어나 지도 못하는 것이었다.

그 대단한 검환도 무절구곡의 아홉 초식이 몇 번 반복되면 허무하게 사라지고 말았다.

지금 두 사람이 사용하는 연검류, 아니, 검성도의 검법은 대단히 느 리게 보이지만 사실은 속도에서 자유로운 상태라고 하는 것이 정확한 표현이었다.

필요할 때 필요한 만큼 초식을 사용할 수 있었다.

그러니 아무리 대단한 불해검환의 고리도 몇 번 무절구곡과 충돌하 고 나면 검세가 다하지 않을 수 없었다.

더구나 두 사람은 음양화합의 이치에 따라 공격과 수비를 치밀하고 도 자연스럽게 분담하고, 상생상극의 원리에 의해 서로의 힘은 북돋우 고 놈의 힘은 서로 합심하여 깎아내리니 겉보기만 흉험할 뿐 사실은 편안한 상태라고 해도 과언이 아니었다.

만약 언강호나 곽요진이 이 기회를 빌어 검성도를 확실히 이해하고 자 하는 마음이 없었다면, 또한 많은 열쇠를 쥐고 있는 송백남을 잠시 더 살려두고자 하지 않았다면 십여 초면 충분했을 터였다.

그만큼 무성자의 정화인 검성도는 대단한 것이었다.

언강호는 처음 곽요진이 격전의 와중에 뛰어드는 것을 보고서는 오히려 미소로 반겼다.

그녀도 화사한 웃음으로 답했다.

두 사람은 봄 소풍을 나온 것처럼 무절구곡의 길을 따라 검성도를 향해 나아갔다.

이미 그 길을 알게 된 언강호가 앞장서서 이끌어주니 곽요진의 성취도 거침이 없었다.

◈ 第八十四章 ◈ 마족의 등장

근 이각이나 지났을까?

언강호가 말했다.

"요진, 이것이 바로 당신의 선조께서 남기신 검성도의 절반인 것이오."

"고마워요. 당신이 아니었다면 아무도 검성도를 풀어낼 수 없었을 거예요."

"아니오. 내가 더 고맙소. 지금 당신의 모습이야말로 처음 통륜방에서 본 바로 그 월하선녀니까 말이오."

"호호호."

곽요진이 교소를 터뜨리며 부드럽게 검을 내리그었다.

놀랍게도 단 일검에 괴물의 불해검환이 갈라져 나갔다.

멀리서 지켜보던 유곤 등은 크게 놀랐지만 사실 그 일검 속에 무절구곡의 아홉 초식이 여러 번 압축되어 있다는 것은 누구도 알지 못했다.

그녀의 검에 화답하듯 언강호의 광린검이 가볍게 나아가며 괴물의 검을 쳤다.

따~앙!

경쾌한 소리와 함께 놈의 손아귀에서 검이 튕겨 나갔다.

허둥거리며 흉폭한 눈빛을 이글거리는 녀석을 곽요진이 검을 뻗어 가볍게 찔렀다.

탕~!

금갑과 검이 부딪치는 쇳소리가 나직하게 일었다.

그리고 괴물이 된 송백남은 더 이상 움직이지 못했다.

이 광경을 지켜본 등호는 눈이 둥그래졌다.

"이럴 수가? 검으로 금갑 위를 쳐서 갑마의 혈도를 제압하다니? 내 눈으로 보지 않았으면 믿지 못할 일이군."

"그것도 곽 아가씨가?"

유곤의 눈도 튀어나오기 일보 직전이었다.

그들의 놀라움은 당연한 것이지만 음양화합, 상생의 이치에 따라 무절구곡의 검법을 함께 펼치고 있으면 언강호의 힘이 곧 곽요진의 힘이 되는 것이니 곽요진이 송백남을 제압한 것도 지극히 당연한 일이었다.

잠시 놀라움을 가라앉힌 정철원 등이 곧 사람들을 데리고 다가왔다.

자세한 사정을 묻고 싶었으나 그럴 상황이 아니었다.

그들은 궁금함을 참고 우선 마(魔)의 환혼과가 열린 천령신목 숲을 벗어나기로 했다.

언강호가 멀리 있는 전락생을 보고 말했다.

"전 계주, 먼저 가시오. 송백남은 우리가 데리고 가는 게 좋겠소."

"아, 아무래도 그래야겠지?"

괴물의 무시무시한 능력을 직접 목격한 그는 적발독광이란 명성(?)답지 않게 말을 더듬더니 비마와 삼대독물을 재촉해 서둘러 아래쪽 숲으로 들어가기 시작했다.

"이자는 내가 맡지."

등호가 송백남을 안아 들었다.

비록 혈도가 제압되었다고는 하나 여전히 무서운 기운을 뿜어내는 녀석을 감당할 수 있는 사람은 많지 않았다.

언강호는 감사의 눈빛을 보내고 정철원과 유곤을 향해 말했다.

"두 분께서 선사와 저 두 사람을 도와주시오."

"걱정 마시구려. 우리가 책임지겠소."

유곤이 다소 짓궂은 눈빛으로 적각 선사와 검령, 도령을 한 번씩 쳐다보며 대답했다.

그냥 있을 도령이 아니었다.

"아니, 내가 무슨 애도 아니고, 그렇다고 가슴이 봉긋한 여자도 아닌데 뭘 책임진단 말이여?"

물론 그의 투덜거림은 싹 무시를 당했다.

언강호는 혈군들을 앞장서게 하고는 곽요진과 연옥귀의 손을 잡고 즉시 몸을 날렸다.

끝없이 드넓은 은성동과 드문드문 나타나는 거대한 기둥들. 그리고 그 속에 펼쳐진 천령신목 숲과 진동하는 환혼과의 향기.

사람들은 신비롭고도 두려운 기분에 사로잡혀 긴장을 풀지 못한 채 앞으로 달려갔다.

이때만큼은 연옥귀도 다르지 않았다.

마주 잡은 손아귀에는 땀이 축축하게 나 있었고 힘도 잔뜩 들어가 있었다.

평소 같았으면 벌써 언강호의 어깨에 기대어 해롱거리고 있었겠지만 지금은 그럴 기분이 아닌 모양이었다.

하긴 갈수록 더욱 진한 향기와 탐스러운 빛깔의 환혼과가 유혹하고 있으니 무리도 아니었다. 정신을 집중하고 내공을 끌어올려 탈혼(奪魂)의 유혹을 물리치기 바빴던 것이다.

얼마나 갔을까?

언강호가 속으로 열두 개의 기둥을 지났다고 생각하고 있을 즈음 앞쪽에서 기척이 느껴졌다. 적어도 열 이상이었다. 더구나 그들의 능력이 심상치 않아 보였다.

급히 일혈령 관홍에게 전음을 보냈다.

그의 체구는 저일민보다 머리 하나는 큰 편이었다.

자연히 행동이 쉽게 눈에 띄었다.

관홍이 멈추자 일행은 즉시 걸음을 멈추었다.

이혈령 정유가 혈군들을 지휘해 재빨리 대형을 갖추게 했다.

곧 천령신목의 잎을 스치는 소리가 어지럽게 울리고 미지의 존재들이 모습을 드러냈다.

검령과 도령이 차례로 외쳤다.

"저건 부참마시?"

"저 녀석은 방탁이란 놈이잖아?"

사람들의 시선이 바삐 그들의 존재를 쫓았다.

과연 두 사람의 말 그대로였다.

그들 앞에 나타난 자들은 모두 열이었는데 앞쪽의 둘은 한눈에 알아볼 수 있는 존재들이었다. 바로 은경보의 부참마시였던 것이다. 일전 낭랑묘에서 언강호의 비도의 무공에 당해 구멍이 숭숭난 흉측한 모습이 아니더라도, 붕대를 둘둘 감은 시커먼 전신에서 시독의 독정을 은은하게 뿜어내고 있는 만마성의 마물을 모를 사람이 누가 있겠는가?

그리고 뒷줄에 있는 봉두난발의 거지는 다름 아닌 적사묘의 배신자이며, 거지 무리를 대표하는 사심개 방탁이었다.

그들을 살펴보던 적각 선사가 불호를 외며 탄식했다.

"아미타불, 업보로다."

사람들은 고개를 끄덕였다.

잠시 살펴보니 예전과 달라진 점을 발견할 수 있었던 것이다.

사람이었던 방탁은 흐리멍텅한 눈동자로 정신이 없어 보였고, 오히려 마물이었던 부참마시가 또렷한 눈빛과 행동으로 그들을 지휘하고 있는 것으로 보였다.

환혼과로 인한 변화임에 틀림없었다.

인간이 오히려 마물의 노예가 된 셈이었다.

이것이 배신의 대가라면 방탁에게는 대단히 가혹한 일이 아닐 수 없었다. 물론 그는 지금 이런 사실조차 느끼지 못하겠지만 이 점이 더욱 사람들의 마음을 무겁게 했다.

왼쪽의 부참마시가 언강호의 단공쇄류에 반쯤 부서진 입을 열었다. 괴이하기 짝이 없는 음성이었다.

"크크크. 이 숲에 들… 어온 자… 들은 모두 아… 밀(阿密)님을 섬겨… 야 한다. 너희… 들은 나를 따라… 오너라."

놈은 혀도, 성대도 움직이지 않고 비교적 또렷한 목소리를 내고 있었다. 사람들은 섬뜩함에 몸을 떨었다. 그 음성이 마치 십팔만 리 지하 무저갱에서 울려 나오는 듯했던 것이다.

언강호는 오른손이 떨려오는 것을 느꼈다.

연옥귀가 몸을 떨고 있었다.

장미밀원의 원주이며, 요선이라고 불리는 그녀에게도 이런 면이 있었나 하는 생각에 짓궂은 전음을 보냈다.

"요도의 우두머리 요선은 마물의 사돈팔촌쯤 되는 것 같은데 뭐가 그렇게 무섭지?"

그녀의 떨림이 일시에 딱 멎었다.

그리고 연옥귀의 표독스러운 전음이 들려왔다.

"뭐? 나를 저따위 못생긴 녀석과 한 묶음으로 생각하는 거야? 날 그렇게 생각했어?"

"아, 아니야. 하하하. 농담이라구, 농담."

찔끔한 언강호는 다급하게 변명하고는 고개를 돌리며 부참마시, 아니, 정체 모를 괴물을 향해 물었다.

"아밀이 누구지?"

"크으으. 말했… 다, 너에게! 이 숲의 주인… 이시라고."

"이 숲은 어디지?"

아직도 째려보는 연옥귀의 눈길을 모면하기 위해 생각없이 한 이 질문에 뜻밖에도 괴물은 상당히 당황한 모양이었다.

"여, 여… 기가 어디냐고? 그… 렇지. 여기… 가 어디지?"

녀석은 혼자 중얼거리며 잠시 골똘히 생각하더니 고개를 번쩍 치켜들며 말했다.

“그렇… 다. 여기는 유부(幽府)다!”

“…….”

언강호 등은 무슨 뚱딴지같은 소리인가 하는 표정이 되었다. 한데 이때 등호의 놀란 음성이 들려왔다.

“설… 마 마계의 서쪽 유부가 여기란 말이냐?”

“크크크. 그렇… 다. 나는 유… 부의 사급(四級) 마족 탈루하(奪淚河)다.”

“…….”

이미 언강호 일행은 주작천궁을 통해 아득한 옛날에 있었던 선계 신인들과 마계 마족들의 전쟁에 대해 알고 있었다.

악목대전.

인간계와 선계, 마계의 통로가 끊겨 신인과 마족들이 지상에서 사라지고, 반신인과 반마족은 만 명 중 하나만 살아남았으며, 인간들도 삼분의 이가 죽었다던 그 참혹한 전쟁.

그리고 앞으로 닥쳐올 제이의 악목대전.

그 끔찍한 이야기의 한 축인 마계의 흔적을 이곳에서 접하게 될 줄이야……!

아연해진 일행은 할 말을 잊고 말았다.

억지로 정신을 가다듬은 언강호가 무거운 음성으로 다시 물었다.

“마계의 마족인 네가 어떻게 인간계에 나타난 것이냐?”

“크으~! 그… 건 나도 모… 른다. 어느 순… 간 나의 혼이 이 못생긴 하… 급 마물 속에 들어… 와 있… 었다.”

“…….”

놈의 말은 거짓이 아닌 듯했다.

언강호는 잠시 생각을 굴려보았다.

아마도 마물이 환혼과를 복용하면 괴이한 작용이 일어나 마족의 혼이 마물 속으로 들어오는 것 같았다. 원래 부참마시 등이 마족의 후예인 만마부에 뿌리를 둔 만마성에서 만들어진 것이니 이런 일도 가능할지 모르겠다는 생각이 들었다.

한 가지 다행인 것은 눈앞의 괴물이 마계의 마족 본신이 아닌 그 혼만 들어온 불완전한 존재라는 사실이었다.

놈이 말한 사급 마족의 위력이 어느 정도인지는 몰라도 전설을 생각해 보면 인간의 힘으로 대항할 수 없는 존재라는 것은 분명할 터였다.

하지만 인간이 만든 마물의 몸을 빌린 마족이라면 그 정도는 아닌 것이 틀림없었다.

그제야 언강호는 다소 여유를 찾을 수 있었다.

"그럼 아밀도 마족이오?"

"크크크. 물론이다. 그녀는 마… 족의 적통이시다."

"당신은 적통 마족이 아니오?"

"크으~! 마족 중에도 신분의 차이가 있다. 아밀님은 마… 족의 적통으로서 위대하신 제일급 마족의 제왕 암황신(暗荒神)의 피를 이어받았다. 나 같은 사급 마족이 그녀를 가까… 이서 모실 수 있다… 는 것만도 영광이다."

"암황신은 또 누구요?"

"그분은 유… 부의 제왕… 이시다. 흑마… 신은 그… 분의 서자에 불과하다."

"흑마신?"

언강호는 다시 한 번 속이 뜨끔함을 느꼈다.

놈이 말한 흑마신이야말로 만마부에서 마족의 후예들을 규합하여 악목대전을 벌인 장본인이었다. 주작대로에서 본 창힐선인의 기록에 의하면 그를 막기 위해 선계 사신장 두 명이 힘을 합치고서야 간신히 이길 수 있었다고 하지 않았던가?

그런 흑마신보다 정통에 가까운 아밀이란 여인은 도대체 누구이며 또 얼마만 한 힘을 가진 존재란 말인가? 정녕 제이의 악목대전이 눈앞에 닥쳐오고 있단 말인가?

조금 전 검성도의 절반인, 정도 무공의 정화를 깨우쳐 가슴 든든했던 기분이 일시에 사라지는 느낌이었다.

걱정스러운 정철원의 음성이 들려왔다.

"언 단주, 어쩌면 좋겠소? 이대로 저들을 따라가야 하겠소?"

"……."

언강호라고 뾰족한 대책이 있을 리 없었다.

등호와 곽요진을 차례로 쳐다보았다. 일행 중 그래도 생각이 깊은 사람들이었다.

막 곽요진의 의견을 물으려하는데 인상을 찡그리게 하는 목소리가 쌍으로 들려왔다.

"무얼 망설여, 언 단주? 일단 놈들을 두들겨서 잡아놓고 볼일이지?"

"맞아. 일급 마족이면 어떻고, 사급 마족이면 어때? 여긴 인간계야, 인간계! 어디서 거지 나부랭이 같은 것들이 설치고 다녀?"

이 심각한 상황에 분위기 파악 못하는 사람은 물론 검령과 도령이었다. 저일민과 하독승, 전락생이 없으니 이제는 그들이 나서서 분위기를 깨고 있었다.

'이 한심아!' 하는 일행의 눈빛이 두 사람에게 쏟아져 내렸다.

점잖은 적각 선사와 철없는 연옥귀도 마찬가지였다. 거기에 혈군들의 시선까지 집중되자 검령과 도령은 절로 얼굴이 붉어졌다.

물론 혈군들이 감정이 있을 리 없으니 단순히 쳐다본 것에 불과하지만 받아들이는 사람의 입장에서는 다른 사람들의 시선과 비슷하게 느껴졌던 것이다.

눈빛만으로 악명 높은 통륜방 융무전의 두 인간 도살자들을 제압한 일행은 전음으로 바쁘게 대화를 나누었다.

대부분은 듣는 편이고 주로 곽요진과 등호가 의견을 냈고 간혹 언강호와 정철원, 유곤이 맞장구를 치거나 고개를 저었다.

한데 우스운 일이었다.

여러 명이 지혜를 모아 내린 결론이 검령, 도령의 의견과 다르지 않았던 것이다.

일단 제압하고 보자.

이것이 결론이었다.

언강호는 괜히 미안한 마음에 두 사람을 향해 한번 웃어주고는 몇 걸음 앞으로 나섰다. 곽요진이 따라나섰다. 연옥귀는 부러운 눈빛으로 그녀를 바라보다가 곧 등호 쪽으로 물러섰다.

자칭 사급 미족 탈루하라고 칭한 부참마시가 움찔했다.

하지만 금세 놈의 몸에서 무서운 기운이 일어나기 시작했다.

'나와 요진이 놈을 제압하기로 결심했다는 사실을 벌써 알아차렸단 말인가?'

송백남과 비교하면 대단히 빠른 반응이었다.

시간으로 따져 길어야 한 시진 더 빨리 환혼과를 복용했을 텐데 이러한 차이라면 두려운 일이 아닐 수 없었다.

탈루하 옆에 있던 부참마시가 입을 열었다.

"크크크. 저 벌… 레들이 너를 우습… 게보는 모양… 이군."

"크으. 가벌륵(加伐勒), 넌 구경… 이나 하고 있어."

이 말을 들은 검령이 키득거렸다.

"큭큭큭, 어라? 저놈들도 사람 웃길 줄 아네?"

"햐가각. 그러게 말이야."

물론 그를 따라 웃는 사람은 도령뿐이었다. 그런 둘을 향해 즉각적으로 연옥귀의 눈째림과 핀잔이 날아들었다.

"그래, 놈이 벌레라고 하니 기분 좋아요?"

"무, 무슨? 걍 같잖다는 말이지."

"제발 걍 찌그러져 있어요. 알았어요?"

연옥귀를 두려워하지 않는 정상적인 남자는 거의 없었다. 더구나 노총각들의 대부격인 검령과 도령은 그중에서도 정도가 심했다.

그들은 떨떠름한 표정이 되어 뒤로 슬그머니 물러나고 말았다.

이때 이미 언강호와 곽요진은 앞으로 나온 탈루하를 포위하고 있었다.

놈은 진짜로 두 사람을 벌레처럼 하찮게 생각하는지 여유있게 기다려주는 듯했다.

"강호, 조심하세요."

"알았소. 요진 당신도."

상대가 마족이라는 사실을 알았기 때문일까? 아니면 놈의 몸에서 뿜어져 나오는 무서운 기세에 긴장한 탓일까?

검성도의 무절구곡을 사용하면 두 명의 감람경의 고수 같은 능력을 발휘할 수 있는 언강호와 곽요진도 크게 긴장해 있었다.

놈의 육신이 부참마시로 송백남의 금갑마인보다 격이 떨어진다는 사실을 생각하고 애써 마음을 가라앉히려고 했지만, 기세 자체만 보아도 송백남의 몸속에 들어온 마족을 능가함이 분명했다.

이것이 마족 본래의 차이 때문인지 아니면 시간이 지나면서 마족의 능력을 점차 깨닫게 되기 때문인지는 알 수 없었다.

어쨌든 놈이 마족 본래의 능력을 발휘할 수 있게 되었을지도 모른다는 사실이 두려움이 되어 다가왔다.

항상 죽음과 동행하며 염부주를 헤쳐 나온 언강호조차도 지금은 두려움을 느끼지 않을 수 없었다.

하지만 머뭇거림은 언강호에게 어울리지 않는 일이었다.

광린검의 손잡이를 잡아가는 순간 놈이 먼저 공격해 왔다.

"크크크, 죽… 어… 라!"

송백남 마족과 똑같은 말이었다.

놈이 양손의 기다란 손톱을 기이하게 앞뒤로 흔들자 구름과 같은 조영(爪影)이 무수하게 일어났다. 놀랍게도 그 손톱 그림자 하나하나마다 가볍게 사람을 사지분시할 수 있는 무서운 위력이 담겨 있었다.

살기와 괴악한 기운이 질식할 것처럼 요동쳤다.

환혼과의 향기 때문에 마음대로 호흡도 못하는 언강호와 곽요진으로서는 곤혹스럽기 짝이 없는 일이었다.

언강호는 그 와중에도 놈의 동작을 유심히 살피고 있었다.

'저 탈루하란 마족이 손톱을 쓰는 방법은 예전 동죽부에서 본 만마성의 조법 날골마조와 비슷하군. 위력은 더 높아 보이지만 마족의 능력 같지는 않은데?'

다행스러운 일이었다.

어쩌면 환혼과의 힘으로 마물의 몸을 빌어 인간계에 나타난 마족은 근본적으로 본신의 능력을 발휘하지 못하고, 단지 원래 몸이 익히고 있던 무공 등을 좀 더 강하게 사용할 수 있을 뿐인지도 모를 일이었다.

그렇다면 악목대전이 다시 벌어질 일은 없을 터였다.

언강호는 희망을 담아 그렇게 되길 기원하며 무절구곡을 뽑아냈다.

동시에 곽요진의 검도 움직였다.

그의 검은 뜨거운 태양 빛 아래 흐느적거리는 움직임으로, 그녀의 검은 서늘한 그늘 속에 민첩한 동작으로 뻗어나가고 있었다.

음양화합의 원리에 따른 조화였다.

카가가강.

손톱과 두 검의 충돌음이 요란하게 울려 퍼졌다.

"캬아악."

완벽하게 조화를 이룬 검성도의 검법 앞에, 조영의 구름은 순간적으로 씻은 듯이 사라지고 기세등등하던 마족 녀석이 죽을 듯이 괴성을 질러댔다.

언강호와 곽요진은 다소 어이가 없어 검을 멈추었다.

놈을 살펴보니 단지백의 혼이 담긴 보검인 광린검의 예기를 견디지 못했음인지 손톱 하나가 잘려 있었다.

검성도의 무절구곡을 사용해 이토록 쉽게 놈을 물리친 것도 다소 뜻밖이었지만 그렇다고 손톱 하나에 펄쩍펄쩍 뛰는 녀석의 행동은 더욱 생각 밖이었다.

놈은 가벌륵이란 녀석에게 다가가더니 질질 짜는 음성으로 말했다.

"크억. 저… 놈들이 나… 를 아프게 했어. 네… 가 대… 신 복수해 줘."

하지만 놈의 행동도 별로 다르지 않았다. 가벌륵이란 녀석은 뒤로 주춤주춤 물러나며 말했다.

"어? 어어. 인… 간 벌레… 들의 무공… 이 이렇게 강하다니?"

"어, 어… 떻게 하지? 도망… 가서 아밀… 님에게 말씀… 드려 혼내 주라고 할까?"

"그, 그건 안… 돼. 아밀… 님에게 자랑을 얼마… 나 많이 했는… 데?"

"씨이, 그럼 어쩌… 자는 말이… 야? 내가 목… 이라도 잘려… 야 속이 시원하겠… 어?"

"그, 그럴 수야 없지. 이, 일단 탈백인(奪魄人)들… 을 시켜 저것들을 공격… 하게 하자."

"쳇, 나… 도 안 되는데 겨우 탈백인… 들로 되겠어?"

"어쨌든 해… 봐야지."

흉측한 외모만 아니라면 하는 짓이 귀여운 면까지 있었다.

언강호는 전설로 듣던 것과는 너무나 다른 마족의 모습에 웃음이 나오려고 했다.

곽요진은 이미 입을 가리고 웃고 있었다.

하지만 가벌특의 명령으로 방탁을 비롯해 혼백을 잃은 것으로 보이는 인간들이 나서자 더 이상 웃고 있을 수가 없었다.

어찌해야 할지 절로 인상이 찌푸려졌다.

방탁이야 그렇다고 쳐도 처음 보는 대부분의 사람들은 은성동 출신이 틀림없을 것이고, 그렇다면 자신의 외가인 소주담가의 사람들일 가능성이 농후한 것이다.

혼백을 잃었다고 해도 그들을 상하게 할 수는 없는 노릇이었다.

언강호는 곽요진을 쳐다보았다.

이심전심일까?

그녀가 먼저 말했다.

"아까 금갑마인까지 제압하지 않았어요? 너무 걱정하지 말아요."

"부탁하겠소, 요진."

"그럼 시작해요."

밝은 그녀의 음성에 언강호는 마음이 놓이는 느낌이었다.

가벌륵과 탈루하가 탈백인이라고 칭한 그들은 어깨를 축 늘어뜨린 채 코앞까지 다가왔다.

저래서 무슨 싸움을 할 수 있을까 싶었다.

다치지 않게 곱게 제압해야겠다는 생각만이 들었다.

한데 가벌륵이 부참마시의 입을 쩍 벌리고 괴이한 음성을 토하는 순간 탈백인들은 백팔십도로 달라졌다.

흐리멍텅하던 눈동자에서 불길처럼 광기(狂氣)가 끓어올랐다.

그리고는 완전히 미친놈처럼 무지막지하게 달려드는 것이었다.

방심하고 있던 언강호와 곽요진은 깜짝 놀라 후다닥 물러섰다.

탈백인들은 더욱 기세등등하게 덤벼들었다.

언강호는 놀란 가슴을 진정시키고 황급히 팔심결을 끌어올려 정신을 집중했다.

그러자 요란한 위험 신호가 감지되었다.

방탁을 제외한 열하나의 탈백인은 전부 낭아곤(狼牙棍)과 비슷한, 날카로운 가시가 숭숭 돋아 있는 곤봉을 들고 있었는데, 미친놈처럼 날뛰는 그 움직임이 사실은 지극히 정밀한 무공의 일종이며, 마치 진법과 같이 기이한 협공의 원리에 따른 것이라는 사실을 간파할 수 있었다.

'소주담가에 저런 곤법이 있었나? 이건 부명유공이나 불해검환 등과 비교해도 전혀 뒤지지 않는 수준의 무공이잖아?

은성동에 들어선 이후에는 모든 일이 예측을 불허하고 있었다.

지금도 마찬가지였다.

마족이 등장하지 않나, 외가인 소주담가의 후예로 생각되는 탈백인들이 듣도 보도 못한 무공을 사용하지 않나, 하나같이 당혹스러운 일 투성이였다.

이런 때 곽요진과 더불어 무절구곡을 통해 검성도의 절반을 깨우친 것은 무척이나 다행스러운 일이었다.

기묘한 곤법으로 무장한 이들을 온전하게 제압하는 것은 현재로서는 검성도의 검법이 아니면 불가능하기 때문이다.

비도의 무공을 쓴다면 틀림없이 모두 죽일 수밖에 없을 터였다.

아직은 완전하지 않은 장천문의 조화검법과 천지도법도 마찬가지였다.

부드러움과 유유로움, 흐름에 있어서는 무절구곡의 검성도가 최상의 무공이라고 해도 과언이 아니었다.

원래 연검류는 상대를 폭풍처럼 쉴 새 없이 몰아쳐 단숨에 적을 제압하는 무공이지만 극에 이르니 이처럼 부드러운 검무가 되어 있었다.

"강호, 속히 이들을 제압해야되겠어요."

다소 소극적으로 그들을 상대하던 곽요진이 외쳤다.

언강호도 비슷한 마음이었다.

탈백인들이 미친 듯이 낭아곤을 휘둘러 대는 통에 그 기세가 사방으로 뻗쳐 천령신목을 상하게 하면서 문제가 생겼던 것이다. 그들의 곤법은 실로 위력이 대단해 슬쩍 스치기만 해도 천령신목이 푹푹 파여나가는 통에 수액이 줄줄 흘러내리고 있었다. 문제는 그 수액에서 풍기는 냄새였다.

환혼과와는 정반대의 지독하게 구린 냄새.

칠공과 모공을 모두 폐쇄하고 있는데도 머리가 어질어질할 정도였다.

등호 등은 코를 감싸쥐고 뒷걸음질치고 있었다.

언강호와 곽요진은 서둘러 본격적으로 무절구곡을 발휘하기 시작했다.

무겁고 경쾌한 상반된 성질의 두 검이 서로를 북돋우며 물결처럼 흘러갔다.

그 속에는 심원검법의 오대검류는 물론이고 불패검 선생이 보여주었던 흐름의 쾌검이나 은선의 무변의 변검까지 담겨 있었다.

염부주에서 시작한 본원십일공의 기본 검법 심원검법의 꾸준한 수련은 헛된 것이 아니었다.

그리고 흐름의 쾌검과 무변의 변검도 검성도의 무절구곡에 상당한 영역을 차지하고 있는 것이었다.

그 모든 것이 녹아들어 지금 검성도로 되살아나고 있었다.

하지만 어떻게 된 일인지 탈백인들을 일시에 제압할 수는 없었다. 그들은 자신들의 공세가 통하지 않자 더욱더 미친 듯이 날뛰고 있었다. 그 흉흉한 기세만은 언강호조차 일말의 두려움을 느끼게 할 정도였다.

'마족은 귀엽고 인간은 흉악하다니? 이런 일도 있단 말인가?'

거듭되는 괴이한 상황에 언강호는 탄식을 금하지 못했다.

그들의 흉험함에 곽요진의 곤욕이 말이 아니었다.

옷자락이 뜯겨 나가고 머리카락이 잘리기도 했다.

그럼에도 언강호는 일시 그들을 제압할 방도가 없어 답답해했다.

이때 굉량한 불호성이 들려왔다.

“아! 미! 타! 불!”

오늘만 두 번째 듣는 대비범창이었다.

물론 이번에는 적각 선사가 혼신의 힘으로 발휘한 것이라 그 소리는 범종을 치듯이 웅장하고 굉량한 것이었다.

이런 상황에서 무슨 대비범창인가 다소 어리둥절해하던 언강호는 곧 눈으로 그 효과를 확인할 수 있었다.

탈백인들이 몸을 부르르 떨더니 행동이 급격하게 느려진 것이었다.

만사만악만마를 깨뜨린다는 대비범창이 이들에게도 효과가 있음이 틀림없었다.

언강호와 곽요진은 크게 기뻐하며 즉시 전력을 다해 검성도의 검법을 발휘했다.

천장의 수정과 같은 돌에서 쏟아지는 빛줄기를 받아 두 자루 검이 무수한 검광을 뿌려냈다.

이미 흐름의 쾌검을 통해 속도가 반드시 힘이 아니라는 사실을 깨우친 언강호였기에 일단 빠르게 검을 쓰기로 마음먹은 이상 얼마든지 많은 검을 한꺼번에 쏟아낼 수 있었다.

“오우~! 멋있는데?”

“히야? 정말 환상적이군!”

두 남녀가 일시에 검광을 터뜨리는 광경은 실로 장관이었다.

검령과 도령이 입을 쩍 벌리며 감탄사를 토했다. 이번에는 연옥귀도 핀잔을 주지 않았다.

만약 언강호가 지금 자신들의 모습을 보았다면 염부주에서의 검성도가 어느 정도 재현되고 있음을 알았겠지만 검성도를 본 일이 없는 다른 사람들은 이런 의미를 알지 못하고 그저 감탄할 뿐이었다.

털썩~!

열두 탈백인이 동시에 제압되어 쓰러졌다.

물론 다소의 상처는 있었지만 목숨에는 전혀 지장이 없었다.

이를 본 탈루하와 가벌륵은 거의 울상이 되었다.

언강호는 고생한 것도 잊고 다시 웃음이 나오려고 했다.

애써 웃음을 삼키고는 일부러 무서운 표정을 지어 보이며 말했다.

"한 가지만 말하면 너희들을 곱게 보내주겠다."

"그, 그… 게 무, 무엇… 이냐?"

"소주담가……."

질문을 하던 언강호는 순간적으로 목이 컥 막히는 느낌에 입을 다물고 말았다. 말을 하면서 자기도 모르게 숨을 조금 들이쉰 모양이었다. 그 순간 역겨운 냄새가 진동하며 참기 힘든 구토가 치밀었던 것이다.

곽요진이 이를 보고 말했다.

"정말 역겨운 냄새군요. 일단 이곳을 벗어나서 말해요."

"아, 아무래도 그러는 게 좋겠소. 이봐, 가벌륵! 저쪽으로 가자."

한데 놈이 괴이쩍은 표정을 짓는 것이었다.

"크크크. 너 이 냄… 새가 무척 견… 디기 힘든 모양… 이구나. 싫다."

"뭐?"

언강호는 순간적으로 머리가 띵해지는 느낌이었다.

이 마족 녀석은 잔머리를 굴리고 있음이 틀림없었다.

"가고 싶으… 면 너… 희나 가!"

"순순히 따라오는 게 좋을 거야!"

화가 치솟은 언강호는 평소답지 않게 소리를 버럭 질렀다. 이에 한

번 맛을 본 탈루하가 움찔하며 가벌륵의 소매를 잡아당겼다.

"저, 저 인간 벌레… 는 정… 말 무서운 녀석… 이라구."

"걱정… 마. 괜히 큰 소리 한 번 쳐… 보는 걸 거야. 그리… 고 진짜 우… 리를 공격하면 천령… 신목을 마구 파헤치면 돼. 그럼 인간 벌레… 들은 냄새를 이기지 못… 하고 기절하고 말… 거야."

"그, 그… 럴까?"

아무래도 말로 해서는 안 되는 모양이었다.

언강호는 회수했던 광린검을 다시 뽑아 매서운 기세로 무절구곡을 일으켰다.

허공에 둥근 곡선을 그리며 우아하게 날아가는 검에는 인간의 몸으로서는 견딜 수 없는 무서운 기세가 담겨 있었다.

이는 마물인 부참마시도 마찬가지였다.

죽이려는 살의(殺意)가 없었기에 망정이지 작심하고 무절구곡의 검성도를 발휘했다면 마족의 혼백이 들어온 부참마시도 일검에 절단 낼 정도였다.

쿠당탕탕.

다행히 광린검의 예기를 대폭 줄여 별로 상한 곳은 없었지만 삽시간에 구구 삼십육 검세를 발휘한 연검류의 공격에 녀석은 형편없이 땅에 나뒹굴어야 했다.

언강호가 검성도만 깨우치지 못했어도 당당한 마족 가벌륵이 이렇게 비참해지지는 않았을 텐데 그로서는 불행한 일이 아닐 수 없었다.

◆ 第八十五章 ◆ 암흑신의 척룡

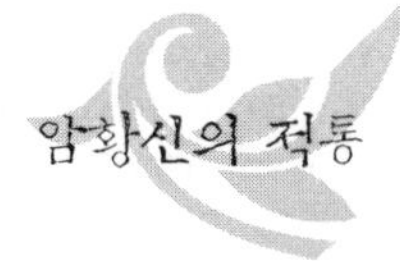

마물이 고통을 느낄 리 없건만 녀석은 얻어맞은 볼을 문지르며 두려운 눈빛으로 바라보고 있었다.

탈루하가 재빨리 달려가 그를 일으켜 주었다.

"저, 정… 말 말이 안 통… 하는 무서… 운 인간 벌레다."

가벌륵의 말에 곽요진과 연옥귀는 더 이상 참지 못하고 폭소를 터뜨렸다.

"호호호호!"

"오호호호! 정말 웃기는 마물들이야. 웃겨 죽겠어."

등호와 적각 선사 등도 체면상 크게 웃지는 않았지만 입가에 미소는 숨기지 못하고 있었다.

이상한 마물들 때문에 영 면목이 안 서는 언강호였다.

그는 가벌륵을 보고 인상을 팍 찡그렸다.

찔끔한 녀석이 재빨리 일어서더니 멀찌감치 물러나기 시작했다. 언강호 등은 서둘러 제압당한 탈백인들을 하나 둘씩 움켜쥐고 그들을 따라갔다.

한 대 얻어맞고 정신을 차린 것인지 가벌륵이 아주 적당한 장소로 일행을 안내했다.

아래쪽 숲에서 제법 강한 바람이 불어오는 곳이었다.

이로 인해 천령신목의 수액 냄새는 물론이고 환혼과의 향기까지 매우 약하게 느껴졌다.

일행은 참았던 숨을 크게 들이쉬며 탁해진 체내의 공기를 내보냈다.

"돼, 됐… 지?"

덜떨어진 마족 가벌륵이 아직도 볼을 문지르며 말했다.

언강호는 못마땅한 눈빛으로 그를 노려보다가 다시 질문을 시작했다.

"소주담가의 후예들은 어디 있지?"

"모, 몰… 라."

"뭐라고? 이곳에서 사람들을 본 적이 없단 말이야?"

"사… 람? 사람… 이라면 여러 탈백… 인들이 우리와 함께 살아."

"탈백인들 말고는?"

"그건 몰… 라. 우… 린 아밀… 님과 함… 께 산 지 얼마 안 되… 니까. 다른 곳… 은 가본… 적이 없… 어."

언강호는 약간 모자라는 듯이 보이는 두 마족 가벌륵과 탈루하가 아는 것이 거의 없다는 사실을 알 수 있었다. 이렇게 되면 아밀이라는 마족의 괴수를 만나보는 수밖에 없었다. 덜떨어진 두 녀석을 보니 이젠 마족도 크게 두렵지는 않았다.

곽요진과 등호도 비슷한 생각을 하고 있었던지 언강호의 전음에 선선히 동의했다.

그들은 가벌륵을 앞장세워 아밀이란 존재를 찾아가기 시작했다.

일행은 잠시 두 부참마시를 따라 묵묵히 걸음을 옮겼다.

뒤쫓아가는 언강호 등의 발걸음은 조금 전처럼 그렇게 무겁지는 않았다. 검령과 도령이 가벼운 농담도 주고받고, 연옥귀가 몇 마디 핀잔을 주기도 했다.

물론 이는 언강호와 곽요진이 전설의 마족을 쉽게 제압한 덕분이었다.

한데 이때 일행의 심신을 단숨에 사로잡는 기이한 광경이 눈앞에 펼쳐졌다.

천장과 기둥을 덮고 있는, 수정처럼 투명한 돌에서 쏟아져 내리던 빛줄기가 화사한 노란색으로 물드는가 싶더니 곧이어 밝기가 급격하게 약해지기 시작한 것이다.

"아?"

사람들은 자기도 모르게 감탄사를 터뜨렸다.

마치 빛줄기가 어둠 속으로 빨려 들어가는 듯한 기묘한 광경이었다.

밝고 환함이 사라져 가는 아름다움!

그 속에 샛노랗게 물들었던 일행의 모습도 함께 사라져 가고 있었다. 곽요진과 연옥귀는 꿈꾸듯 몽롱한 눈빛이 되어 언강호의 어깨에 몸을 기댔고 적각 선사는 마치 선정에 든 고승처럼 얼굴빛이 장엄해졌다.

은성동은 진정 상상하기 힘든 신비로운 곳이었다.

하지만 잠시 취한 듯 아름다움을 즐기던 일행은 곧 두려움에 사로잡혔다.

빛줄기가 사라지는 속도가 너무 빨라 시력이 적응하지 못하면서, 일순간에 캄캄한 암흑천지에 빠진 듯한 느낌을 받았던 것이다.

"무, 무슨 일이지? 나… 겁나요."

"걱정 마시오, 요진. 아마도 해가 지고 있는 모양이오."

습관적으로 곽요진을 끌어당기며 어깨를 감싸안아 주던 언강호는 곧 자신이 실수했음을 깨달을 수 있었다.

이번에는 의외로 곽요진은 침착한 반면 연옥귀가 몸을 떨고 있었다. 그녀는 바로 가자미처럼 눈이 세모꼴이 되어 언강호를 꼬나보며 말했다.

"뭐야? 나는 여자가 아닌 줄 알아?"

"그, 그렇다기보다는… 연 원… 주, 아니, 당신은 강한 여자가 아니오?"

"쳇, 언니만 이쁘다 이거지? 좋아, 좋다구."

"……."

"글구 연 원주니 당신이니, 아유~! 듣기 싫어. 언니를 나보다 더 사랑하는 건 이해하지만 언니도 인정했잖아? 그럼 이름이라도 불러줘야 하는 것 아니야?"

"……."

언강호는 '내가 요진을 사랑하는 건 당연한 일이지만 너같이 막무가내 꼬마를 왜 사랑하겠냐?'라고 외치고 싶었지만 차마 입 밖으로 말을 꺼내지는 못했다.

이를 본 연옥귀가 더욱 기세등등하게 소리쳤다.

“왜 꿀 먹은 벙어리야?”

“…….”

이번에도 여전히 언강호는 대꾸할 수 없었다.

“큭큭큭.”

뒤에서 검령과 도령이 킥킥거렸다. 물론 우습기는 등호나 정철원 등도 마찬가지였지만 체면상 소리내어 웃지는 않았다.

천하의 좌검우도마가 이런 곤욕 아닌 곤욕을 치르고 있을 줄이야 누가 알겠는가?

어쨌든 엉뚱하지만 꾸밈없는 연옥귀로 인해 사람들은 마음이 다소 가벼워지는 느낌이었다. 입가에는 미소마저 감돌았다. 언강호를 생각하는 연옥귀의 진실한 마음이 사람들에게 감동을 주었던 것이다.

하지만 그렇지 못한 사람 아니, 마물도 있었다.

가장 무서운 인간 벌레라고 생각했던 괴물(?)에게 큰 소리를 뻥뻥치는 여자 벌레를 본 탈루하가 가벌륵을 보고 조그만 목소리로 속삭였다.

“저, 저 계집이 더 무서운 인간 벌레인 모양이다. 이거 큰일이잖아?”

“뭐가?”

“혹시 저 계집이 아밀님을 능가하는 능력자가 아닐까?”

“서, 설마?”

다행히 그들의 속삭임은 연옥귀의 귀에 들리지 않았다.

곽요진이 언강호에게 전음을 보내 그녀를 안아주라고 했던 것이다. 언강호에게 안긴 연옥귀는 당연히 해롱해롱한 상태가 되어 아무 소리도 들을 수 없었다.

그런 세 사람을 두 어리버리한 마족은 괴이쩍은 눈빛으로 쳐다보고 있었다.

등호가 정철원을 보고 말했다.

"호수를 통해 들어오던 햇빛이 완전히 차단된 모양이오. 이토록 지독한 어둠이 계속된다면 아무리 고수라도 제대로 움직이기가 힘들겠소."

"범마님의 말씀이 맞습니다. 저는 삼 장 앞을 보기 힘들군요."

고수일수록 시력의 적응이 빠르기 마련이었다.

그럼에도 현공 위위홍과 함께 동심맹 사대고수의 일인이었던 정철원이 삼 장 앞을 보기 힘든 것이 지금 은성동의 상태였다.

그들은 언강호를 바라보았다.

말로 묻지는 않았지만 그 눈빛의 의미는 일행들 모두 쉽게 알 수 있는 것이었다. 다행히 언강호가 가벼운 미소를 지어 보였다.

사람들은 그 속에서 자신감을 발견하고 안도하며 새삼 감람경의 고수는 차원이 다른 존재라는 사실을 느꼈다.

이때 탈루하와 가벌륵은 서로 눈빛을 교환하더니 뒤로 슬금슬금 물러나고 있었다. 언강호의 미소가 무슨 뜻인지 알지 못하는 그들은 단지 등호와 정철원의 말만 듣고는 이들 인간 벌레들이 어둠에 매우 취약하다고 생각했던 것이다.

이를 모를 리 없는 언강호였다.

좌수로 광린검의 손잡이를 슬그머니 쓰다듬었다.

그것이면 충분했다.

칼날의 날카로운 예기가 검갑(劍匣)을 격하여 두 미족을 향해 쏟아져 나갔다.

"헉!"

살금살금 몇 장을 물러나 막 힘껏 달리려던 탈루하와 가벌륵은 깜짝
놀라 그 자리에 우뚝 멈추어서고 말았다.

둘은 슬그머니 고개를 돌렸다.

서늘하고 깊은 눈동자가 그들을 주시하고 있었다.

두 마족은 어색한 눈빛으로 지으며 언강호의 시선을 피했다.

"우와~!"

잠시 실랑이를 벌이는 사이 연옥귀의 환성과 함께 천령신목 숲 저편
에서 붉은 광채가 솟아오르고 있었다.

마치 아침해가 떠오르는 듯한 광경이었다.

다시 한 번 은성동의 신비로움이 눈앞에 펼쳐지고 있었다.

저 멀리서 피어오르는 붉은 광채는 수정과 같은 돌을 타고 사방으로
찬란한 빛을 뿌려댔다.

사람들은 그 속에 파묻혀 모두들 붉게 물들었다.

세상이 온통 붉게 보였다.

연옥귀를 제외하면 감탄사도 잊고 은성동의 신비로운 광경에 사로
잡혀 있던 일행은 곧 정신을 차리고 두 마족을 앞장세워 걷기 시작했
다.

그들이 향하는 곳은 바로 그 붉은 광채가 솟아오르는 곳이었다.

일행은 기이한 흥분을 느꼈다.

몇 장이나 갔을까?

여전히 감흥이 가시지 않아 언강호 등은 얼마나 걸었는지, 시간이
얼마나 지났는지도 잘 느끼지 못했다.

어느새 천령신목 숲이 끝나가고 있었다.

울창하던 거목들이 드문드문 보이더니 결국에는 한 그루도 보이지

않게 되었다.

그곳은 이제까지 본 은성동과는 많이 달랐다.

칙칙한 회색 빛깔의 돌무더기가 어지럽게 널려 있는 황량한 땅이라, 신선이 사는 듯한 앞쪽의 선경과 비교하면 능히 마족의 괴수가 살고 있음직한 장소였다.

이로 인해 사람들의 경계심이 바짝 높아졌다.

신비로운 붉은 광채의 장관은 여전히 계속되고 있었지만 모두들 안색이 굳어져 있었다.

“은성동에 이런 곳이 있다니……..”

“정말 극과 극이군. 여기는 어째서 풀 한 포기 보이지 않는 것이지?”

한마디씩 던지는 유곤과 정철원의 말이 일행의 마음을 대변하고 있었다.

거기에 때맞추어 앞쪽에서 불어온 돌개바람에 일행은 먼지를 흠뻑 뒤집어쓰고 말았다.

검령이 인상을 부욱 그리더니 침을 내뱉으며 투덜거렸다.

“캬악~! 정말 기분 더럽군.”

아닌 게 아니라 코끝에 스치는 메케한 먼지는 속을 울렁거리게 할 정도였다. 사방에 널린 칙칙한 회흑색의 돌에서 일어나는 돌가루는 보기만 해도 기분이 나빴다. 일행은 다시 숨을 막고 걸음을 재촉했다.

신경이 더욱 곤두서기는 언강호도 마찬가지였다.

먼지가 문제가 아니라, 온통 회흑색 일색인 이곳에 들어서자 마족이 된 두 부참마시가 기묘하게 녹아드는 듯한 느낌이 들었던 것이다.

정말 그들의 고향인 유부가 이곳일지도 모를 일이었다.

일행은 황량한 대지의 먼지를 뚫고 빠른 속도로 날아갔다.

가별륵과 탈루하는 언강호의 심사가 좋지 않다는 사실을 눈치 챘는지 알아서 길을 인도했다.

"으음……."

언강호의 입에서 신음이 흘러나왔다.

놀랍게도 중간에 나타나는 거대한 기둥조차 온통 칙칙한 회흑색 일색이었던 것이다.

'저 기둥은 원래 저런 것인가? 아니면 다른 기둥들처럼 수정 같은 돌로 덮여 있던 것이 이처럼 변한 것인가?

이 아름답고 신비로운 은성동에 이렇게 칙칙한 회흑색의 대지는 전혀 어울리지 않았다.

더구나 그 기둥을 자세히 살펴보니 보통 기둥들처럼 육면체 혹은 팔면체로 이루어진 돌들이 빼곡하게 박혀 있었다.

그 돌들이 회흑색이 아니라 수정처럼 투명하다면 다른 기둥과 같이 찬란한 빛을 뿌릴 것이 틀림없었다.

정녕 생각하고 싶지 않은 일이었다.

도대체 누가, 어떤 존재가 이렇게 바꾸어 놓을 수 있단 말인가?

'혹시 암황신의 피를 이었다는 그 아밀이라는 마족이?

갑자기 가슴이 답답해지는 기분이었다.

묵직한 쇳덩어리에 얻어맞은 느낌이었다. 언강호는 일행의 사기를 생각해 내색도 못하고 속으로 한숨을 삭이며 가슴을 달랬다.

앞장서서 인도하는 두 마족의 움직임이 한층 빨라지고 민첩해지고 있었다.

그들의 기운도 크게 상승하고 있었다.

과연 이곳은 마족들의 땅이 틀림없는 것 같았다.

언강호는 마음을 굳게 먹었다.

이때까지 어렵지 않은 일이 없었다.

죽음을 마주하지 않은 적이 없었다.

지금 와서 새삼 두려워할 게 무엇이란 말인가?

특히 염부주에서의 참혹했던 수련을 떠올리니 마음이 점차 가라앉고 죽음도 그다지 두렵지 않다는 생각이 들었다.

사부 진립이 통한의 눈물을 흘리며 세상을 떠난 뒤 통륜방의 문을 두드리던 그날의 심정이 되살아났다.

언강호는 더 이상 두렵지 않았다.

저 멀리서 아침해와 같은 붉은 광채가 떠오르고 있었다.

아니, 사실은 그들이 경사진 곳을 내려감에 따라 전체적인 광구(光球)의 모습을 보게 된 것이었다.

그리고 그 앞에 거대한 기둥 두 개가 나란히 서 있고 중간에 악마의 신전 같은 시커먼 건물이 웅장한 자태를 드러내었다.

'저기구나.'

일행은 하나같이 목적지가 바로 그곳임을 알 수 있었다.

이글거리는 광구를 배경으로 자리 잡은 거대한 기둥과 악마의 아가리를 본 딴 듯한 흉악한 형상의 신전은 두려움을 넘어 공포심을 자극하기에 충분했다.

더구나 거리가 가까워지면서 신전의 크기가 실로 어마어마함을 알고 기가 질리지 않을 수 없었다.

여태껏 여유만만하게 지껄이던 검령과 도령도 어느 순간부터 입을 꾹 다물고 있었다.

평정심을 유지하고 있는 사람은 언강호뿐이었다.

그는 이제 무슨 일이 벌어져도 놀라지 않을 마음의 준비가 되어 있었다.

이때 앞서 가던 가벌륵이 괴성을 질렀다.

"카아아아~!"

붉은 광채를 뚫고 울려 퍼지는 놈의 괴성은 정말 귀에 거슬리는 소리였다.

하지만 일행은 아무도 가벌륵을 타박하지 못했다.

앞으로 무슨 일이 벌어질 것인가에 온통 신경이 곤두서 있기 때문이었다.

끼이이~!

놈의 괴성에 화답이라도 하듯 듣기 거북한 마찰음이 일며 양쪽의 문이 열렸다.

정면에 보이는 거대한 중앙 문은 아니었다.

그 양쪽에 있는 두 개의 작은 문이었다. 물론 그 크기도 엄청난 것이었다.

아직도 상당한 거리가 있었지만 언강호나 범마 등은 열려진 문을 통해 나오는 자들 중에서 익숙한 얼굴을 찾아낼 수 있었다.

"흐음……."

정철원이 무거운 안색으로 가는 신음성을 흘렸다.

예상대로였다.

먼저 들어왔던 은경보의 신월곤룡 육여와 유하선자 소설란, 편편철곤 낙조완, 그리고 백운신문의 적하검룡 포건공, 적사묘의 유화 등이 모두 거기에 있었던 것이다. 그리고 가벌륵과 탈루하를 제외한 부참마시들의 모습이 제일 앞에 보였다.

멀리서 보는 것이라 확신할 수는 없지만 부참마시들은 마족이, 육여 등 사람들은 탈백인이 되고 말았음을 어렵지 않게 짐작할 수 있었다.

송백남 무리는 하나같이 환혼과의 유혹을 빠지고 만 것이다.

그들의 행실을 생각하면 인과응보인 셈이지만 그렇다고 기뻐할 상황도 아니었다.

탈백인들이 계속 쏟아져 나오고 있었다.

줄잡아 백여 명.

언강호는 혹시 소주담가의 후예들이 이미 모두 탈백인이 되고 말았을지도 모르겠다는 생각에 마음이 묵직해졌다.

이때 곽요진의 전음이 들려왔다.

"저 가벌륵이란 마물이 수작을 부린 것 같아요. 우리를 당할 수 없다고 생각했는지 모두 불러낸 모양이에요. 어쩌지요?"

"…상관없을 것이오."

조금 전에 몇 안 되는 탈백인들의 낭아곤에 곤욕을 치른 두 사람이었다. 일백을 당하기는 불가능하다고 해야 할 것이다. 하지만 탈백인이 문제가 아니었다.

언강호는 저 정문이 열리면 저항할 수 없는 무서운 존재가 모습을 드러낼 것임을 본능적으로 느끼고 있었다.

예측이 틀리기만을 바라며 곽요진에게 상관없다고 대답한 것이었다.

백여명의 탈백인들은 양쪽으로 길게 도열했다.

가벌륵과 탈루하도 앞쪽 마물들이 있는 곳으로 달려가 자리를 잡았지만 언강호 등은 제지하지 않았다.

끼~ 끼~ 끼이이익!

이미 중앙의 거대한 정문이 열리고 있었던 것이다.

가까이에서 보는 신전의 웅장함은 일행을 압도했다.

특히 악마의 아가리와 같은 형상의 신전 입구는 다리가 마비될 정도의 두려움을 안겨주었다.

검령과 도령조차 침도 삼키지 못하고 정면만 주시하고 있었다.

"엥?"

"저게 뭐야?"

문이 완전히 열리고 그 속에서 나온 한 존재를 보고 두 사람이 허탈한 음성으로 중얼거렸다.

그럴 만도 했다.

일행 앞에 모습을 드러낸 존재는 작고 귀여운 한 소녀였던 것이다.

그것도 머리에는 꽃을 꽂고, 왼팔에 작은 꽃바구니를 든, 이제 갓 열 살 정도 된 듯한 어린 소녀였다.

무시무시한 마왕의 출현을 예상했던 일행으로서는 맥이 탁 풀리는 느낌이었다.

하지만 더욱 긴장하는 두 사람이 있었다.

바로 언강호와 등호였다.

만마공을 익힌 범마는 기이한 동질감과 무저갱처럼 자신을 빨아들이는 괴이한 기운에 숨이 컥컥 막히는 느낌이었다.

반면 언강호는 어렴풋이나마 그 소녀의 가공할 능력을 엿보고는 그만 주저앉고 싶은 생각마저 들 정도였다.

불행히도 예상은 들어맞았다.

'설마 검공을 초월하는 능력자가 있을 줄이야……!'

언강호가 만나본 최고의 고수는 검공이었다.

불공과 도공은 검공에 비해 상당한 손색이 있었고, 지금의 천고자황수 진복원도 어쩐지 그에 비할 바는 아니라는 생각이 들었다. 물론 진복원의 무공이 엄청나게 높아졌으니 실제로 겨룬다면 어떻게 될지는 알 수 없는 일이었다.

어쨌든 단언컨대 눈앞의 이 소녀는 검공이든, 진복원이든, 혹은 검공을 제거했다는 곽불인 형제든 그 누구도 상대할 수 없는 절대의 능력자임이 분명했다.

뿐만 아니라 자신이 엿본 그녀의 능력조차 어쩌면 아주 일부분에 불과한 것인지도 모를 일이었다.

소녀는 추측을 불허하는 존재인 것이다.

검령 등은 이런 사실조차 인식하지 못하고 있었다.

"쩝… 뭐야?"

"쓰으! 시끄러워 죽겠네."

마물과 탈백인들이 알아듣지 못하는 말로 괴성을 질러대며 사지를 흔들고 있었다.

소녀를 환영하는 행동이나 아니면 그녀를 찬양하는 몸짓임이 분명했다. 그러나 검령과 도령에게는 시끄러운 소음이요, 광란일 뿐이었다.

그들은 여유만만한 표정으로 소녀를 관찰하고 있었다.

"엉?"

"너도 느꼈어?"

두 사람이 갑자기 서로 얼굴을 마주 보았다.

"닮았다."

"혹시 숨겨둔 딸이 아닐까?"

"요진 아가씨가 언제 저런 딸을 낳았지?"

"그러게 말이야. 몇 달 동안 남쪽 땅을 헤매고 다녔다더니 그때 낳은 건가?"

"아니야. 몇 달만에 어떻게 저렇게 큰 딸을 낳아?"

두 사람의 헛소리를 듣다 못한 연옥귀가 고함을 빽 질렀다.

"지금 무슨 소릴 하고 있어?"

연옥귀를 두려워하는 검령과 도령이었지만 이때만큼은 물러서지 않고 대꾸했다.

"보면 몰라?"

"단주와 판박이잖아?"

"……."

괴이한 상황에 미쳐 이런 생각을 못했던 연옥귀와 일행은 비로소 그녀의 얼굴을 자세히 살펴보았다.

일행은 한눈에 두 사람의 말이 사실임을 알 수 있었다.

언강호의 얼굴이 남성적이고 선이 굵다는 사실을 제외하면 눈매와 입술, 턱선 등이 놀라울 정도로 닮아 있었다.

쌍둥이라고 해도 좋을 정도였다.

이때 그 소녀는 백 개는 족히 넘어 보이는 신전의 계단을 내려와 가벌록에게서 보고를 받고 있었다. 놈은 일행을 힐끔거리며 손짓 발짓을 섞어 알아들을 수 없는 말로 지껄이고 있었는데 그 뜻을 짐작하기는 어렵지 않았다.

보아하니 언강호와 곽요진에게 당했던 일을 일러바치는 것이 틀림없었다.

하지만 소녀의 얼굴이나 눈빛은 전혀 변화가 없었다.

단지 중간에 언강호를 한번 힐끗 쳐다보았는데 순간 그는 혼백이 떨어져 나가는 듯한 충격을 받았다.

손가락 하나 까딱할 수 없었다.

다행히 그녀의 눈길을 스치듯 지나갔다.

언강호는 자기도 모르게 긴 한숨을 몰아쉬며 중얼거렸다.

"전설의 마족이 분명하다."

달리 생각할 바가 없었다.

보고를 다 들었는지 소녀는 이윽고 일행을 향해 다가왔다.

가벌륵과 탈루하가 의기양양한 표정으로 뒤따라오고 있었다.

'니들은 이제 다 죽었어' 하는 말이 얼굴에 그대로 씌어 있었다.

마물인 부참마시의 얼굴이 괴이하게 일그러진 모습은 공포스럽기도 하고 우습기도 한 것이었다.

특별히 걸음이 빠른 것도, 보신경을 쓴 것 같지도 않은데 소녀는 상당한 거리를 눈 깜짝할 사이에 좁혀왔다.

난다긴다 자부하는 고수들이 눈을 뻔히 뜨고 있었지만 어떤 수법을 쓴 것인지는 아무도 알아볼 수 없었다.

그제야 검령과 도령도 안색이 싹 변했다.

그들은 더 이상 입을 열지 못했다.

인사를 건넨 것은 소녀였다.

"안녕!"

"아, 안녕~!"

자신 앞에 멈춰서서 오른손을 흔드는 소녀를 향해 언강호도 얼떨결에 손을 흔들며 인사를 건넸다.

"나는 아밀이라고 해. 너는 누구지?"

“나, 난 언강호야.”

“언강호? 그런데 왜 나하고 닮았지?”

“그, 그러게…….”

“인간세상에서는 가족이 서로 비슷하게 닮는다고 해. 그리고 가족은 성이 같대.”

“그, 그래. 맞아.”

“하지만 넌 성도 다르면서 나하고 닮은 이유가 뭐야?”

“…….”

순간적으로 말문이 막힌 언강호를 대신해 곽요진이 대답했다.

“그렇지 않아요, 아가씨. 어머니의 성이 같은 가족도 있어요.”

“아? 그렇구나. 저쪽에도 나하고 닮은 사람들이 있는데 성이 달라. 엄마하고 같은 성을 쓰는 사람들이야. 근데 너한테서는 좋은 냄새가 난다.”

“좋은 냄새?”

이번에는 곽요진이 당황하고 말았다.

“응, 넌 나를 버리지 않을 것 같애. 나하고 놀아줘.”

“…….”

무슨 말인지 몰라 대꾸를 할 수 없었다.

“나하고 놀기 싫어?”

그녀가 서운한 표정으로 반문하는데 탈루하가 나섰다.

“아니, 아밀님. 이 무도한 인간 벌레들을 그냥 두실 겁니까? 당장에 물고를… 아니, 이건 인간들이 하는 거고, 당장 십팔지옥염화형(十八地獄焰火刑)에 처한 뒤 영원히 고통에 몸부림치는 탈백수인(奪魄囚人)으로 만들어야 합니다.”

십팔지옥염화형이나 탈백수인이 무엇인지는 알 수 없지만 말만 들어도 으스스한 느낌을 주었다. 하지만 다행히 소녀는 그럴 마음이 없는 것 같았다.

"시꺼. 끼어들지마."

"에?"

"찌그러져 있어."

"우, 우째. 저한테…….”

"쓰으! 너 자꾸 까부는데 진짜루 십팔지옥염화형을 맛보여줄까부다?"

"헤헤헤, 아, 아니요. 그럴 리가? 조용히 찌그러져 있을게요."

간단하게 탈루하를 제압한 소녀는 다시 고개를 돌려 진지한 얼굴로 곽요진의 대답을 재촉했다.

"그건 아니야. 아가씨와 함께 있으면 나도 좋을 것 같아. 그런데 아가씨의 부모님은 누구지요?"

"……."

마족(?)치고는 밝은 표정이었던 소녀의 얼굴이 급격하게 흐려졌다. 곽요진은 질문을 잘못한 것인가 싶어 가슴이 철렁했다. 하지만 소녀의 안색은 곧 밝아졌다.

"어디 부모님 말이야? 마계? 인간세상?"

곽요진은 급히 생각을 굴려 다시 물었다.

"두 곳 다 알려줄 수 있어요?"

"응, 그러지 뭐. 마계의 아빠는 암황신이라고 해. 엄마란 존재는 없구. 그리고 인간세상의 아빠는 초적요, 엄마는 담서경이라고 해."

"아!"

"저, 정말이니?"

곽요진의 탄성과 언강호의 반문이 동시에 터져 나왔다.

"그래, 맞아. 네가 비록 우리 애들(?)을 두들겨 팼지만 좋은 냄새가 나서 솔직하게 말해주는 거야."

"……."

아밀이라는 이 소녀는 가벌륵과 탈루하의 말대로 암황신의 적통을 이은 마족이 틀림없었다.

물론 지금으로서는 의문투성이였다.

인간을 부모로 둔 소녀가 왜 마족이 된 것인지, 어떻게 마계와 인간계의 벽을 뚫고 올 수 있었는지, 어째서 암황신을 아빠라고 하는지 등등 모든 것이 의문이었다.

어쨌든 소녀의 말들 듣고 언강호는 크게 격동하고 있었다.

그렇게 찾아 헤매던 핏줄이었다.

마족이든 아니든 이 소녀는 자신의 큰 이모인 담서경의 딸인 것이다.

소주삼화의 둘째 담서경은 당시 백운신문의 문주 취산비수(聚散飛手) 초적요(楚寂窈)와 결혼하여 천교선려(天交仙呂)라고 불리며 전 무림인들의 부러움을 한 몸에 받았다.

하지만 얼마 지나지 않아 두 사람은 의문의 살해를 당하고 말았다.

비록 나이가 맞지 않다는 의문은 있지만 언강호는 소녀의 말을 믿었다.

어머니인 담문경이 복마 사마랑을 만나 자신을 임신한 것과 담서경이 초적요에게 시집간 것은 비슷한 시기였다. 이는 복마 등호와 나의 선자 백화심이 말해준 것이니 틀림없는 사실이었다.

따라서 언강호와 소녀의 나이는 거의 비슷해야 말이 되는 것이다.
그러나 아밀의 얼굴에서는 일점의 거짓도 찾을 수 없었다.
'여기에는 분명 인간의 상식으로는 이해할 수 없는 우여곡절이 있으
리라.'
때로는 상식을 넘어선 직관이 진실을 말해줄 때가 있는 법이다.
바로 지금이 그런 경우인 것이다.

◆ 第八十六章 ◆ 짧은 만남

짧은 만남

언강호는 마침내 만나게 된 핏줄에 대한 그리움과 사랑으로 자신도 모르게 무릎을 꿇고는 소녀의 작은 몸을 꼭 껴안았다.

"왜, 왜 이러지?"

아밀도 뜻밖이었는지 다소 당황한 모양이었다.

언강호는 소중한 보물인 양 그녀를 포근하게 감싸고는 머리를 쓰다듬으며 말했다.

"내가 바로 너의 오빠다. 나의 어머니가 네 엄마의 언니란다."

"......"

소녀는 잠시 말이 없었다.

"그동안 어떻게 지낸 거니? 다른 분들은 다 어디 계시고?"

"......"

이 말에 아밀의 안색이 복잡하게 변하는가 싶더니 괴기로운 기운이 넘실거리기 시작했다. 섬뜩한 느낌이 들었지만 언강호는 여전히 소녀를 포근하게 안아주었다.

이 때문일까?

그녀의 몸에서 풍기던 괴이한 기운은 서서히 사라지고 원래의 얼굴로 돌아왔다.

"몰라. 나는 모르겠어. 어쨌든 네가 오빠라니 좋아."

"…그래. 아밀아, 나도 좋구나."

"정말?"

"그럼 정말이고말고."

소녀는 환한 표정을 짓더니 스르르 언강호의 품에서 빠져나왔다. 비록 꽉 안고 있었던 것은 아니지만 연기처럼 빠져나가는 괴이한 능력은 확실히 인간의 그것이 아니었다.

약간 거리를 벌린 아밀은 언강호를 빤히 쳐다보며 중얼거렸다.

"오빠. 오빠. 오빠."

"그래, 내가 너의 오빠다. 너를 만나다니 꿈만 같구나."

많은 의문과 괴이쩍음에도 불구하고 동생을 만난 기쁨은 언강호의 마음을 들뜨게 했다.

자연 그의 모습은 평소와는 전혀 다른 것이었다.

곽요진에게도 이처럼 자상한 말투와 얼굴로 대한 적은 없었다.

보고 있던 연옥귀와 곽요진이 다 질투를 느낄 정도였고, 정철원 등은 이 사람이 정말 좌검우도마가 맞나 하는 생각이 들 정도였다.

진심은 존재의 차이를 초월하는 법일까?

아마도 그것은 사실일 것이다.

인간과 동물 사이에서도 진심이 통하는 경우가 종종 있지 않은가? 하물며 아밀은 인간과 그 이상의 존재의 면모를 동시에 가지고 있다.

그녀의 얼굴에는 기쁨과 평화의 빛이 가득했다.

마족이 기쁨과 평화라니?

일행 중 몇몇은 더욱 괴이쩍음을 느끼며 두려움과 떨림으로 둘을 지켜보았다.

한동안 오빠라는 말을 중얼거리며 언강호를 빤히 쳐다보던 아밀이 환한 웃음을 지으며 무엇인가 말하려는 순간이었다.

갑자기 붉은 광채가 작열하듯이 급격히 밝아졌다.

사람들은 눈을 뜰 수 없었다.

언강호와 등호, 정철원, 유곤만이 주변을 살필 수 있었다.

일행의 눈에 섬뜩한 광경이 들어왔다.

마족과 탈백인들, 그리고 아밀까지, 그들은 섬뜩한 변화를 일으키고 있었다.

"캬아아악! 크아아악!"

괴성을 지르며 몸을 뒤트는가 싶더니 작열하는 붉은 빛을 뚫고 거대한 검은 그림자가 생겨나는 게 아닌가? 곧 그들은 모두 전설이 전하는 것처럼 엄청난 크기의 괴물로 변신하였다.

가벌륵과 탈루하도 마찬가지였다.

그들은 더 이상 띨띨한 마족이 아니었다. 거대한 체구에서 풍기는 기세는 언강호가 비도의 무공을 쓴다고 해도 감당할 수 있을지 의문이었다.

그리고 등호가 데려온 송백남도 똑같이 거대한 마족으로 변신해 그들을 향해 달려가고 있었다.

등호는 감히 제지할 엄두를 내지 못했다.

"오, 오빠."

쉬어 갈라지는 듯한 목소리가 쥐어짜듯이 들려왔다.

언강호의 눈에서 절로 눈물이 흘러내렸다.

그토록 아리땁고 귀엽던 아밀이 지옥의 야차를 무색케할 정도로 무시무시하고 흉측하게 변해 있었던 것이다.

그럼에도 언강호는 천천히 다가가 그녀를 안아주었다.

이미 아밀은 너무나 거대해져 다리 하나밖에 안을 수 없었지만 아직 한가닥 체온은 느낄 수 있었다.

아밀이 언강호를 살며시 밀어냈다.

"오… 빠, 고마워. 원하는 게 있으면 말해봐."

"나, 나는 네가 나와 함께 있기를 바란다."

"안 돼, 그건 안 돼. 어서 다른 소원을 말해."

절박한 음성이었다.

언강호는 그녀의 노력이 헛될까 봐 얼른 소원을 말했다.

"그… 럼 탈백인을 원래대로 되돌릴 수 있겠니?"

"헉, 헉헉. 지, 지금 내 보패(寶貝)로는 세 명만 가능해."

"보패?"

"으응. 선계의 신기(神器)와 같은 것으로 이게 바로 암황신의 암황보패야."

그녀가 들어 보인 것은 바로 꽃바구니였다. 아밀이 커진 것만큼이나 그 꽃바구니 역시 커져 있었다.

신기란 글자 그대로 신인의 그릇, 도구를 뜻한다.

선계의 신인들은 신기를 이용해 자신들의 능력을 발휘하게 되는 것이다. 무인으로 치면 일종의 무기인 셈이다.

주작천궁에서 본 창힐선인의 기록에 의하면 그는 악목대전에 대비하기 위해 사신기(四神器)의 하나인 주작신홀을 만들었다고 하지 않았던가?

그런 만큼 아밀의 암황보패는 무한한 능력을 지니고 있음이 틀림없었다.

언강호는 재빨리 주변을 둘러보았다.

다행히 저 멀리 비마와 전락생이 와 있는 것이 보였다.

급히 전음을 보내 환혼과를 먹은 고황과 하독승을 데려오게 했다. 옹확은 두려움으로 다리를 후들거리면서도 용케 두 사람을 데려왔다.

붉은 광채의 폭발로 인해 완전히 마족의 형상으로 변한 아밀은 꽃바구니 안에서 검은 꽃 두 송이 꺼내더니 그들을 향해 던졌다.

그 꽃의 크기만 해도 어른 다리통만 한 것이었다.

하지만 두 송이 거대 흑화(黑花)는 거짓말처럼 고황과 하독승의 몸으로 스며들었다.

언강호는 순간 두 사람의 몸에 어린 멍한 기운이 사라지는 것을 느낄 수 있었다.

"한… 사람 더!"

다시 아밀의 음성이 들려왔다.

길게 생각할 여유는 없었다. 고개를 돌려보니 첫눈에 들어오는 사람이 있었다. 그는 바로 은선의 손자이며, 금강숙과 태극도량을 제외하고는 십정십패에서 최초로 감람경의 고수가 된 은경보의 보주 신월곤룡 육여였다.

비록 그가 소설란의 남편이긴 하나 성격이 진득하고 끊임없는 탐구

열을 가진 사람이라 이대로 내버려 두기에는 아까운 무인이 아닐 수
없었다.

더구나 그와는 직접적인 원한 관계가 있는 것도 아니었다. 오히려
무변의 변검을 창안한 은선을 죽인 뒤부터 항상 미안한 마음이 있었고,
얼마 전에는 그의 한 팔을 자른 악연까지 있었다.

언강호는 길게 생각하지 않고 그를 지목했다.

아밀은 지체없이 커다란 흑화 한 송이를 다시 육여에게 던졌다.

그리고는 쳐다보지도 않고 괴성을 울렸다.

"크우우우!"

온 은성동이 뒤흔들렸다.

전락생을 따라온 삼대독물들이 공포에 질려 사방으로 흩어져 달아
났다.

언강호는 안타까운 눈빛으로 아밀을 바라볼 뿐이었다.

그녀 역시 시뻘겋게 충혈된 눈동자를 이글거리며 언강호를 한번 바
라보더니 곧장 몸을 돌려 악마의 아가리를 연상케 하는 거대한 신전으
로 몸을 날리는 것이었다.

안타까운 마음에 언강호는 큰 소리로 불렀다.

"아밀~!"

"크크크, 오… 빠, 반가… 웠어."

"한 가지만 물어봐도 되겠니?"

그녀와의 끈을 잠시라도 더 붙잡고 있고 싶은 마음에 던진 말이었
다.

"물… 어… 봐."

"인간계에는 왜 온 거지?"

"크으, 크크크. 마계 십이마신… 일차 법체(法體)… 수거……."

순간 굉렬한 폭음이 울리며 더 이상 그녀의 음성은 들을 수 없었다.

콰과과광~!

엄청난 굉음과 함께 거대한 신전이 풍비박산나 사방으로 날라갔다. 한데 이상한 일이었다. 이 정도 폭발이라면 가까이 있던 언강호 등은 누구도 살아남지 못해야 정상이었다.

그럼에도 일행은 털끝 하나 다치지 않고 무사할 수 있었다.

무서운 속도로 날아오는 돌 조각과 먼지 폭풍은 그들만 싹 피해가고 있었다.

이는 당연히 아밀의 능력일 터였다.

그녀는 마지막 순간까지 언강호 등을 지켜준 것이었다.

폭음이 가시고 먼지가 가라앉자 신전이 있던 곳에는 커다란 웅덩이가 패어 있었다. 남은 것이라고는 양쪽의 거대한 기둥 두 개뿐이었다.

곧 붉은 광채도 정상으로 되돌아왔다.

일행은 한바탕 꿈을 꾼 듯한 기분이었다.

아밀과 마족, 탈백인들은 한 명도 남아 있지 않았다.

어디로 사라진 것일까?

그들은 해답을 찾듯 서로의 얼굴을 마주 보았으나 아무도 대답할 수 있는 사람은 없었다.

거대한 신전이 사라지자 붉은 광채의 정체를 확실하게 알아볼 수 있었다.

그것은 둥근 원형의 용암 연못이었다.

신전이 사라졌기 때문인지 바람을 타고 매캐한 유황 냄새가 풍겨왔다.

염부주에서 지겹게 맡던 바로 그 냄새였다.

하지만 더욱 놀라운 변화는 그때부터 시작되었다.

"이럴 수가?"

누군가 경악한 음성을 토해냈다.

신전이 있던 자리를 중심으로 사방의 풍경이 거짓말처럼 변하기 시작한 것이다.

회흑색의 돌과 먼지로 황량하던 주변이 앞서 보았던 은성동의 선경 그대로 풀밭과 시내가 흐르는 아름다운 대지로 바뀌고 있었다. 커다란 두 개의 기둥을 감싸고 있는 수정 같은 돌들 역시 제 빛깔을 되찾고 용암연(鎔巖淵)의 빛을 사방으로 뿌려댔다.

곧 유부나 다름없던 삭막한 풍경은 거짓말처럼 선경으로 바뀌어 있었다.

폭발의 흔적인 웅덩이가 아니라면 모두들 꿈인지 확인하기 위해 볼이라도 꼬집어야 할 판이었다.

언강호는 혈육인 아밀에 대한 안타까운 마음으로, 나머지 일행은 아직도 두려움과 신비감에 사로잡혀 한동안 멍하니 서 있었다. 아니, 그들 중 전락생만이 유일하게 바쁘게 쫓아다니고 있었다. 놀라 도망친 삼대독물들을 되찾기 위해서였다.

안타까움을 접고 언강호가 정신을 차린 것은 웅덩이에서 가는 인기척을 느끼고 나서였다.

놀라운 일이 아닐 수 없었다.

그 무서운 폭발 속에서도 살아남은 사람이 있었다는 말인가?

퍽퍽퍽.

웅덩이 아래쪽에서 장(掌)으로 치는 듯한 소리가 들려왔다.

그제야 일행은 모두 정신을 차렸다.

"거기 누구요?"

검령의 외침과 거의 동시에 '파~악!' 하는 소리와 함께 흙무더기가 십여 장이나 솟구치면서 한 사람이 튀어나왔다.

"당… 신은?"

그의 용모는 매우 특이하여 놀라움의 음성을 토한 도령뿐만 아니라 누구라도 한눈에 그의 정체를 알아볼 수 있었다.

땅딸한 체구에 배가 볼록 튀어나온 우스운 형상의 도인.

하지만 머리에는 무량관(無量冠)을 쓰고, 금빛 팔괘도포(八卦道袍)를 걸쳤으며 손에는 남명홀(南冥笏)을 들고 있어 그 누구도 감히 비웃을 수 없는 위엄을 풍기는 이러한 도인은 천하에 단 한 사람뿐이었다.

그는 바로 태극도량의 장교진인이며, 현무상인의 제자이자 무림삼자의 사제로, 이백 년간 무림을 지배해 온 사공의 일인인 도공 합합아인 것이다.

오랫동안 그와 불공을 찾아 헤맸던 언강호 등은 너무나 뜻밖의 재회에 오히려 어리둥절한 심정이 되었다.

합합아는 그런 일행을 한번 쭉 훑어보더니 자신이 나온 구덩이를 향해 소리쳤다.

"이봐, 거지 땡중, 어서 나와."

"아미타불, 정말 빌어먹을 말코도사 놈이로세. 부처님, 저 녀석이 죽거든 필히 십팔층 무간지옥에 처박아주소서."

"잡소리 말고 빨리 나와봐. 이놈들이 왜 여기에 있지?"

"있긴 누가 있다고 그래? 그리고 이놈아, 내가 그래도 네놈 사형인데 말버릇 좀 고칠 수 없냐?"

언강호는 이 걸걸한 목소리만 듣고도 그가 누구인지 알 수 있었다. 적각 선사 역시 마찬가지였다.

"아미타불~!"

그는 자기도 모르게 다시 대비범창을 발했다.

웅덩이에서 다시 걸걸한 음성이 들려왔다.

"엥? 이렇게 구수한 방귀 소리는 적각 녀석이 밑 닦는 소리잖아? 야~! 절간은 어쩌고 여기 와 있어?"

말이 끝나기 무섭게 커다란 체구를 번득이며 솟아오르는 그림자는 바로 불공 석두타 그 사람이었다. 그의 양 옆구리에는 일남일녀가 안겨 몸을 뒤틀고 있었다.

"너는 좌검우도마… 아니, 언강호?"

언강호를 발견한 그는 거지를 무색케 할 정도로 더러운 승포를 자랑스럽게 펄럭이며 양팔을 활짝 벌리고 달려왔다.

자연히 그의 양팔에 끼어 있던 일남일녀는 그대로 땅바닥에 굴러 떨어졌다. 제대로 착지를 못해 고통이 만만치 않을 텐데도 그들은 숨을 크게 들이키며 오히려 기뻐하고 있었다.

일 년에 딱 한 번.

부처님 오신 날만 목욕을 하는 불공 석두타이니 그 악취가 오죽하겠는가? 그런 그의 옆구리에 끼어 올라온 두 사람이 질식사하지 않은 것은 천만다행한 일이었다.

언강호가 감격한 얼굴로 달려오는 것을 보고 자신도 감격해 마주 달려가며 포옹하려던 석두타의 표정이 와락 일그러졌다. 그를 싹 비켜간 언강호가 달려간 곳은 바로 그 일남일녀가 떨어져 있는 곳이었던 것이다.

"아니, 장 문주 아니시오? 기어코 부인을 살리셨구려. 환혼과를 이용해 환혼독성대법을 이룬 것이오? 정말 축하드릴 일이오."

"아? 예, 예. 다, 당신은 장손세가에서 보았던 좌검우도마……."

크게 흔드는 손을 마주잡은 채 약간 멋쩍어하는 초로의 노인은 바로 구현의 삼류 독도문파인 양사독문의 문주 장운이었다. 그리고 그 옆의 아름다운 부인은 이호의 꾀임에 빠져 병든 남편을 버리고 장손세가로 따라갔다가 언강호와 곽불사가 들이닥쳤을 때 수치심을 견디지 못하고 자결했던 그녀였다.

감람경에 오른 언강호는 한눈에 그녀가 거대한 능력을 지닌 채 부활했다는 사실을 알아볼 수 있었다. 전락생의 말대로 정말 독성이 된 것인지도 모를 일이었다.

물론 그러한 사실보다는 힘없고 불행했던 장운과 한순간의 잘못으로 오랜 세월 고통 속에 헤맸던 그녀가 다시 행복한 표정을 짓고 있다는 사실이 그렇게 좋을 수 없었다.

언강호에게 힘없는 사람들의 행복과 성취는 자신의 기쁨 그 이상으로 다가오는 일이었다.

석두타가 어찌 반갑지 않겠는가마는 그를 제쳐 놓고 달려온 것은 바로 이 때문이었다.

결코 불공의 악취가 싫어서가 아니었다.

뒤에서 투덜거리는 소리가 들려왔다.

"에이, 이래서 머리 검은 짐승은 거두지 않는 법이라니까. 내가 제놈을 위해 아미타불을 몇 번이나 외쳤는데……."

그는 언강호가 복수심에 미쳐 날뛸 때 옆에서 마치 사부처럼 감싸주었던 사람이었다. 불공의 설법이 아니었다면 언강호는 복수귀가 되어 피에 굶주린 극악한 마인으로 전락했을지도 모를 일이었다. 그의 해학적이면서도 깊은 불성이 상처 입은 마음을 달래주었던 것이다.

석두타는 언강호에게 살아 있는 진립이었다.

"오랜만에 뵙습니다."

장운 부부에게 눈짓으로 양해를 구하고 몸을 일으킨 그는 정색을 하며 그 자리에서 큰절을 올렸다.

"엥? 뭐 이럴 것까지야 없는데… 어허허흠. 이놈! 합합아야, 보았느냐? 네놈의 사형이 바로 이런 분이시다. 너도 앞으로 좀 배워라."

"흥~! 놀구 자빠졌네."

한마디로 일축하는 도공의 말에 석두타의 의기양양하던 얼굴이 다시 팍 일그러졌다.

그러면서도 불공은 언강호의 손을 잡아 일으켜 주었다.

마주 잡은 두 손이 그렇게 따스할 수 없었다.

짧은 순간 두 사람의 눈동자가 마주쳤다.

수백, 수천 마디의 말이 오고 갔다.

아밀로 인해 혼란스러웠던 언강호의 마음은 어느새 차분하게 가라앉고 있었다.

불공은 무언의 눈빛으로 많은 깨달음을 전해주었다.

그것은 마음의 공부이며, 영혼의 공부였다.

불립문자(不立文字)라고 했던가?

지극한 도리는 말로써 전할 수 없는 것이다.

석두타는 자신의 오랜 공부를 눈빛으로 전해주었다.

그것은 무공 이전에 존재에 대한 깊은 사유이며, 직관이었다.

실로 불공이 아니면 그 누구도 가르쳐 줄 수 없는 소중한 지혜인 것이다.

정신이 맑게 씻겨 내려가고 있었다.

계속되는 육합천과의 대결로 피폐해지고, 피로 물들었던 마음 한구석에 인간에 대한 순수성이 되살아나고 있었다.

언강호가 빙그레 웃어 보이자 마주 미소하며 낮은 목소리로 아미타불을 외친 그는 고개를 돌려 일행을 쭉 둘러보았다.

그의 시선은 당연히 적각에게서 멎었다.

두 사람은 잠시 전음으로 대화를 나누었다.

평소에는 적각을 몹시 구박하던 석두타였지만 이때만큼은 자상한 얼굴로 대해주고 있었다. 혜홍과 빈도라발라토사 등 십육나한이 진복원과 합세하여 금강숙을 장악한 일을 들었을 터인데도 표정은 별로 변화가 없었다.

그가 말한 절간은 상징적인 것이지, 금강숙의 건물이 아니었다.

그 절간은 적각의 마음속에 있는 것이다.

마음을 지키고 있다면 적각은 훌륭하게 금강숙을 지킨 셈이었다.

언강호는 두 사람의 대화를 듣지 못했지만 조금 전의 깨달음으로 이러한 이치를 어느 정도는 알 수 있었다.

한데 석두타가 잡고 있던 적각의 손을 홱 뿌리치고는 누군가를 향해 달려가고 있었다.

"아이구! 이놈아. 반갑다, 반가워."

"……."

"죽지 않고 살아 있으니 이렇게 다시 보게 되는구나. 어디 한 번 안아보자."

"허거걱? 미쳤수?"

질겁을 하며 도망치는 사람은 바로 저일민이었다.

하지만 허사였다.

그는 몇 걸음도 못 가 얌전히(?) 불공의 품에 안겨 향긋한 냄새에 기절하고 말았다.

"아미타불, 그새 이처럼 허약해지다니? 이 부처님이 설법을 베풀지 않았더니 이렇게 되었구나. 걱정 말거라. 이제부터 매일매일 특별교육을 시켜줄 터이니 곧 예전의 체력을 회복할 수 있을 것이야."

이 말에 사색이 되는 사람이 또 있었다.

그는 저일민과 함께 설법이라는 미명하에 석두타에게 무지막지하게 얻어맞았던 하독승이었다. 환혼과를 먹고 정신을 잃었다가 다시 기억을 되찾고 보니 가장 보고 싶지 않았던 괴물이 눈앞에 도사리고 있었다. 차라리 다시 환혼과를 먹고 싶은 심정이었다.

저일민이 깨어나자 석두타가 얍삽한 음성으로 말했다.

"에헤헤헴, 아미타불. 설법을 하기 전에 일단 목부터 축여볼까? 그거 염라주냐?"

사실 석두타가 이토록 저일민을 반가워하는 것은 당연히 염라주 때문이었다. 한 모금만 마셔도 목이 타는 듯한 독주인 염라주를 오히려 저일민보다 더 좋아하는 불공이었다.

'후아아. 살았다.'

다행히 염부주에서 쓰던 동과(銅瓜)에 염라주가 가득 들어 있었다. 근래 여러 가지 일로 정신없이 쫓아다니다 보니 미처 술을 마실 여가가 없어 한 병이 고스란히 남아 있었던 것이다.

만약 염라주가 없었다면 말할 것도 없이 설법의 강도는 무지막지했을 터였다.

“헤헤헤, 부처님, 한잔 쭉 드시지요.”

저일민이 어슬픈 미소를 지으며 동과를 내밀었다.

“석가여래보다 위대하시고 약사여래보다 법력이 높으시며 아미타불, 미륵부처님과 동기동창이신 석두타 부처님! 쭉 드시고 오늘은 부디 설법을 쉬시옵소서.”

말도 안 되는 찬사를 늘어놓는 하독승을 흐뭇한 표정으로 바라보며 불공은 동과의 뚜껑을 열었다. 순간 염라주의 독한 술기운이 사방으로 퍼졌다.

곽요진은 냄새만 맡아도 머리가 혼미해지는 느낌이었다.

한데 석두타는 그런 염라주를 꿀꺽꿀꺽 마셔대고 있었다.

언강호도, 저일민도 한 모금이면 입에서 불이 나는 독주였다.

그 지독한 염라주를 태연하게 마셔댈 수 있는 사람은 아마도 석두타뿐이리라.

이때 사태 파악 못하고 초치는 사람들이 있었다.

“후아아. 이거 우리 귀가 잘못된 거 아니야?”

“그러게. 능변기조야 그렇다고 치더라도 염라도쟁이 헤헤거리며 아부를 늘어놓다니? 직접 듣지 않았으면 결코 믿지 못할 일이군.”

이들은 물론 검령과 도령이었다.

불공의 이러한 성격과 외모는 금강숙에 의해 철저히 감추어져 왔다. 그리고 두 사람은 일행에게서도 석두타의 실상에 대한 이야기를 거의 듣지 못했으며, 또한 신화적인 불공의 명성은 많이 들었지만 실제로 보는 것은 오늘이 처음이었다.

그들로서는 지독한 불행이 아닐 수 없었다.

이 말에 저일민과 하독승은 사색이 되어 손짓 발짓으로 입을 다물라는 신호를 보냈지만 눈치없는 검령과 도령은 당최 알아먹지를 못했다.

전음을 써서 알려주고 싶은 마음이 간절했으나 상대는 능력을 추측할 수 없는 불공이었다. 자칫하다 가는 자신들까지 가혹한 설법을 받게 될 것이 자명한 일이었다.

그러나 사색이 되어 쩔쩔매는 저일민과 하독승의 행동이 두 사람의 심사를 더욱 뒤틀리게 만들었다.

믿기는 힘들지만 상대가 불공이라는 사실은 짐작이 가는 바였다. 도공 합합아와 이놈저놈 할 수 있는 사람이 누구겠는가? 거기에 금강숙의 방편원 부원주 적각이 비루먹은 강아지처럼 구는 상대는 당연히 방편원 원주이자 금강숙의 장문인인 석두타가 아니겠는가?

이 정도는 눈치코치 없는 검령과 도령도 충분히 짐작할 수 있었다.

하지만 불공이 어쨌다는 말인가?

도대체 어떻게 했길래, 아니, 그에게 무슨 권리가 있어서 천하에 성질 더러운 염라도쟁 저일민을 이 모양 이 꼴로 만들어 놓았단 말인가?

통륜방 융무전의 인간 사냥꾼, 혹은 도살자로 소문났던 두 사람도 한 성질하노라고, 성격 더럽노라고 자부하는 편이었지만 저일민에게는 은근히 한 수 양보하며 약간의 존경심(?)마저 품고 있었다.

한데… 이런 상황이라니?

그들은 불끈 솟아오르는 울화를 참을 수가 없었다.

"제기랄, 천하의 불공이 이런 황당한 땡중이었다니?"

"정말 믿을 넘 없는 세상이군."

"현무상인이 왜 석두(石頭)!타라고 했는지 알겠다."

"그래서? 돌대가리면 막 나가도 되는 거야, 뭐야?"

정말로 막 나가는 두 사람의 말에 일행 모두가 사색이 되었다.

언강호는 곧 닥칠 불행한 사태를 예감하고 미리 검령과 도령에게 조의를 표했다.

물론 도공 합합아는 예외였다.

평소 감정의 변화가 거의 없는 싸늘한 얼굴에 고소하다는 표정을 가득 떠올리며 두 사람을 칭찬했다.

"그놈들, 말 한번 자~ 알 한다."

일이 이렇게 되자 저일민과 하독승은 숨도 쉬지 못하고 있었다.

이제 석두타가 미쳐 날뛰며 설법을 베풀 것은 자명한 일이고, 그 와중에 자신들도 덤으로 설법의 제물이 되고 말 것이라는 생각에 눈앞이 캄캄해지는 기분이었다.

한데 불공의 반응이 전혀 뜻밖이었다.

동과에서 주둥이를 떼고 입가를 훔친 그는 합합아를 한번 힐끗 쳐다보더니 환한 얼굴로 검령과 도령을 향해 말했다.

"아미타불, 세상에 이처럼 용기있는 사람들이 있었다니? 정말 말 한번 시원하게 잘해주었네. 나는 원래부터 돌대가리에, 땡중이었는데 사람들이 불공이니 어쩌니 하면서 쓸데없이 떠받들어 주었지."

상대의 반응이 의외이기는 했지만 도공이 칭찬하고, 석두타가 저자세로 나오자 검령과 도령은 크게 의기양양해졌다. 더불어 두 사람은 자신들이 정의의 사자가 된 듯한 착각에 빠지고 말았다. 용기없는 사람들을 대신해 그를 처리(?)해야겠다는 사명감이 무럭무럭 솟아올랐다.

"땡중! 당신이 불공이라면 나는 부처님 할아버지다."

"당장 금강숙 장문인 자리를 적각에게 물려주고 파계하여 진짜 거지나 되는 게 어때?"

이 말에 석두타는 심각한 표정이 되었다.

“음… 정의의 사도들이 여기 있었군. 자네들은 뉘신가?”

“으하하하하. 나는 통륜방 융무전의 인간 사냥꾼, 아니, 이제는 통륜방과 아무 상관 없는, 이름도 거룩하신 검령님이라고 한다.”

“나는 검령보다 위대하신 도령님이시다.”

“그래? 그럼 자네들이 바로 융무전의 도살자라고 불리던 검도쌍령(劍刀雙令)이란 말인가?”

“물론이지. 우리 외에 누가 있어 감히 검도쌍령이라고 불리겠는가?”

“흐으음…….”

신음을 토한 불공은 입을 다물고 잠시 생각에 빠져들었다. 일행은 조마조마한 마음으로 그를 지켜보았다. 십여 호흡이나 지났을까?

석두타가 문득 고개를 들어 적각을 쳐다보더니 품속에서 녹색의 발우(鉢盂) 하나를 꺼내 휙 던져 주며 말했다.

“결심했다. 오늘부터 네가 방편원 원주다.”

“예? 아, 아미타불~! 원주님, 갑자기 무, 무슨…….”

크게 놀란 적각은 발우를 받아들고 어찌할 바를 몰라 허둥거렸다. 방편원 원주 자리를 물려준다는 것은, 곧 금강숙 장문인 자리를 물려준다는 말이었다. 실제로 이 녹색의 발우, 즉 향록사우(香綠麝盂)는 금강숙 장문인을 상징하는 물건이었다.

불공이 이백 년간이나 장문인의 자리를 유지해 온 것은 그만한 이유가 있었다.

적각은 이를 잘 알고 있었고, 이해하고 있었다.

금강숙은 원래부터 불법을 닦는 순수한 사찰은 아니었다. 아득한 옛날 난타조사가 금강숙을 창건할 당시부터 사실은 불법보다는 무공에 무게의 중심추가 있었다.

여기에는 복잡한 사정이 있다고 하는데 적각도 이것까지는 모르고 있었다.

어쨌든 금강숙은 불법을 통해 무공의 한계를 극복하고자 했고, 그 과정에서 삼원의 대립은 시작되었다.

방편원은 불법을 깨우치면 무공은 덤으로 따라오는 것이니 불법을 주(主)로 삼아야 한다고 역설한 반면, 지혜원은 무공을 통해 열반을 이루는 것이 더 효과적이므로 무공을 주로 삼아야 한다고 주장했다. 그리고 모니원은 불(佛)과 무(武)는 구분할 수 없는 것이니 어느 하나만 힘써 익히면 된다는 생각을 가지고 있었다.

물론 삼원의 이상은 모두 정도의 차이가 있을 뿐, 불과 무의 기본적인 균형의 바탕 위에 무엇을 주로 삼느냐의 차이에 불과했다.

한데 이백 년 전 멸천이마종의 침공으로 중원이 쑥대밭이 되면서 상황이 변했다.

모니원의 승려들이 자신들의 이상을 변질시켜 불법은 도외시한 채 무공에만 전념하게 되었던 것이다. 당시의 상황이 이를 용인해 주었고 정당화시켜 주었다.

실상 현무상인도 이러한 분위기에서 탄생하였다.

정상적인 상황이었다면, 이상이나 관념이 뚜렷하게 구분되는 불가와 도가에서 공동으로 제자를 배출한다는 것 자체가 어불성설이었다.

그리고 세월이 흐르면서 지혜원이 모니원에 동조하고 방편원의 일부 승려들마저 무공의 수련을 더욱 중요시하게 되었다.

이로 인해 금강숙의 무력은 급격하게 높아져 멸천이마종과의 혈투에서 큰 공헌을 할 수 있었지만, 강호의 성지였던 금강숙은 일반 무인

집단이나 다름없는 곳으로 전락하고 말았다.

멸천이마종과 무림삼자가 사라지고 강호가 안정되자 사부 현무상인의 뒤를 이어 금강숙의 장문인이 된 불공은 이런 상황을 매우 불만스럽게 생각하고 있었다.

제자들에게 예전으로 돌아갈 것을, 아니, 진정한 불가의 사찰로 거듭날 것을 촉구했지만 마이동풍(馬耳東風)이었다.

한번 고기 맛을 본 중들이 어찌 쉽게 육식을 단념할 수 있으랴? 승려에게 무공은 이처럼 중독성이 강한 마물이었다.

현무상인의 제자.

무림삼자의 사제.

사공의 일인.

감람경의 고수.

금강숙의 장문인.

방편원의 원주.

이러한 불공의 절대적인 권위로도 금강숙의 승려들을 변화시키기는 어려웠다. 아니, 석두타의 이런 권위가 아니었다면 진작 반란이라도 일어났을 터였다.

◆ 第八十七章 ◆ 불공의 설법

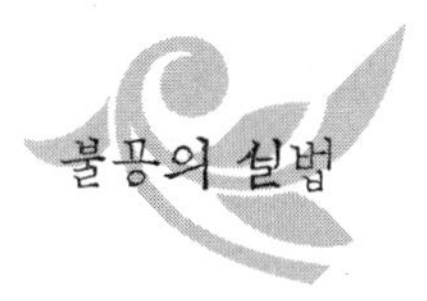

적각은 이백 년간이나 장문인 자리를 지켜야 했던 불공의 고민을 이해하고 있었다.

석두타에게 집착이 있는 것은 결코 아니었다.

뛰어난 불제자가 나타나면 큰 기대를 걸고 애써 가르치려 했던 예가 여럿 있었다.

육천의 일인이었던 전 모니원 원주 혜밀이 그러했고, 현재 십육나한의 수좌 빈도라발라토사 역시 그러했다.

하지만 불공이 원하는 불법의 경지는 매우 높은 것이라 자연히 그의 가르침은 혹독하기 그지없었다.

혜밀은 참지 못했으며 빈도라발라토사도 마찬가지였다.

그들은 어느 순간부터 불공의 가르침을 따르지 않았다.

적각 자신도 몇 번이나 포기하려 했는지 모른다.

그의 진의를 알면서도 참기 어려울 만큼 석두타가 요구하는 수행은 혹독한 것이었다.

실상 적각은 '내가 어디까지 갈 수 있을까?' 하는 심정으로 하루하루를 버텨왔다.

불공의 구박(?)을 견뎌 금강숙의 장문인이 되겠다는 생각은 예전에 포기한 지 오래였다.

한데 향록사우가 이처럼 쉽게 손에 들어오다니?

도무지 실감이 나지 않았다.

부처님의 내음인 양 그윽하게 풍겨오는 발우의 사향(麝香)이 이것이 현실임을 말해주고 있건만 적각은 믿기지가 않아 향록사우를 만지작거릴 뿐이었다.

이런 적각의 마음을 다 알고 있다는 것인지 그를 향해 한번 히죽 웃어준 석두타는 다시 고개를 돌려 검령과 도령을 보고 말했다.

"음, 정말 고맙네. 자네들 덕분에 저 무거운 철밥그릇을 처분하게 되었으니."

"후하하하. 그래도 막 가는 돌중은 아니었군."

"그러게? 기본적인 양심은 있는 모양이야."

의기양양하다 못해 기고만장해진 검령과 도령은 눈에 뵈는 것이 없었다.

"이봐, 아직 멀었어."

"맞아. 파계마저 해야지. 당신 같은 돌중이 승려랍시고 돌아다니는 것은 절간 전체를 욕보이는 짓이라구."

"으음, 그건 좀 곤란한데……."

석두타는 턱을 쓰다듬으며 고개를 갸웃거렸다.

그러더니 갑자기 시선을 돌려 저일민과 하독승을 보고 물었다.

"자네들은 어떻게 생각하는가?"

이제까지 들어본 적이 없는, 매우 부드럽고 존중하는 말투였다.

하지만 워낙 그의 설법에 시달렸던 두 사람은 쉽게 입을 열지 못했다.

"괜찮아, 허심탄회하게 말해보라구."

불공이 다시 부드러운 어투로 권유했다.

그가 이렇게까지 나오자 저일민의 간이 서서히 부풀어 오르는 것은 당연한 일이었다. 그래도 아직은 설법의 효과가 남아 있었다.

"그, 글쎄요?"

"허허허, 괜찮다니까."

"저, 정말이… 슈?"

뒤쪽에서 보고 있던 현현독지의 계주 적발독광 전락생은 이런 저일민이 답답하지 않을 수 없었다. 그 역시 성미 고약하기로는 남에게 뒤지지 않으며 남 싫다는 일 하는 것이 취미이자 특기인 사람이었다.

"제기랄, 염라도쟁이 갑자기 소심부쟁(小心不爭)이 되었나? 왜 말을 못해? 땡중이면 땡중이다. 돌중이면 돌중이다. 사실 그대로 이야기해 주면 되잖아?"

옆에 있던 비마 옹확이 그를 나무랬다.

"이보게, 전 계주. 불공께 그 무슨 말인가?"

"나~ 원. 불공 아니라 옥황상제라도 돌중이면 돌중인 것이지 뭐가 문제란 말이오?"

"그… 래도 사람이 그러는 게 아니지."

옹확이 당황하여 어떻게든 말리려 하는데 불공이 전락생을 보고 물었다.

"음, 삼삼한 독냄새를 풍기며 고맙게도 바른 말을 해주는 자네는 누구신가?"

"나? 나는 현현독지를 맡고 있는 사람이유. 무림의 동도들은 이 몸을 적발독… 존(赤髮毒尊)이라고, 크크크, 불러주고 있수다."

스스로 자신의 별호를 말하는 것은 낯 뜨거운 일이 아닐 수 없었다. 더구나 적발독광이라는 원래 별호를 고쳐 적발독존이라는 말도 안 되는 거창한 칭호를 사용하여 자신의 얼굴에 금칠을 하면서도 표정 하나 변함이 없으니 과연 그는 광인(狂人)이었다.

석두타가 잠시 고개를 갸웃거리더니 다시 물었다.

"현현독지라? 그럼 장한징과는 어떻게 되는 사이지?"

"사부는 독선, 제자는 독존! 척하면 착하고 알아들어야지 뭘 그리 일일이 묻고 그러시유?"

모두들 말도 안 되는 소리라고 생각하고 있는데 불공은 고개를 끄덕이더니 다시 저일민을 향해 물었다.

"음, 알겠네. 이보게, 염라도쟁! 검도쌍령에 이어 현현독지의 계주까지 저렇게 말하고 있지 않은가? 나는 무엇보다 자네의 의견을 듣고 싶군."

은근한 그의 어조에 저일민은 완전히 평소 간의 크기를 회복했다. 물론 검령, 도령에다가 전락생까지 마음껏 진실을 말하는 것을 보고는 자신이 언제부터 이처럼 소심해졌던가? 언제부터 이렇게 정의를 외면하는 비겁자가 되었던가? 하는 자책감도 있었다.

한껏 심호흡을 한 저일민은 마침내 정의의 입을 열었다.

"그렇게 원한다면 솔직히 말하겠수. 잘 들으셔. 당신 같은 땡땡중이 불공이라니 지나가던 개가 다 웃겠소. 금강숙 망신 그만 시키고 일찌 감치 파계하여 진짜 거지나 되슈."

"아미타불, 아미타불, 가슴이 다 시원해지는 솔직한 말이군."

"떠그럴, 그 꼴같잖은 불호 좀 그만 외슈. 부처님이 하품하다 뒤로 자빠져 코가 깨지겠소."

이 말에 검령과 도령이 배를 잡고 웃었다.

"큭큭큭. 과연 염라도쟁이군."

"쿠후후. 돌중이 불호를 외쳐 대면 부처님 코가 깨지는 건가?"

일행은 너무 심하다는 생각이 절로 들었다.

언강호와 곽요진은 얼굴을 마주 보며 이쯤에서 그들을 말려야겠다고 생각했다.

한데 불공이 먼저 말을 꺼냈다.

여전히 전혀 기분 나쁘지 않은 표정과 음성이었다.

"이보게, 능변기조! 자네는 어떻게 생각하는가?"

이쯤되자 하독승도 갈등하지 않을 수 없었다. '이 미친 땡중아!' 라는 말이 목구멍까지 올라왔지만 그는 생각에 생각을 거듭했다.

짧은 시간 무수한 갈등의 빛이 얼굴을 스쳐 갔다.

하지만 그는 능변기조(能變奇爪)였다.

단순히 가뢰조를 익혔기에 '변화에 능한 기이한 조법의 고수' 라는 별호를 얻은 것이 아니었다. 오히려 무공보다는 본능적으로 생존의 길을 찾아가는 그의 끈질긴 생명력 덕분에 능변이라는 말이 붙은 것이었다. 사실 이는 듣기에 따라서는 비웃음의 뜻이 담긴 말이라고도 할 수 있었다.

어쨌든 하독승은 이번에도 생존 본능을 발휘했다.

그는 필사적으로 목구멍까지 올라온 말을 다시 뱃속으로 집어넣는데 성공했다.

"헤헤헤, 저야 늘 불공님을 석가여래 부처님과 동기동창으로 생각하고 있습지요."

"아니, 그게 무슨 말인가? 괜찮으니 어서 사실대로 말해보게."

"정말 이게 저의 진심입니다요. 불공님을 사모(?)하는 저의 순수한 열정이 느껴지지 않습니까?"

이 말에 듣고 있던 저일민이 고함을 버럭 질렀다.

"형님! 뭐 하는 거요? 전에 했던 말 있잖수? 그……."

하독승이 재빨리 그의 말을 끊었다.

"아! 전에 내가 부처님보다 위대하시고 옥황상제보다 성스러우신 불공님의 설법을 듣고 개과천선하게 되었다는 말 말인가? 암! 그건 당연히 나의 진심이었지."

"혀, 형님!"

"정말이야. 나는 불공님의 설법을 듣고 개과천선했다니까."

"뭐여? 쥐새끼처럼 치사하게 정말 이럴 거유? 나하고 의절하고 싶수?"

말문이 막힌 저일민이 펄펄 뛰었지만 하독승은 요지부동이었다.

이때 불공이 헛기침을 하며 좌중의 시선을 집중시켰다.

"크험~! 솔직한 의견들 잘 들었네. 이봐! 자네!"

갑자기 부르는 소리에 하독승은 간이 철렁했다.

"예? 예. 예. 부처님보다 천 배 만 배 위대하신 석두타 부처님! 무, 무슨 일이신지?"

안색이 확 변해 말을 더듬거리는 그를 향해 성큼성큼 다가간 불공은 두 손을 어깨에 얹어 가볍게 흔들며 말했다.

"아암, 남자~ 가! 남자~ 란! 자고로 한결같아야 하는 법이지. 한 입으로 두말해서야 쓰겠나? 안 그래?"

"헤헤헤, 무, 물론입지요. 예~ 에. 그렇구 말구요."

"음, 자네가 내 설법을 듣고 개과천선했다니 앞으로 자네에겐 더 이상의 설법이 필요없겠군?"

"예?"

너무나 기쁜 순간이었다.

"왜? 더 필요한가?"

"아, 아닙니다요. 그럴 리가 있겠습니까?"

"앞으로도 자네의 마음이 변하지 않는다면 그렇게 될 것이야."

"헤헤헤, 저는 억겁 세월이 흘러도 결코 변하지 않을 것입니다요."

"그래, 지켜보겠네."

기뻐하는 하독승과 점점 비장한 표정이 되어가는 석두타를 바라보며 기세등등하던 저일민은 간이 급격하게 쪼그라드는 것을 느꼈다.

비로소 속았다는 생각이 들었다.

다리가 절로 후들후들 떨렸다.

하지만 이미 뱉은 말은 주워 담을 수가 없었다.

아니나다를까,

고개를 홱 돌리는 석두타의 얼굴은 야차의 그것보다 무섭게 변해 있었다.

휘익~!

"흐억?"

"컥?"

"캑!"

세 마디 비명이 울리고 네 사람이 땅바닥에 나뒹굴고 있었다.

저일민은 공포심에 질려 미처 비명도 토하지 못했다.

"니들 말이야~! 그래, 나 땡중이고 돌중이다. 근데 니들이 보태준 것 있어? 엉? 그리고 미친놈 보고 자꾸 미친놈이라고 하면 기분 좋아?"

"내가 언제 미친놈이라고……."

퍼억~!

"캐액!"

아직도 사태 파악 못하고 대들던 검령의 주둥이가 홱 돌아갔다.

"지금부터 이 땡중 부처님께서 설법을 시작하겠다. 불성은 만물에 깃들어 있는 법! 너희들이 깨달음을 얻으면 이 돌중은 물론이거니와 지나가던 강아지도 부처님으로 보일 것이다. 아니, 스쳐 가는 바람에도 불법이 깃들어 있음을 알 수 있으리라."

퍽퍽퍽.

"꾸애액. 꽥!"

경쾌한 구타음과 비명 소리가 절묘한 화음을 이루어 울려 퍼졌다. 하지만 옆에서 듣고 있는 하독승에게는 가슴 깊은 곳의 두려움을 자극하는 공포스러운 소리였다.

"꽤액~! 돌중이 사람 잡는다!"

석두타의 무지막지한 설법에 검령, 도령과 전락생은 죽어라고 비명을 질러대며 어떻게든 도망치려 하고 있었다.

그러나 저일민은 몸을 웅크린 채 죽은 듯이 그의 매 타작을 받아내고 있었다.

예전의 경험에 의하면 이렇게 하는 것이 그나마 설법을 빨리 끝나게
할 수 있는 유일한 길이라는 사실을 잘 알고 있기 때문이었다.

한데 불공이 늙은 것일까?

아니면 살고자 하는 검령의 의지가 워낙 강했기 때문일까?

발버둥을 치다가 극적으로 탈출에 성공한 검령이 벌벌 기다시피하
여 언강호에게 달려왔다.

벌써 그의 얼굴은 성한 곳이라고는 없었다.

같은 옷을 입고 있다는 사실이 아니라면 누군지 알아보지도 못할 정
도였다.

지저음부동의 무면사공을 개량한 반화현공에 특별한 진전을 보였던
검령은 언강호로 변신하여 첩자들의 이목을 끄는 역할을 맡아왔기에
똑같은 옷을 입고 있었던 것이다.

"어, 언 단주, 제발, 제발 살려줘~ 어!"

기세등등하던 검령이 아무리 심하게 두들겨 맞았기로서니 설마 이
렇게 나올 줄은 아무도 예상치 못한 일이었다.

그는 융무전의 인간 사냥꾼들 중에서도 가장 악명을 떨치던 검령이
아닌가?

언강호는 난감한 기분이었다.

불공이 이러는 것은 그만한 이유가 있을 터였다.

그렇다고 살려달라고 매달리는 검령에게 '좀 더 맞아가면서 천천히
그 이유를 느껴보슈' 라고 할 수는 없지 않겠는가? 하지만 말려줄 수도
없는 노릇이었다. 아니, 그럴 능력이 없다고 해야 할 것이다. 언강호가
어떻게 불공의 행동을 통제할 수 있겠는가?

그러는 사이 석두타가 바람처럼 달려와 검령의 뒷덜미를 낚아챘다.

"으아아아~ 안 돼! 살려줘."

필사적으로 허우적거리는 검령의 손에 무엇인가 걸린 것이 있었다.

그리고 그것이 찢어졌다.

찌이익.

"어머? 이걸 어째?"

일행의 시선이 집중되며 표정들이 야릇하게 변했다. 단지 곽요진만이 얼굴을 붉히며 재빨리 달려와 자신의 겉옷을 벗어 찢어진 곳을 가려주었다.

"흠흠흠."

모두들 점잖은 체면이라 헛기침을 하며 고개를 돌렸다.

검령이 붙잡고 늘어지면서 찢어진 것은 다름 아닌 연옥귀의 치맛자락이었던 것이다.

그것도 무릎 위쪽을 움켜쥐는 바람에 그녀의 뽀얀 종아리가 그대로 드러나 버리고 말았다.

순간적으로 연옥귀도 놀랐음일까?

숨 막히는 미령천향공의 요기가 물결치듯 일어났다.

옅은 분홍색의 기류가 피어나 전신을 감싸면서 연옥귀는 그야말로 여신을 방불케 하는 형상으로 변해 있었다.

평소에도 활짝 핀 한송이 장미처럼 아름다운 그녀였다.

한데 순간적으로 미령천향공의 요기가 극도로 일어나 전신을 감싸자, 무산의 요지선녀(瑤池仙女)나 곤륜산의 서왕모(西王母)가 현신한 듯 삽시간에 사람들의 넋을 사로잡았다.

이미 그녀의 종아리에 시선을 주었던 남자들에게 이 요기는 가히 살인적이라고 할 수 있었다.

다들 점잖은 체면이라 내색은 않고 있었지만 암암리에 내공을 끌어올려 민망한 일을 당하지 않기 위해 안간힘을 쓰고 있었다.

심지어 두들겨 맞던 검령, 도령과 전락생의 비명까지 그쳤고, 적각 선사는 눈꼬리를 가늘게 떨었으며, 감정의 변화가 거의 없는 혈군들 중에서도 심호흡을 하는 소리가 일었다.

평정심을 유지하고 있는 사람은 단 두 명, 도공과 육여뿐이었다.

사공의 일원으로 삼경의 고수인 도공은 거의 감성이 사라진 존재인지라 인간의 요기나 마기에 흔들리지 않는 것이 당연했고, 육여는 잠깐 사이 겪은 믿을 수 없는 여러 가지 일에 아직 적응하지 못하고 약간 떨어진 곳에 주저앉아 멍하니 어딘가를 바라보고 있느라고 미쳐 요기에 반응하지 못한 것이었다.

반면 같은 삼경의 고수지만 언강호는 연옥귀와 특수한 관계에 있어 그녀의 갑작스러운 변화에 민감하게 반응할 수밖에 없었고, 불공은 이성만이 남아 있는 차가운 반인반불(半人半佛)이 되기를 스스로 거부한 사람이라 큰 위협은 안 되지만 꿈틀거리는 감성의 변화를 다스려야 했다.

석두타의 눈꼬리가 올라갔다.

"아미타불, 대단한 요물이로세. 네가 바로 팔선의 막내인 요선인 모양이구나?"

"뭐예요?"

얼떨결에 치마가 찢어져 놀랐던 연옥귀는 기분이 팍 상하는 느낌이었다.

불공은 그녀의 이런 반응에 아랑곳하지 않고 심호흡을 하는 언강호를 향해 히죽 웃으며 말했다.

"너, 어쩌다가 이런 애를 달고 다니게 되었냐?"

"그, 글쎄요?"

언강호에게 달리 대꾸할 말이 있을 리가 없었다.

아니, 그간의 사정을 구구하게 설명하고 싶어도 그럴 수가 없었다. 날카로운 연옥귀의 목소리가 들려왔던 것이다.

"당신! 뭐냐구요? 숙녀의 치마를 찢었으면 책임을 지든지, 아니면 천리 길을 삼보일배(三步一拜)하며 잘못을 사과하든지 해야 할 것 아니에요?"

"엥? 왜 이야기가 그렇게 되냐?"

말도 안 되는 어거지였지만 석두타는 갑자기 반박할 말이 생각나지 않았다. 이때를 놓치지 않고 더욱 강력한 요기를 뿌리며 연옥귀의 질풍 같은 공세가 쏟아졌다.

"사공이면, 현무상인의 제자면, 무림삼자의 사제면, 처녀의 치마를 찢어도 된다는 거예요? 뭐예요?"

"아, 아니, 그런 게 아니고……."

"어서 결정하세요. 이래 봬도 나는 아직 처녀라구요, 처녀! 순백한 처녀의 속살을 만천하에 드러내게 했으니 저는 이제 어떻게 얼굴을 들고 살아요?"

"이, 이봐, 너는 장미밀원의 원주잖아?"

"그래서요?"

"대대로 장미밀원의 원주는 천하의 요녀 중의 요녀로 알려져 있는데 다리 좀 드러냈다고……."

당황한 석두타는 점점 깊숙한 수렁(?)으로 빠져들고 있었다.

연옥귀가 쌍심지를 켜며 말했다.

"오호~ 라. 그러니까 장미밀원 출신이면 순결을 지킬 가치도 없다 이거군요? 그래, 부처님께서 그렇게 가르치셨어요? 불가에서 말하길 백정도 칼만 놓으면 부처님이라고 하더니 그거 순 뻥이었나요?"

"아니, 내 말은 그게 아니고……."

"그럼 뭐예요? 설마 나 같은 요녀는 살 가치도 없다 이건가요?"

"……."

뒤늦게 석두타는 눈앞의 이 꼬마 계집을 상대하는 것이 만만치 않은 일이라는 사실을 깨달았다. 지금 상황에서는 말을 하면 할수록 더 손해일 것이 분명했다.

그가 입을 다물고 가만히 합장을 하고 있자 연옥귀는 더욱 기가 살아 펄펄 뛰었고, 덩달아 검령까지 다시금 겁을 상실하고 대들었다.

"맞아. 지금이라도 파계하고 연원주를 책임져야지. 아니면… 악!"

그러나 검령은 미처 말을 다할 수 없었다.

분명 불공은 손끝 하나 까딱하지 않고 있는데 무형의 기운이 따귀를 '철썩' 하고 후려쳤던 것이다. 눈앞에 불똥이 번쩍이는 순간 그는 자신의 처지를 깨달을 수 있었다.

상대는 차원이 다른 고수였다.

거기에다가 언강호나 범마 등호와는 달리 성질이 매우 더러워 보였다. 잘못 개기다가는 앞으로의 삶이 아주아주 고달플 것이 불을 보듯 뻔한 상황이었다.

검령은 불을 어루만지며 입을 조개처럼 꽉 다물었다.

이때서야 당황해 있던 곽요진이 정신을 차리고 연옥귀를 달랬다.

그녀를 진정시키는 것은 간단한 일이었다.

전음으로 한마디면 충분했다.

"옥귀, 정말이야?"

"네? 뭐가요?"

"불공께서 책임지겠다고 하면 정말 저분께 시집갈 거야?"

"언니! 미쳤어요?"

사람들은 고함을 빽 지르는 그녀를 '쟤, 왜 저래?' 하는 표정으로 쳐다보았고, 연옥귀는 한동안 씩씩거리며 발을 굴리다가 미령천향공을 거두어들였다.

한바탕 소동이 지나갔다.

불공도 더 이상 검령 등에게 설법을 베풀 흥미를 잃어버렸다.

그는 조금 남은 염라주가 아까운 듯 홀짝이며 저일민과 하독승에게 눈치를 주었다.

어서 가서 꽃잎을 따오라는 뜻이었다.

이 독한 염라주는 수많은 꽃잎을 재료로 하여, 저일민이 가진 특이한 주정(酒精)과 내공의 힘으로 담그는 술이었다. 그렇지만 알맞게 숙성되려면 최소한 십 일은 걸리기에 석두타가 재촉하는 것은 당연한 일이었다.

하지만 이번에는 언강호가 양해를 구하며 제지했다.

환혼과가 있는 이상 이곳은 매우 위험한 장소였고, 아밀의 일이며, 석두타 등이 갑자기 나타난 까닭하며, 모든 것이 의문투성이였고 두려운 일이었다.

더구나 애초에 목적했던 소주담가의 후예들을 찾지도 못하지 않았는가?

지금까지의 상황은 석두타 등도 궁금해하고 있었다.

일행은 자리를 옮겨, 언강호와 곽요진이 번갈아가며 불공과 헤어진

이후 아밀이 사라지기까지의 일을 상세하게 들려주었다.

상당한 시간이 걸렸다.

석두타의 안색이 크게 어두워졌다.

도공은 표정 변화가 별로 없었지만 그의 눈가에도 한가닥 시름이 어리고 있었다.

"아미타불, 아미타불……."

인상을 찡그린 채 불호를 외던 석두타가 천천히 입을 열었다.

"대대로 주작천궁의 궁주는 신비한 능력의 소유자로 알려져 있었지. 십정십패 중 하나에 불과한 문파가 어떻게 그런 능력자를 배출하나 했더니 바로 주작 창힐선인의 후예였기에 그런 것이었군."

"그래요, 불공님. 한데 금강숙과 태극도량은 백호의 후예가 틀림없나요?"

곽요진이 약간 긴장한 표정으로 물었다.

창힐선인이 주작천궁의 주작대로에 남긴 기록과 무림에 전해오는 이야기를 종합하면 두 문파가 바로 백호의 후예라는 것이 신비용녀 피용화와 천오, 이일 등의 한결같은 결론이었다.

제이의 악목대전이 다가오고 있는 지금 선계 사신장의 힘을 모으는 것은 절대적인 과제였다. 만약 백호의 후예마저 찾을 수 없다면 현실은 더욱 암담해질 터였다.

다행히 석두타가 천천히 고개를 끄덕였다.

"확실히 금강숙과 태극도량은 백호의 후예가 틀림없다. 오천 년 전 악목대전에서 패한 만마부의 흑마신은 천축으로 도망쳤고, 백호 남화자의 후예께서 추적해 가셨다가 돌아오지 못하셨지. 그러다가 북위 태무제 때 황제의 초청으로 금강숙의 난타조사와 태극도량의 발난타조사께서 중원으로 건너오셨으니 그분들이 바로 백호의 후예였던 것이다. 그 뒤에 나타난 만마성자 인게라는 흑마신의 후예였고……."

그가 하는 이야기는 일행이 알고 있는 사실과 크게 다르지 않았다.

듣고 있던 등호가 물었다.

모두가 궁금해하는 것이었다.

"백호의 진정한 힘은 대체 무엇이며, 현시점에서 정통은 누가 이은 것입니까? 그리고 백호의 신기(神器), 백호신령기는 어디에 있습니까?"

언강호도 참지 못하고 연이어 물었다.

"현무상인께서는 백호의 후예이면서 왜 현무란 법호를 쓰신 것입니까? 혹시 그분이 현무 해동신군의 법통까지 이어받은 것입니까?"

이것이야말로 일행이 가장 궁금해하는 바였다.

선계 사신장(四神將)의 사신기(四神器)를 모두 모아야 제이의 악목대전을 막을 수 있다고 하지 않았던가?

지금으로서는 주작대로에서 창힐선인의 주작신홀만을 얻었을 뿐이었다.

시간은 많지 않은데 나머지는 흔적도 없으니 답답한 일이 아닐 수 없었다.

지금도 나원의 천오 등은 통류방의 집비향 이호의 도움을 받아 석두타를 찾는데 전력을 기울이고 있을 터였다.

일행의 이런 답답한 마음을 아는지 모르는지 석두타는 쉬이 대답하지 않았다.

그는 잠시 생각을 굴리더니 나지막하게 불호를 외며 안색을 고쳤다. 평소의 얼굴로 돌아온 석두타는 언강호를 보고 서운한 표정을 지으며 말했다.

"그래, 너는 내가 황산으로 간 다음 어떻게 되었는지는 궁금하지도 않단 말이냐?"

"그… 럴 리가 있겠습니까?"

언강호는 미안한 마음이 들었다.

은경보에 잡혀간 곽요진을 구하기 위해 절강 북동부의 염해로 향할 무렵 갑자기 도공 합합아가 등장했고, 그 길로 두 사람은 황산 천보사로 떠난 뒤 실종되었다.

석두타는 언강호에게 사부 진립과 비슷한 비중을 지닌 존재였다. 어찌 그의 안부가 궁금하지 않았겠는가? 단지 점점 엄중해지는 사태에 마음이 조급해져 궁금한 것을 먼저 물었을 뿐이었다.

이런 언강호의 진심을 느꼈음인지 석두타가 빙그레 웃어 보였다. 일행 모두에게 마음의 위로와 평안을 안겨주는 부처님의 자비가 가득한 미소였다.

사람들이 조급함을 떨쳐 버리고 평정심을 회복할 수 있었다.

"나의 사부님이 현무상인이라는 것은 모두 잘 알고 있을 것이다. 이백여 년 전 만마성의 멸천이마종이 무림 사상 처음으로 비도의 무공을 익혀 중원을 침공하자 금강숙과 태극도량에서는 불가와 도가라는 분명한 차이에도 불구하고 한 분의 제자를 선출하여 양파의 무공을 동시에 전수하였다."

석두타는 사람들이 잘 알고 있는 사실까지 새삼스럽게 들려주었다. 이야기를 하려다 보니 자연스럽게 옛날이야기부터 나온 것이었다.

"모두들 그 이유를 어느 정도는 짐작하고 있으리라."

"……."

일행은 고개를 끄덕였다.

물론 생각없는 검령, 도령과 전락생, 저일민, 그리고 이 와중에도 공심이 자매에게만 신경을 쓰고 있는 사독, 강숙은 예외였다.

"그것은 사실 금강숙과 태극도량의 무공이 그 뿌리가 같기 때문이다. 바로 아득한 옛날 선계에서 내려온 신인이셨던 백호 남화자께서 남긴 진기도인법(眞氣導引法)에 기초하고 있는 것이다."

"아? 그렇군요."

짐작은 하고 있었지만 석두타의 입을 통해 듣게 되자 그 의미가 새삼스럽게 다가왔다. 곽요진은 감탄하며 자신의 정인을 자랑스러운 눈으로 바라보았다.

백호의 후예는 현무상인이라는 거인의 탄생으로 하나가 되는 듯했지만 지금은 오히려 더욱 복잡하게 갈라져 있었다.

금강숙과 태극도량에, 무림삼자의 후예인 이웅과 장천문, 그리고 소주담가와 상팔대까지…….

이런 상황에서 백호의 정통 후예라고 할 수 있는 사람은 언강호뿐인 것이다.

어쩌면 석두타는 예전부터 이를 염두에 두고 따라다니며 혈로(血路)에서 언강호를 이끌어낸 것이 아닐까?

곽요진은 뿌듯한 마음으로 그의 다음 이야기를 기다렸다.

석두타의 입에서 그녀의 예상과 별로 다르지 않은 이야기가 흘러나왔다.

"둘로 갈라졌던 백호의 무공이 하나가 되자 사부님의 무공은 그 이전까지 인간의 한계라고 생각했던 영역을 뛰어넘게 되었다. 즉, 사급의 끝인 무급을 초월하여 구만리 생사현관을 열어젖히고 마침내 삼경의 영역에 오르신 것이다. 흔히들 무림삼자가 최초의 감람경 고수라고 하지만 이는 사실이 아니다. 실제로 사부님은 무성자 사형보다 더한 고수이셨다. 아니, 그분은 고수라기보다는 선각자(先覺者)이며, 예지자(叡智者)와 같은 분이셨지.”

“그런 현무상인께서 멸천이마종에게 패하셨다니, 그들의 무공은 정말 무서운 것이었나 봅니다.”

정철원의 말에 일행은 새삼 멸천이마종에 대한 두려움을 떠올렸다. 하지만 불공은 천천히 고개를 저었다.

“물론 그들의 무공은 대단한 것이었다. 정도의 무공도 아니고, 죽음을 부르는 비도의 무공을 익혔으니까 말이야. 지금의 언강호가 진복원을 물리친 것만 보아도 알 수 있는 일이겠지?”

“…….”

“어쨌든 백호의 진정한 무공은 천기와 지기를 아우르며, 비도와 정도, 오대검류와 이대도류를 포괄하는 것이었다. 만약 사부님께서 몇 년 만 더 수련을 계속하셨다면 능히 멸천이마종을 제어할 수 있었으리라. 하지만 사부님께는 그럴 여유가 없었다.”

“예? 불공님, 여유가 없었다니요?”

이는 곽요진도 전혀 생각지 못한 일이라 절로 반문이 튀어나왔다.

언강호는 불공의 음성에서 심상치 않은 일이 있었다는 사실을 짐작하고 크게 긴장하며 귀를 기울였다.

“그분은 육체적인 수련이 한계에 도달하자 깨달음을 얻기 위해 천하를 순행하셨다. 그때 일곱 제자를 거두었는데 위의 세 분이 바로 무림삼자이며, 그 다음이 나, 그리고 합합아. 그 아래가 소주담가의 시조인 만상자 담조령, 그리고 막내가 상팔대의 시조인 무극자였다.”

“…….”

"사실 우리 일곱 사형제가 사부님의 제자가 된 것은 한 달이 채 안 되는 짧은 기간의 일로 시차가 거의 없었다. 한데 사부님께서 여섯째 인 담사제를 거두면서 한 가지 중대한 사실을 알게 되셨다."

"……."

석두타의 시선이 새삼스럽게 언강호를 향하고 있었다.

자신의 외가인 소주담가의 시조 담조령이 거론되자 언강호는 더욱 긴장하여 마른침이 꿀꺽 넘어가는 것도 모르고 있었다.

"사부님께서 남긴 선불경(仙佛經)의 기록에 의하면 육사제의 선조는 왕실과의 마찰을 피해 청구 땅에서 피난 온 동이족으로, 그들은 자부신 군(紫府神君)이라는 전설상의 인물을 자신들의 조상으로 믿고 있었다 고 한다."

"자부신군이라면 동이족, 예족, 여진족 등이 모두 자신들의 조상이 라고 주장하는 인물이 아닙니까?"

"그렇긴 하지. 하지만 그들은 자신들이야말로 자부신군의 직계 후손 이라고 굳게 믿고 있었다고 한다. 어쨌든 그들이 간직하고 있는 자부 신군의 신상을 본 사부님은 느끼는 바가 있었다."

"그게 무엇입니까?"

"금강숙의 장경각에서 그 신상과 비슷한 그림이 그려진 책자를 보았 던 것이다. 비록 멸천이마종의 침공으로 장경각은 불탔지만 귀중한 서 적들은 모두 은밀한 곳으로 옮겨져 있었다. 사부님은 기이한 예감에 즉시 모처로 가서서 그 책자를 찾아냈다. 마치 올챙이처럼 꼬불꼬불한 괴이한 문자가 적힌, 재질을 알 수 없는 신비한 책자였지."

"……."

"사부님의 예감은 맞아떨어졌다. 아무도 알아보지 못하던 그 책자를 담사제 등은 읽을 수 있었다. 그것은 동이족들이 신전(神篆)이라고 부르는 아득한 고대의 문자였던 것이다."

언강호는 몸을 부르르 떨었다.

"혹시 그… 것은 현무의 유진(遺眞)이 아니었습니까?"

"바로 그렇다. 그것이야말로 현무 해동신군이 남긴 천부경(天符經)이었던 것이다."

"……."

자신의 외가가 동이족의 후예이며, 현무의 후예라는 사실이 잘 실감이 나지 않았다.

◆ 第八十八章 ◆ 현무의 내력

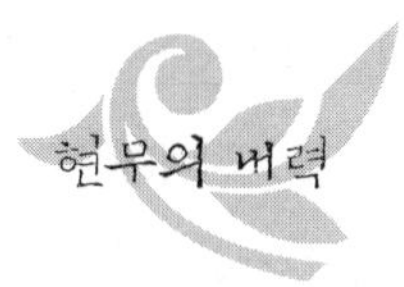

청구!

중원인이라면 누구나 아득한 환상을 가지고 있는 땅이다.

공자가 가서 살고 싶다고 한 곳.

도가의 성지인 봉래산과 영주산이 있는 곳.

그 후예들이 자신의 외가였다니?

언강호는 쉬이 마음을 가라앉히지 못했다.

그는 들뜬 마음으로 불공의 이야기에 귀를 기울였다.

"해동신군께서는 악목대전 이후 중원을 떠나 청구 땅에서도 가장 경치가 좋은 풍악산에 은거하였는데 자신의 거처를 선계의 일부인 자부동(紫府洞)이라고 칭하셨다. 자부신군이라는 전설의 인물은 이렇게 생겨난 것이다."

"……."

"그분의 비승 이후 오랜 세월이 흐른 뒤 동이족 내부에서 한 반역자가 생겨나 천부경을 가지고 중원으로 도망쳤고, 다시 세월이 지나 해동 신군의 직계 후손들은 새로이 일어난 왕실과 대립하게 되어 중원으로 피신하였던 것이다. 담조령은 그 직계 후예였다."

"천… 부경은 어떻게 해서 금강숙으로 흘러들어 간 것입니까?"

"정확한 경로는 알 수 없다. 단지 육대 조사께서 불법을 널리 전하기 위해 많은 불경을 수집하고 간행하였는데 그때 함께 들어온 것으로 보인다."

"현무상인께서 법호를 현무라고 한 것을 보면 천부경을 수련하셨겠군요?"

"수련한 것은 아니지만 연구는 하셨지. 그리고 사부님의 법호에는 사연이 있다. 당시 양 문파의 어른들 대부분은 미처 사부님의 법호를 정하지 못하고 멸천이마종과의 결투에서 돌아가셨지. 그때 이미 일곱 제자와 천부경을 얻으신 그분은 스스로 법호를 현무라고 정하셨다. 이는 아마도 천부경을 보시고는 멸천이마종이 문제가 아니라 앞으로 더 큰 위기가 닥쳐올 것이며, 이를 극복하기 위해서는 백호뿐만이 아니라 현무의 힘이 절실하게 필요하다는 사실을 아셨기 때문으로 보인다."

"……."

"무성자 대사형 등 통칭 무림삼자라고 불리는 세 사형에게는 멸천이마종을 막을 임무를, 나를 비롯한 나머지 네 명의 제자에게는 이후 폐허가 된 무림을 이끌어 나갈 임무를 맡긴 사부님은 홀연히 사라지셨다. 그때 마지막으로 나와 합합아를 불러 금강경과 태극경을 주시면서 법어(法語)를 남기시길, '너희들이 무화경 십단에 이르거든 황산 수미봉에 있는 천보사의 현무동을 열고 선불경을 보라' 는 것이었다."

삼경의 감람경, 무화경, 신도경은 같은 경지 내에서도 많은 차이가 있어 감람경은 삼단, 무화경은 삼십단, 신도경은 무려 삼백단으로 세분된다.

그러나 현무상인과 멸천이마종 이전에는 감람경조차 밟은 사람이 없었다. 지금에 와서는 일존사공 외에도, 육천, 언강호, 육여 등 삼경의 고수가 속출하고 있지만 당시 불공과 도공에게 무화경 십단은 꿈같은 이야기였으리라.

석두타는 잠시 숨을 고르고 이야기를 계속했다.

"너희들도 알다시피 내공의 근원인 진기는 천기와 지기의 합일체다. 하지만 정도의 무공은 천기에, 비도의 무공은 지기에 주로 의존하고 있다. 여기에다가 십정을 비롯한 정파의 무공은 감성을 배제한 채 차가운 이성만을 강조하며, 만마성이나 십패 등 사마외도의 무공은 불같은 감성만이 수련의 지름길이라고 생각하고 있다."

"……."

"사부님과 멸천이마종은 무림에 신기원을 열었지만 이러한 무림인들의 고정관념만은 깨뜨리지 못했고, 우리 일존사공도 똑같은 바탕 위에 수련했다. 그러다 보니 누구도 완전한 존재가 될 수 없었다. 합합아를 보면 알겠지만 감람경을 넘어서자 그는 감정이라고는 거의 사라진 차가운 이성의 존재, 반인반선(半人半仙)이 되어버렸다. 인간은 감성과 이성의 조화 위에 존재한다. 즉, 무화경에 이르면 이미 인간이 아닌 것이다. 나는 이것이 두려워 감람경 삼단에서 성취를 멈추어 버렸다."

"……."

"자연히 난 사부님이 남기신 선불경을 볼 수 없게 되었고, 거의 포기하고 있었다. 하지만 합합아는 수련을 계속하여 마침내 무화경 삼단에까지 올랐다."

이 말에 일행은 크게 놀라 도공을 바라보았다.

어쩌면 일존사공 중에 감람경을 초월한 고수가 있을지도 모른다는 말이 예전부터 떠돌았지만 공식적으로 확인되기는 처음이었던 것이다.

일행의 놀란 시선이 쏟아짐에도 도공은 눈빛 한점 흔들리지 않았다. 확실히 그는 반인반선이 된 것인지도 모를 일이었다.

곽요진이 물었다.

"불공님, 그럼 불공님을 제외한 일존사공은 모두 반인반선이었나요?"

"그렇다고 할 수 있지. 아니, 존마 고귀향은 반인반마(半人半魔)라고 해야 할 것이고, 검공이나 현공 녀석들은 반인반신인(半人半神人)이라고 불러야 할지도 모르겠군. 좌우지간 나는 반인반불이 되기 싫었다."

"도대체 반인반선이란 어떤 존재인가요? 인간이 아니라면 신인인가요? 아니면 마족인가요? 그것도 아니면 반신인이나 반마족인가요?"

그녀의 질문에 사람들은 한층 어두워진 안색으로 석두타의 입을 주시했다.

"그 어느 것도 아니다. 선계의 신인이나 마계의 마족과 인간 사이에서 태어난 것이 반신인, 반마족인데 그들은 일대로 소멸되었다. 따라서 악목대전 이후 인간계에는 반신인이나 반마족이 존재하지 않았지."

"그러면?"

"굳이 말하자면 가장 불완전한 존재라고 할 수 있을 것이다. 사부님이 남기신 선불경에 의하면 인간은 무한한 잠재력을 지니고 있다고 했다. 즉, 인간이 신인이나 마족의 힘에서 유래한 내공을 올바른 길로 계속 수련해 나가면 결국에는 신도경 삼백단을 넘어 탈각할 수 있고, 비승하여 선계나 마계로 가서 신인이나 마족 그 자체가 될 수 있는 것이다."

"……."

선불경에도 주작대로에서 본 창힐선인이 남긴 기록과 비슷한 내용이 있는 모양이었다.

"한데 불완전한 수련을 했으니 탈각은 불가능한 것이다."

여기에서 사람들은 의문이 생겼다.

곽요진이 일행을 대신해 질문을 던졌다.

"불공님, 그럼 마찬가지로 불완전한 수련을 한 무림삼자와 멸천이마종은 어떻게 하여 탈각할 수 있었나요?"

"세 사형과 두 마종은 최후의 결전을 벌이기 전 사실은 서로를 치열하게 탐색했다. 일성이웅의 정보 조직인 암첩, 비향, 잠렴은 그때 틀이 잡힌 것이다. 이를 통해 다섯 명의 종사는 상대를 파악하고 자신의 약점을 보완해 나갔다. 즉, 서로가 서로에게 좋은 사부나 마찬가지였던 것이다."

"……."

"최후의 일전을 벌일 때 그들은 서로에 대해 너무나 잘 알고 있었다. 그러니 어찌 쉽게 결판이 나겠느냐? 며칠 밤낮을 세우면서 수만초를 겨루었지만 누구도 승리할 수 없었다. 한데 극단적인 상극이었던 그들은 치열하게 겨루면서 어느 순간부터인가 서로가 자신의 다른 면임을 깨닫게 되었다. 그리고 그때부터 다섯 종사는 서로의 깨달음을 끝없이 자극하여 순식간에 신도경 삼백단을 돌파하고, 마침내는 인간의 외피를 벗어 탈각해 버린 것이다. 이는 실로 꿈같은 일이었지."

아련하게 변하는 불공의 얼굴에서 사람들은 무림삼자와 멸천이마종의 전설이 거짓이 아니었음을 알 수 있었다.

언강호 역시 비슷한 일을 경험한 바 있었다.

자신보다 분명 높은 경지에 있었던 진복원과 겨루면서 오히려 깨달음을 얻어 미지의 숙제로 남아 있던 조화검법을 성취하지 않았던가?

만약 진복원과 좀 더 치열하게, 무인다운 무인의 대결을 계속했다면 어쩌면 단숨에 장천문의 조화검법을 완성했을지도 모를 일이었다.

무림삼자 중 장천자.

삼류 중의 삼류처럼 보이지만 사실은 탈각하여 신인이 되었다는 장천문의 시조인 장천자가 남긴 조화검법, 오대검류를 통합한 이 검법에는 분명 장천자의 깨달음이 담겨 있을 터였다.

새삼 언강호는 장천문의 두 삼류무공(?) 조화검법과 천지도법에 가슴이 설레는 느낌이었다.

그의 설렘은 두 가지 감정이었다.

아득히 멀리 있는 신비로운 경지와 무공에 대한 열망이 절반이었고, 또한 장천자에 대한 분노가 나머지 절반이었다.

그 수련 과정이 터무니없어 장천문의 많은 선조들과 사부 진립, 대사형 양조 등에게 참혹한 절망을 안겨주고, 삼류문파로 전락하여 갖은 핍박을 받으며 살게 만든 한은 결코 잊을 수 없을 터였다.

사부 진립은 하루 열 시진(20시간)을 일하며 광린검과 청령도의 날을 세우고자 애썼다. 미련한 사부는 장천문에 전해오는 터무니없는 이야기를 철썩같이 믿고 있었다.

"장천문의 무공은 정도제일공(正道 第一功)이다. 언젠가 칼날을 세우고 무공을 세워, 검도합일(劍刀合一)을 이루는 날, 만마성마저 무릎을 꿇으리라.”

지금도 사부의 말이 귓가를 울리는 것 같았다.

그 말은 거짓이 아니었다.

검도합일을 이루면 정말로 정도 제일공이 탄생할지도, 만마성을 제압할 수 있을지도 모를 일이었다.

하지만 그게 어쨌다는 말인가?

사부 진립, 아니, 장천문의 많은 문도들의 한은 무엇으로, 어떻게 보상한단 말인가?

거대한 역사의 흐름 속에 그들의 한은 외면받아도 좋다는 것인가?

언강호는 고개를 약간 숙이고 입술을 지그시 깨물었다.

손아귀에 절로 힘이 꾹 들어갔다.

이때 곽요진의 질문이 들려왔다.

“아? 그럼 두 분께서 그분들처럼 탈각하기는 힘들겠군요?”

그녀의 말에 합합아는 피식 웃었고, 석두타 역시 쓴웃음을 지으며 고개를 가로저었다.

“세 분 사형이나 두 마종 같은 경우는 아마도 다시는 없을 것이다. 거기에 우리의 자질은 그분들은 물론 그분들의 제자인 존마 고귀향이나 검공 곽포라보다 떨어진다고 할 수 있다. 고귀향이나 곽포라 역시 탈각은 꿈도 꾸지 못했는데 우리가 어찌 감히 상상이나 할 수 있겠느냐?”

무림삼자 중 첫째 무성자의 제자인 곽포라는 그녀의 먼 조상이었다. 그럼에도 곽요진은 조금도 자랑스럽다거나 어깨가 으쓱거리지 않았다. 오히려 크게 걱정되는 바가 있었다.

"만약 두 분께서 탈각하지 못하면 어떻게 되나요?"

"아미타불~!"

석두타의 불호가 나지막하게 울려 퍼졌다.

마음을 묵직하게 하는 불호였다.

언강호는 감정을 추스르고 다시 그의 말에 귀를 기울였다.

"그 이야기를 하려면 다시 사부님의 이야기로 돌아가야겠구나."

"무화경 십단에 이르면 선불경을 보라는 현무상인의 유언 말씀인가요?"

곽요진은 다 알고 있는 사실을 일부러 밝은 목소리로 다시 물었다.

"그래, 아까도 이야기했지만 나는 예전에 선불경을 보길 포기했으나 합합아는 그렇지 못했다. 그는 오랜 세월 수련에만 매진했지. 무림에서 합합아를 본 사람이 거의 없는 것은 바로 이 때문이다. 하지만 태극경으로는 아무리 수련해 보아야 무화경 삼단을 넘을 수 없었다."

"……."

"그렇다고 합합아의 수련이 마냥 헛된 것만은 또 아니었다. 무공 전반에 대한 안목이 크게 높아진 그는 어느 순간 무화경 십단이 삼경 전체를 통틀어 매우 중대한 고비라는 생각을 하게 되었다."

"……."

"물론 그것이 전적으로 옳은 것은 아니었지만 얼마 전까지만 해도 합합아로서는 그렇게 믿을 만한 나름대로의 근거가 있었지. 그는 무화경 십단만 넘게 되면 신도경 최후의 단계까지 절로 성취를 이룰 수 있다고 믿었다. 더불어 무화경 십단에 도달하기 위해서는 선불경을 보아야 한다고 믿었다."

"도공께서 막무가내로 황산 천보사로 간 것은 그 때문이었군요?"

“흥! 막무가내라니?”

곽요진의 말이 못마땅한 듯 합합아가 코웃음을 쳤다.

하지만 그뿐, 도공은 더 이상 석두타의 말을 막지 않았다.

“그래. 그래서 나는 언강호가 너를 구하러 위험이 가득 찬 은경보로 가는 것을 보면서도 도와줄 수가 없었다. 합합아를 뒤쫓아갈 수밖에 없었지. 지금 생각하면 아마도 육천이란 놈들이 꾸민 일이었음이 분명해.”

“…….”

“사부님의 유언은 사실이었다. 합합아가 억지로 현무동을 열자 얼마 지나지 않아 수미봉 전체가 흔들리며 동굴이 무섭게 붕괴되기 시작했다. 우리는 사부님의 유물을 움켜쥐고 끝없이 이어진 동굴을 따라 미친 듯이 달려야 했다.”

“두 분의 능력이라면 그 정도에 곤란을 겪지는 않았을 텐데요?”

“아니다. 네가 못 봐서 그렇지.”

곽요진의 말에 석두타는 고개를 설레설레 저었다.

“현무동은 일부만 사부님께서 가공한 것일 뿐, 원래 끝없이 뻗어 있는 천연 동굴이었다. 그것이 일시에 붕괴되니 합합아 녀석도 공포에 질려 허둥거렸지. 큭큭큭.”

좀 전의 묵직한 불호와는 어울리지 않는 장난스러운 말에 일행은 마음이 가벼워지는 느낌이었다. 하지만 도공은 더욱 차가워진 안색으로 석두타를 노려보며 쏘아붙였다.

“쓸데없는 소리 말고 애들에게 요점이나 알려줘.”

“뭘 그걸 가지고 사형한테 도끼눈을 하고 그러냐? 알았다, 알았어.”

“풋~!”

두 사람의 아웅다웅하는 모습이 차가운 이성의 존재라는 반인반선의 도공이나, 평소에 상상했던 금강숙의 장문인이라는 근엄한 불공과는 완전히 딴판이라 연옥귀가 자기도 모르게 웃음을 터뜨렸다.

이 때문인지 도공의 눈매가 더욱 날카로워지며 째려보았고, 석두타는 째림을 면하기 위해 서둘러 이야기를 계속했다.

"어쨌든 동굴은 무려 십여 리나 계속되었는데 겨우겨우 붕괴되는 돌더미에 깔리지 않고 벗어날 수 있었다. 사부님의 말씀을 믿지 않은 한 뺀질이 때문에 하마터면 이 부처님까지 열반할 뻔했었지."

"현무상인께서 무화경 십단에 오른 뒤 선불경을 보라고 한 이유는 뭔가요?"

다시 도공이 발끈하려는 걸 보고는 곽요진이 재빨리 질문을 던졌다.

"그 안의 내용이 너무 충격적이라 미숙한 무공으로 함부로 일을 벌일까 염려하셨던 것이다."

"그렇다고 사랑하는 제자들이 죽을지도 모르는데 동굴이 붕괴되게 해놓으셨단 말인가요?"

"아까도 이야기하지 않았느냐. 사부님은 선각자이자 예지자셔서 남다른 예지력을 지니고 계셨다. 당신께서 그렇게 유언을 하셔도 결국에는 합합아가 참지 못하고 현무동을 강제로 열 것을 짐작하시고, 일의 어려움을 깨우쳐 주기 위하여 위험은 있겠지만 죽지는 않을 정도의 붕괴가 일어나도록 해두신 것이다."

"아!"

석두타의 말은 분명 사실일 것이다. 그렇다면 현무상인은 대체 어느 정도의 능력자란 말인가? 십여 리에 달하는 동굴의 붕괴를 이미 이백 년 전에 안배하여 두었다니……

일행의 이런 반응을 짐작한 것인지 석두타가 가볍게 불호를 외우며
말했다.

"아미타불, 사부님은 무공과는 다른 특별한 능력을 지니고 계셨지.
예지력도 그중의 하나였다."

"그렇군요. 하면 필시 선불경에는 중대한 내용이 담겨 있었겠군요?"

"흐음. 그렇다. 아~! 이는… 이는……."

약간 장난스러운 면모를 보였던 석두타의 안색이 급격하게 흐려지
고 있었다.

그는 마음을 추스르는 듯 새카맣게 손때가 묻은 꼬질꼬질한 염주를
돌리며 이름 모를 경전을 잠시 외웠다. 일행도 마음을 가다듬으며 조
용히 그의 말을 기다렸다. 이때만큼은 도공도 석두타를 재촉하지 않았
다.

마침내 불공이 입을 열었다.

"악목대전에서 마계 세력의 우두머리는 흑마신이었다. 하지만 마계
에서 그의 서열은 그다지 높지 않았다. 그럼에도 무서운 능력을 발휘
하여 창힐선인과 해동신군의 협공 아래서도 수천 합을 견디다가 근소
한 차이로 패하여 천축으로 도망쳤지. 한데 그는 이런 상황에서도 한
가지 저주를 남겼다."

"……."

"마계의 입장에서 보면 이는 먼 훗날을 위한 안배라고도 할 수 있겠
지. 그러고 보니 그 아밀이라는 애가 했다는 이야기가 의미심장하구
나."

"……."

"흑마신에게는 두 가지 보패가 있었다. 하나는 멸극편(滅極片)이고

다른 하나는 마정환(魔精丸)이라는 것이다. 멸극편은 두 개의 기이한 쇠붙이였는데 그 위력이 너무 무서워 사신기의 둘이 모이고서야 제압할 수 있었다고 한다. 선불경에 수록되어 있는 천부경의 기록을 보면 멸천이마종이 사용했던 비도의 무공이 이 멸극편의 사용법에서 유래한 것이 아닌가 생각된다."

"……."

"그리고 마정환은 더욱 신비한 것으로, 악목대전 당시에도 단지 마의 씨앗을 심는 구슬이라고만 알려져 있었다고 한다."

"……."

"선계 사신장에게 패해 도주하기 직전 흑마신은 이 마정환을 내던졌고, 그것은 정확하게 해동신군을 향해 날아왔다. 그분은 급히 사신기의 하나인 현무건(玄武巾)으로 막았지만 허사였다. 마정환은 물이 종이에 스며들 듯 해동신군의 몸속으로 사라졌다고 한다."

"……."

"이를 본 흑마신은 낄낄거리며 저주를 퍼붓고는 사라졌다. '마정환은 암황신의 적통과 그 보패가 숨 쉬고 있는 씨앗이다. 그것이 깨어나는 날 네 후손 중의 하나가 각성하여 마족이 되리라. 그리고 그가 마계 십이마신을 위해 봉사하리라'."

석두타의 이 말에 언강호는 최후의 순간 아밀이 한 말을 어느 정도 이해할 수 있었다.

소주담가가 현무 해동신군의 핏줄이라면 아밀은 마정환이 깨어나 마족이 된 것이리라.

전설에 의하면 여와씨가 인간을 만들고 오랜 시간이 흘러 악목대전이 벌어지기 천 년 전에 인간계와 선계, 마계의 통로는 봉인되었다고 한다.

물론 인간의 몸으로 깨달음을 얻어 탈각하여 선계나 마계로 갈 수는 있지만 신인이나 마족이 인간계로 내려오지는 못하게 된 것이다.

이런 상황에서 마계를 다스리는 지배자로 추측되는 십이마신이 무엇인가 술수를 부리고자 했음은 있을 수 있는 일이었다.

아밀은 인간계에 온 이유가 마계 십이마신의 일차 법체를 수거하는 것이라고 했다. 이 말이 무슨 뜻인지 모두 알 수는 없지만 불행하게도 자신의 이종사촌 여동생에게서 마정환의 씨앗이 깨어난 것은 분명해 보였다.

언강호의 이야기를 모두 들은 석두타도 비슷한 생각을 하고 있었다.

그는 안쓰러운 눈빛으로 언강호를 위로하듯이 바라보다가 이야기를 계속했다.

"믿기 힘든 일이었지만 해동신군께서는 걱정이 되지 않을 수가 없었다. 다행히 사라졌던 백호 남화자의 후예가 이때 등장하여 패주하는 흑마신을 추적해 갔다. 지쳐 있던 주작 창힐선인과 현무 해동신군께서는 남화자의 후예에게 추적을 맡겼다. 이후 해동신군은 마음이 놓이지 않아 피곤한 몸을 이끌고 천하를 떠돌며 흑마신의 저주에서 벗어날 방도를 연구했다."

"……."

"그러다가 청구 땅 봉래산에 이르러 마침내 천령신목 숲을 발견할 수 있었다."

"아!"

"하지만 봉래산의 영기는 매우 성스러운 것이라 거기에서 열리는 환혼과는 생명이 있는 것이라면 전혀 해를 끼치지 않는 순수한 영과(靈

果)였다. 그분의 목적에는 부합하지 않는 것이었지. 이에 해동신군께
서는 환혼과의 씨앗 하나를 가지고 적당한 선기(善氣)와 악기(惡氣)가
공존하는 땅을 찾아 헤매었다.”

“혹시 그곳이 바로?”

“그렇다. 그분이 찾아낸 땅이 바로 이곳 은성동인 것이다.”

“아! 그래서 여기에 천령신목 숲이 있게 된 것이었군요?”

곽요진이 고개를 끄덕이며 말했다.

언강호는 수천 년간 이어져 온 담가 일족의 운명의 굴레가 참으로
끈질기다고 느꼈다.

신인이었던 해동신군도 설마 예상치 못했으리라.

청구에 있던 자신의 후예들이 중원으로 쫓겨오고, 현무상인의 제자
가 되어 십정의 하나에 드는 큰 세력을 이루었지만 결국 세력다툼에서
패하여 이곳으로 피신하게 되고, 그로 인해 상당수가 환혼과를 먹고 탈
백인이 되고 마는 비운을 말이다.

잠시 말을 끊었던 불공의 이야기가 다시 계속되고 있었다.

“이곳 은성동의 지하에는 가장 극렬한 화기(火氣)가 들끓고 있다.
그것은 또한 가장 극악한 악기인 것이다. 그러한 악기와 선계를 방
불케 하는 선경의 선기가 공존하는 이 땅에서 열리는 환혼과는 매우
특이한 효능을 지니고 있다. 정상적인 사람이 먹게 되면 혼백이 나
가고 말지만 그 사람 속에 무엇인가 다른 영적 존재가 들어 있다면
이를 쫓아낼 수도 있는 것이다. 물론 이 사람 장운이 한 것처럼 죽은
사람을 되살리거나 혼백이 없는 마물에 영(靈)을 불러들일 수도 있
지.”

“마물이 환혼과를 복용하자 마족이 되었어요. 그 마족들은 어떻게

해서 마계를 벗어나 이곳으로 올 수 있었을까요?"

"그것이 단순히 환혼과를 복용했기 때문인지, 아니면 마족으로 각성한 아밀이라는 그 애가 마법이나 보패를 사용하여 마력을 부린 것인지는 알 수 없다. 어쩌면 둘 모두일 수도 있겠지. 다만 한 가지 확실한 것은 환혼과를 이용해 불러낸 마족은 크게 걱정할 필요가 없어 보인다는 사실이다. 마족은 보패가 있어야 자신의 힘을 발휘할 수 있는데 너희들의 이야기로는 그것을 가지고 있는 자는 없었다고 하지 않았느냐?"

"그건 그랬어요."

사람들은 떨떨한 마족 가벌륵과 탈루하를 생각하고 슬며시 미소 지으며 고개를 끄덕였다.

"여하튼 은성동에 환혼과가 열리자 해동신군은 이를 복용하여 자신의 몸속에 잠재하고 있을지도 모를 마정환의 씨앗을 쫓아내고자 했다. 그는 신인인지라 환혼과를 복용하고도 탈백인이 되지는 않았다. 신인은 순수한 영(靈)의 결집체이기 때문이지."

"성공하셨나요?"

묻는 곽요진의 음성에 힘이 없었다.

해동신군이 성공했다면 아밀이 마족이 될 리가 있겠는가?

석두타의 대답은 역시 그녀의 예상대로였다.

"아니다. 천부경의 기록에 의하면 해동신군은 성공 여부를 확신하지 못한 채 백여 년을 이곳에 머물면서 십여 개의 환혼과를 복용하고 봉래산으로 돌아갔다고 한다."

"그럼 결국 실패한 것이군요?"

"그렇다고 보아야겠지."

"불공님, 선불경에는 또 어떤 내용들이 실려 있나요?"

"선불경은 백호와 현무의 역사서이며, 그 근원적인 힘을 기록한 책이다. 여기에 수록된 백호와 현무의 힘에 관한 것은 사부님의 유언대로 무화경 십단을 넘어야 소용있는 것이니 지금은 말해도 알아듣지 못할 것이다."

"혹시 그게 사신기에 속하는 백호신령기와 현무건을 사용하는 방법인가요?"

"그렇다고 할 수도 있지."

"……."

"걱정 말거라. 백호신령기는 선불경과 함께 현무동에 있었고 현무건은 이곳 은성동 지하에 있는 해동신군의 유허(遺墟)에서 발견했다."

"아! 잘됐군요, 불공님."

"그렇게 기뻐할 일만은 아니다. 이것을 사용하기 위해서는 천기와 지기, 비도와 정도의 무공을 함께 수련하고 이성과 감성이 적절한 조화를 이루면서 감람경을 넘어서야 하는데……."

이 말에 일행의 시선은 일제히 언강호에게 쏠렸다.

말하고 있는 불공과 묵묵히 듣고 있던 도공도 마찬가지였다.

언강호가 약간 안색을 굳히며 말했다.

"저는 아직도 감람경에 머물고 있습니다. 더구나 현무의 무공은 전혀 모르고 있으니……."

"너의 성취 속도로 보건데 얼마 지나지 않아 감람경을 초월할 수 있을 것이다. 그리고 현무의 무공은 소주담가의 후예들을 찾으면 방도가 있을 게다. 그들에게는 사부님께서 전해준 무공뿐만 아니라 아득한 옛날부터 내려온 가전의 무공, 즉 현무의 무공도 있다고 하니까 말이야.”

“…그렇군요.”

“문제는 그들이 순순히 현무의 기본 무공을 가르쳐 주느냐 하는 것이다. 비록 네가 담혼개의 외손자라고 하지만 원래 무공은 외전하지 않는 법이 아니냐?”

“일단은 그들을 만나보아야겠지요.”

“그럼 빨리 이야기를 마무리해야겠군.”

석두타는 목이 타는지 염라주를 한 모금 들이켰다.

이때 듣고 있던 하독승이 물었다.

“위대하신 불공님.”

“왜?”

“현무 해동신군이 바로 선계의 신인이라고 하셨지 않습니까?”

“그렇지.”

“도대체 그분의 능력은 어느 정도입니까?”

아밀의 무시무시한 능력을 목격한 그들은 신인의 능력은 어느 정도인지 궁금하지 않을 수 없었다.

일행의 시선이 집중되자 불공은 잠시 고개를 갸웃거리며 궁리하다가 말했다.

“어떻게 표현해야 할지 잘 모르겠지만 마침 한 가지 생각나는 것이 있다. 은성동에 들어온 이후 천장을 바치고 있는 거대한 기둥들을 보았겠지?”

“예.”

“그 기둥은 바로 해동신군께서 만드신 것이다.”

“에에?”

하독승의 눈동자가 휘둥그레졌다.

이는 일행 모두 마찬가지였다. 작은 동산을 방불케 하는 거대한 기둥들, 더구나 한두 개도 아니고 족히 백 개는 넘어 보이는 그 기둥들을 해동신군이 만들었다니?

좀처럼 믿어지지가 않는 일이었다.

"그분이 선거에 남긴 기록에 의하면 원래 이곳은 물이 가득 차 있는 지하 호수의 일부였다고 한다. 한데 여기가 천령신목을 키우기 적당한 장소라는 것을 아시고는 물을 빼내어 지금의 은성동과 같은 선경으로 만드신 것이다."

"…네에. 한데 그 기둥들은 왜 만든 것입니까? 그렇게 많은 기둥이 필요한 것 같지는 않던데……."

"일부는 필요했지. 그리고 빛을 입체적으로 전달할 필요도 있었고… 하지만 가장 큰 이유는 이곳이 바로 해동신군의 선거임을 나타내는 표식이란 것이다."

사람들은 어이가 없어 잠시 멍하니 서로를 쳐다보았다.

자신의 영역 표시를 그렇게 거창하게 하다니?

하독승이 다시 조심스럽게 물었다.

"…그럼 혹시 자부동에도 이런 기둥이 있습니까?"

"아마도 그럴 것이다."

이 말에 언강호는 한 가지 생각을 떠올렸다.

그렇다면 염부주 지하에서 본 거대한 기둥들도 어떤 신인의 선거가 아닐까? 대충 일이 마무리되는 대로 한번 찾아가 보아야겠다는 생각이 들었다.

일행의 놀라움이 어느 정도 가시자 염라주를 홀짝이던 불공이 곽요진을 보고 물었다.

"아까 도공처럼 반인반선의 존재, 즉 불완전하게 삼경에 오른 자들은 어떻게 되느냐고 물었지?"

"네, 불공님."

"만약 제이의 악목대전만 없다면 그들은 수백 년 생을 누리며 잘 먹고 잘살다가 뒈지겠지."

"다시 악목대전이 벌어지면요?"

"그때가 큰 문제다. 삼계(三界)의 통로에 결계가 쳐져 있는 지금 선계의 신인이나 마계의 마족들이 인간계로 내려오기 위해서는 그들의 영을 불러줄 법체가 필요하다. 순수한 영적 존재의 세계인 선계나 마계에는 인간의 육신 같은 것이 없거든."

"아!"

"이제 무슨 말인지 알겠지? 불완전한 삼경의 고수나 그에 버금가는 마물은 법체로 딱이고, 특히 그중에서도 무화경 십단에 근접한 자들은 가장 강력한 신인이나 마족의 영을 닮아낼 수 있는 것이다."

"……."

언강호는 비로소 아밀의 말을 완전히 이해할 수 있었다.

아마 그녀는 각성하여 십이마신의 영을 담을 만한 법체를 찾는 임무를 맡은 것 같았다.

그렇다면 그녀가 갈 곳은?

절로 마음이 조급해지는 느낌이었다.

"현무 해동신군과 백호 남화자 두 분의 예언을 종합해 보면 공히 제이의 악목대전이 목전에 도래했음을 말하고 있다. 합합아 녀석이 꼬리를 내린 것도 이 때문이지."

“……”

석두타의 이 말에도 도공은 아무런 반응이 없었다. 불공은 오히려 이것이 불안했는지 눈치를 살피며 물었다.

“왜 아무 말도 없지?”

“헛소리 말고 계속해.”

싸늘한 한마디였지만 좀 전의 말을 문제 삼을 의사는 전혀 없어 보였다. 석두타는 안심하고 이야기를 계속했다.

“그러지 뭐. 하아~! 그런데 해동신군께서 자신의 몸속에 있을지도 모를 마정환의 씨앗을 쫓아내기 위해 이곳에 심은 환혼과가 뜻밖에도 많은 사람들을 헤쳤구나. 더구나 그중 상당수는 자신의 후손들이니……. 아미타불, 업보로다~!”

“……”

“우리는 은성동 반대쪽에서 해동신군의 유허를 찾아들어 왔다. 그곳이 신전이 있던 곳 지하였던 모양이구나.”

“……”

“왜들 그렇게 죽을상을 하고 있어? 비록 한번뿐이지만 주작의 후예인 신비용녀가 주작신홀을 사용할 수 있다며? 그리고 언강호가 곧 백호신령기와 현무건을 쓰게 되면 가능성이 없는 것도 아닌데. 또 청룡 후예씨의 후손도 열심히 찾고 있다니 이만하면 최소한의 준비는 갖춘 셈이 아니냐?”

이미 석두타도 언강호를 백호와 현무의 후계자로 생각하고 있는 모양이었다.

그럼에도 곽요진은 조금 전처럼 별로 기쁘지가 않았다.

다른 사람들도 마찬가지였다.

그들을 위로하는 석두타의 말에도 전혀 힘이 나지 않았다.

아밀만 해도 인간을 초월하는, 아니, 인간의 상상으로도 미칠 수 없는 존재였다. 그런 그녀가 단지 누군가를 위해 봉사하는 심부름꾼에 불과하다면 대체 누가, 어떻게 그들을 상대할 수 있으랴?

사람들은 도무지 엄두가 나지 않았다.

이때 침묵하며 듣고 있던 적각이 불호를 외며 말했다.

"아미타불. 본 숙에 그런 사연이 있었다니… 처음 창건될 때부터 일반 사찰과는 달리 불법보다는 무공이 우선일 수밖에 없었던 것은 바로 제이의 악목대전 때문이었군요."

"그래, 사실은 나도 선불경을 보고서야 그런 사실을 알게 되었다."

석두타가 고개를 찬찬히 끄덕이며 대답했다.

"원주님."

"이제 원주는 네가 아니냐?"

"아미타불, 그렇군요. 불공님, 이제 제자는 난타조사의 뜻을 알 것 같습니다. 불경에 이르길 '내가 지옥에 가지 않으면 누가 가겠느냐' 고 했습니다. 본 숙이 백정의 칼이 될 수도 있는 무공을 우선시한 것은 제이의 악목대전이 벌어졌을 때 수많은 생령의 희생을 막기 위해 적들과 맞서 싸우라는 뜻이 아니겠습니까?"

"그렇구나. 사실 본 숙은 진정한 중생제도의 길을, 진정한 보살행을 행하고 있었음이야. 내가 어리석었어."

"……."

금강숙은 처음부터 일반 사찰과는 다른 임무를 지니고 있었다.

석두타는 이것도 모르고 불법 수행을 외치며 몽땅 뜯어고치고자 했던 것이었다.

지금의 일행처럼 고심했을 난타조사의, 현무상인의 고뇌를 하마터면 무위로 돌릴 뻔한 실책이었다.

석두타의 얼굴에는 진한 자책의 빛이 어려 있었다.

적각이 그를 위로했다.

"하지만 당금에 이르러 십육나한이나 구금강승 같은 뛰어난 고수들이 배출되었으니 어쩌면 불공님의 그러한 가르침이 오히려 도움이 되었는지도 모르겠습니다. 제이의 악목대전이 벌어지면 혜홍과 빈도라 발라토사를 비롯한 십육나한들도 분명 잘못을 뉘우치고 보살행에 몸을 던질 것입니다."

"아미타불, 아미타불. 적각아, 일부러 나를 좋게 말할 것 없느니라. 그 녀석들이 나에 대한 반발심으로 몰래 무공에 매진했음은 익히 알고 있었느니라. 하지만 네 말대로 그들이 보살행을 잊지 말았으면 하는구나."

"……."

인간 이상의 존재로 여겨졌던 불공도 실수를 하고, 이로 인해 자책하는 모습은 모두의 가슴을 아련하게 했다.

여전히 향록사우를 쓰다듬고 있는 적각이 다시 밝은 음성으로 물었다. 모두들 궁금해하는 사항이라 시선이 집중되었다.

"불공님, 한데 이백 년 전 현무동에 선불경을 남기신 현무상인께서는 어디로 가신 것입니까?"

"아마도 천축으로 가신 모양이다."

"천축은 왜?"

"악목대전에서 패해 천축으로 도망친 흑마신과 그를 추적해 간 백호의 후예에 관한 기록은 선불경에 대부분 나와 있지만 일부 미흡한 점이 보인다. 또한 백호 무공의 원류에 대한 것도 불분명한 점이 있었지."

"……."

"선불경에 보면 사부님께서는 금강숙과 태극도량의 장경각에서 백호 무공의 원류와 백호신령기의 사용법을 찾아내셨지만 완전한 것이 아니었다."

"그 백호 무공의 원류는 어떤 것입니까? 이를 언 단주에게 전수하면 쉽게 감람경을 넘어설 수 있지 않겠습니까?"

"말했다시피 그것은 불완전한 것이라 무림삼자 사형들께서 고심하여 연구한 무공에 미치지 못한다. 오히려 언강호는 지금 수련하고 있는 무공을 계속 연마해 나가는 것이 더 좋은 것이다."

"아!"

"하지만 안심하거라, 백호신령기의 사용법은 완전한 것이니. 강호가 무화경 십단을 넘어서면 능히 익힐 수 있으리라."

"아미타불, 그렇다면 다행한 일입니다."

두 사람의 대화에 적사묘의 계주 구시사객 정수산이 끼어들었다.

"현무상인께서 그러한 안배를 남기고 천축까지 직접 가셨다면 이는 가벼운 일이 아닐 것입니다. 사람을 보내 그분의 행적을 탐문하는 것이 좋겠습니다."

"아미타불, 정 계주의 말에 일리가 있군."

석두타가 고개를 끄덕이며 동의했다.

언강호도 같은 생각이었다.

"우리측 비향과 잠렴을 동원해 탐문하면 될 것입니다. 두 분 원주께서도 도와주시오."

“물론이오. 우리는 이미 언 단주와 뜻을 같이하기로 했고 제이의 악목대전은 인간계 모두의 책임이니…….”

동심맹 태미원 원주인 정철원과 천시원 원주인 유곤도 반대하지 않았다.

◆第八十九章◆ 결계를 넘어
◆第八十九章◆ 결계를 넘어

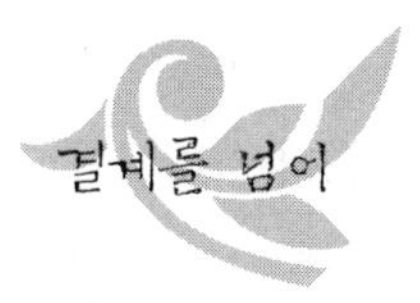

어느 정도 이야기가 정리되자 약
간 맥이 조금 빠져 있었지만 언강호는 말머리를 돌려 장운을 보고 물
었다.

"문주는 어떻게 해동신군의 유허를 찾을 수 있었소?"

"나같이 하찮은 사람이 어떻게 그런 곳을 찾을 수 있겠소? 다 불공
께서 도와주신 덕분이지요."

"그랬군요."

하긴 그의 말도 무리는 아니었다.

장운은 극히 작은 동네인 구현의 삼류 독도문파의 장문인이 아닌가?
그가 환혼독성대법 같은 지고무상한 법술(法術)을 알고 있다는 사실이
다 신기할 정도였다.

언강호는 더 이상 물어보지 않았다.

충분히 짐작이 가기 때문이었다.

부인이 자결하자 장운은 시신이 부패하지 않도록 방부 처리하여 장손세가를 떠난 뒤 전설을 따라 이 근처를 떠돌다가 석두타를 만난 것이리라. 그리고 보기와는 달리 자비심이 넘치는(?) 불공이 그를 가련하게 여겨 해동신군의 선거에 데려간 것이 틀림없었다.

어쨌든 좋은 일이었다.

더구나 환생한 장운의 부인은 추측 미상의 대단한 능력자가 되어 있었다. 한 사람의 고수가 아쉬운 지금, 그녀의 등장은 언강호의 마음을 든든하게 해주었다.

이때 간신히 설법의 여파에서 벗어나 정신을 차린 전락생이 크게 감탄한 표정으로 다가오며 말했다.

"당신이 정말 환혼독성대법을 시술했수?"

"그, 그렇소만……."

삼류지만 장운도 독도문파 출신이라 강력한 독기를 풀풀 풍기는 상대가 독에 관한한 놀라운 고수임을 알아보았다. 물론 조금 전에 자신을 적발독존이라며 거창하게 소개한 뒤 불공에게 엄청난 설법을 받는 것을 보고 그가 현현독지의 계주라는 사실은 알고 있었다. 하지만 전락생이 가까이 다가오자 그것이 마냥 허풍만은 아니라는 사실을 느끼고 있었다.

"후와~! 대단하군. 그러나 환혼과가 있다고 해도 실제 그것을 가공하여 대법을 베푸는 것은 매우 어려운 일이라고 알고 있수. 더구나 환혼과는 모두 여기 천령신목에 열려 있는데 저 깊은 지하에서 어떻게 구할 수 있었소?"

"다행히 해동신군의 선거에 환혼과의 즙을 정제한 환혼독성대법의 주재료가 있었소. 원래는 그분이 복용하고 남은 것이라고 기록되어 있었지요. 한데 당신이 바로 현현독지의 계주라고 하셨소?"

"아하하하. 물론이우. 적발독존이신 이 몸이 현현독지의 계주가 아니면 누가… 케액! 어떤 놈이야?"

"……."

모처럼 말이 통하는 독문의 동도를 만나 들뜬 기분으로 다시 한 번 자신을 소개하던 전락생은 갑자기 뒤통수를 얻어맞고 극렬한 통증과 함께 눈에 불이 번쩍함을 느꼈다.

앞으로 꼬꾸라질 듯이 휘청거리던 그는 몸을 바로잡고 뒤로 홱 고개를 돌리며 버럭 고함을 질렀다. 뒤에는 아무도 없었다. 하지만 약간 떨어진 곳에 자신을 노려보는 눈동자가 하나 있었다.

"왜? 누가 때렸으면 어쩔거여?"

"어허허험, 어쩐다기보다는… 근데 왜 때렸수?"

"누가 때렸다고 그래? 부처님께서 아주아주 가벼운 설법을 내리신 모양이구만."

"떠그… 에헤헤, 아니, 그게 아니고 왜 설법을 내리셨을깝쇼?"

주먹을 불끈 움켜쥐며 발작하려던 전락생은 급히 어설픈 미소를 떠올리며 간드러진 목소리로 물었다. 옆에서 듣고 있던 비마 응확은 온몸에 두드러기가 돋는 기분이었다.

"그거야 당연히 그놈의 적발독존이란 소리가 듣기 싫어서였겠지."

"이런 우라질! 도대체 적발독존이 어때서… 에헤헤헤, 확실히 좀 그렇쥬? 알았수. 그럼 적발독왕(赤髮毒王)은 안 되겠수? 안 된다굽쇼? 그럼 적발독룡(赤髮毒龍)이라도……. 쳇! 알았수다. 걍 적발독광(赤髮毒狂)으로 살다 죽으면 될 것 아니유."

역시 석두타가 베푼 설법의 효과는 대단하여 전락생 같은 광인도 눈짓 하나에 찌그러지고 있었다.

보고 있던 장운은 약간 어이가 없었지만 자신에 대해 크게 감탄하고 있는 그가 정겹게 다가왔다.

현현독지가 비록 십정십패 중에서는 하위의 문파로 분류되나, 삼류 중에서도 삼류에 불과한 양사독문의 문주인 장운에게는 하늘과 같은 존재가 아닐 수 없었다. 그런 사람이 전혀 자신을 깔보지 않고 거의 동등한 입장에서 대해주니 기분이 좋지 않을 수 없었다.

"아무튼 독문의 종사를 뵙게 되어 영광이오."

"역시, 이 몸을 알아주는 분은 같은 독문의 동도뿐이구려. 특히 사상 최초로 환혼독성대법을 이룬 장 문주께 독문의 종사로 인정받게 되니, 크흑흑흑, 눈물이 앞을 가리우."

장운의 간단한 인사말 한마디에 전락생은 감격하다 못해 닭똥 같은 눈물을 쏟아내고 있었다. 이를 본 사람들은 어이가 없어 그를 싹 외면하고 길을 떠나기로 했다.

물론 그를 달래느라고 쩔쩔매는 장운과 그의 부인이 조금 불쌍하기는 했지만 여기에서 전락생을 섣불리 위로하거나 추켜주었다가는 석두타의 고심 어린 설법이 모두 허사가 될 터였다.

언강호가 비마 옹확을 보고 물었다.

"옹 노인, 남쪽 숲으로 오면서 무엇인가 보지 못했소?"

"별다른 것은 없었지만 먼 거리에서 연기 같은 것을 본 것 같기도 한데……."

그의 말에 일행은 일단 남쪽으로 가보기로 했다.

지금 그들이 있는 곳은 은성동의 서쪽 끝 중앙이었다. 북쪽으로는 황량한 바위산에 드문드문 숲이 나 있어 사람이 살 것 같지 않았다. 옹확의 말이 아니라도 역시 사람이 산다면 숲이 울창하고 개울이 흘러가는 남쪽일 가능성이 높았다.

일행은 빠른 속도로 남쪽으로 내려갔다.

질질 짜던 전락생은 그들이 숲으로 모습을 감춘 뒤에야 장운의 말을 듣고 황급히 삼대독물을 수습하여 허둥거리며 뒤를 따랐다.

저일민과 하독승, 검령, 도령은 길을 가는 도중에 꽃잎을 따느라 정신이 없었다. 물론 하독승과 이 인 일 조로 생활하고 있는 고황 역시 행동을 함께하고 있었다.

언제 석두타가 변심하여 설법을 베풀겠다고 난리를 칠지 모르는 일이니 부처님께 올릴 공양물을 미리미리 마련하는 것이 유일한 살길이었다.

덕분에 신이 난 것은 사독과 강숙이었다.

더 이상 저일민과 하독승의 눈치를 보지 않고 당당하게(?) 공심이 자매의 손을 잡고 달려갈 수 있었던 것이다.

아직도 멍한 상태인 육여는 도공이 끌고 가고 있었고, 얼떨결에 금강숙의 장문인 겸 방편원 원주가 된 적각 선사는 여전히 향록사우를 만지작거리며 달려가고 있었다.

언강호도 곽요진과 연옥귀의 손을 잡고 보신경을 펼치고 있었는데 상당히 곤혹스러워하고 있었다.

바람에 연옥귀의 허리에 두른 곽요진의 겉옷이 펄럭거리자 백옥처럼 흰 허벅지가 드러나곤 했던 것이다. 이를 막기 위해서는 내공을 힘을 이용해 옷자락이 펄럭이지 못하게 하는 수밖에 없었다. 물론 이 정도가 십만대공을 익힌 언강호에게 어려운 일은 아니었다. 하지만 오늘

벌써 세 차례나 그녀의 허벅지를 보고 나니 마음이 싱숭생숭해져 좀처럼 진정이 되지 않았다.

이 때문인지 평소와 달리 연옥귀가 무척이나 아름답고 귀여워 보여 언강호는 자기도 모르게 몇 번씩 곁눈질을 하고 있었다.

상당한 시간이 흘러갔다.

혈군들과 함께 앞장서서 달려가던 혈마 노표가 고개를 돌리며 등호를 보고 말했다.

"범마님, 제법 멀리 온 것 같지 않습니까?"

"나도 그렇게 생각하는데 이 숲은 끝나지를 않는군."

"그러게 말입니다. 은성동이 아무리 넓다고 하지만 이 정도 달렸으면 거의 끝부분에 다다라야 정상이 아닐까요?"

두 사람의 대화에 일행도 이상함을 느끼고 있었다.

이때 육여의 뒷덜미를 잡고 달리던 도공이 소리쳤다.

"멈춰봐, 우린 지금 제자리를 달리고 있어."

"뭐? 그게 무슨 개방귀 같은 소리야? 계속 나무가 지나가고 있는데?"

석두타가 말도 안 되는 소리라는 듯 코웃음을 쳤다.

언강호와 등호, 정철원, 유곤 같은 고수들도 도공의 말은 믿기 어려웠다.

그래도 그의 말을 무시할 수는 없는 일이라 일행은 일단 보신경을 멈추었다.

도공이 싸늘한 얼굴로 그들을 쭉 둘러보며 말했다.

"내 말을 못 믿겠단 말이야? 분명 우리는 어느 순간부터인가 제자리걸음을 하고 있어."

“…….”

워낙 확신에 찬 목소리라 석두타도 이번에는 반박하지 못하고 조심스럽게 물었다.

“그걸 어떻게 알 수 있지?”

“간단해. 일 장만 앞으로 달렸다가 다시 뒤로 돌아와 봐, 똑같은 속도로.”

석두타는 긴가민가하면서도 합합아의 무공이 자신보다 높기 때문에 시키는 대로 해보았다. 순간 그는 깜짝 놀라고 말았다. 앞으로 달릴 때 나무가 뒤로 스쳐 가는 모습과 뒤로 달려 제자리로 돌아올 때 나무가 앞으로 스쳐 가는 모습이 정반대가 아니라 똑같았던 것이다. 이 정도는 감람경의 고수인 석두타가 쉽게 알 수 있는 일이었다.

“어떻게 이런 일이 있을 수가 있지?”

일반적인 기문진도(奇門陣圖)는 감람경의 고수에게 별다른 위력을 발휘하지 못한다. 한데 이처럼 감쪽같이 속다니? 더구나 사방을 둘러보아도 기문진도의 흔적은 전혀 찾아볼 수 없었다.

등호와 정철원, 유곤도 몇 차례 같은 방식으로 시험해 보고는 도공의 말이 맞다는 사실을 확인할 수 있었다.

석두타가 도공을 보고 물었다.

“뭐가 있는지 알겠어?”

“흐릿한 기운이 느껴지긴 하는데 기문진도인지 아닌지는 잘 모르겠다. 다만 한 가지 생각나는 것이 있다.”

“생각나는 것이라니?”

“사부님의 선불경 중 천부경 편(篇)에 보면 동천결계(東天結繼)라고 있었잖아?”

"아! 맞아. 그런 구절을 분명 보았어. 마족과 신인의 구별마저 초월하는 존재인 삼황께서 삼계(三界)를 구분하시면서 사용한 힘이라고 했었지."

"그래, 그 힘을 연구하여 얻은 작은 성과에 동천결계라는 이름을 붙인 선계의 신인이 바로 현무 해동신군 자신이었다고 적혀 있었지."

"하지만 선불경에는 단지 동천결계를 연구했을 뿐, 완성했는지 어쨌는지는 전혀 언급이 없었는데……."

"내 생각에 여기에 쳐져 있는 동천결계는 아주 낮은 수준의, 지극히 초보적인 단계에 불과한 것 같아."

"……."

언강호 등은 두 사람의 말을 듣고 있으면서도 무슨 뜻인지 몰라 끼어들 여지가 없었다.

다시 석두타가 물었다.

"깰 수 있겠어?"

"선불경에 보면 일반적인 결계를 파하는 방법이 적혀 있었잖아? 다행히 여기에 설치된 것은 십절(十絶)의 원리에 따른 단순한 맥궁도(貊弓圖)라 열 명의 고수가 동시에 일정한 힘으로 십방을 점하면 되는데… 사람이 모자라지 않을까 모르겠군."

도공이 일행 가운데 등호와 정철원, 유곤을 차례로 바라보다가 고개를 흔들었다. 그 자신과 불공, 언강호, 육여는 물론 포함될 것이고 등호와 정철원, 유곤은 그런 대로 가능하지만 두 사람이 모자란다는 뜻이었다.

검령과 도령은 이제 갓 구만리 생사현관의 돌파를 시도하는 상태라 아직은 거리가 있었고, 저일민은 무급의 중간에 불과했으며, 유명마곡의 대장로인 비마 웅확이나 적사묘의 계주인 구시사객 정수산, 현현독지의 계주인 적발독광 전락생은 비록 무급의 고수지만 내공이 약해 많은 차이가 있었다.

반면 고황과 손연중, 사독, 강숙은 내공은 뛰어나도 무공 전반에 대한 깨달음이 모자라 아직 천급에 머물고 있었기에 역시 부족한 면이 있었다.

또한 곽요진은 비록 검성도의 절반을 깨우쳤지만 그 힘은 언강호와 함께 무절구곡을 펼칠 때에만 사용할 수 있는 제한된 힘이었다. 즉, 아직은 그녀 자신의 능력이 아닌 것이다.

이때 도공의 눈빛이 강렬해지며 두 사람을 바라보았다.

그들은, 아니, 그녀들은 다름 아닌 연옥귀와 장운의 부인 여려화(呂麗花)였다.

"이봐! 그 녀석의 품에서 떨어져 탄절(彈絶)의 위치를 맡아."

인간미라고는 없는 도공의 명령에 지금까지 헤롱거리고 있던 연옥귀의 얼굴이 샐쭉하게 변했다.

"땅딸보 도사가 심술은 많아서… 쳇! 알았어요."

버릇없는 말을 함부로 하던 그녀는 도공의 강렬한 눈빛에 찔끔하여 언강호의 품을 벗어나 탄절의 방위로 걸어갔다.

간단하게 골치 덩어리 연옥귀를 제압한 합합아의 시선은 다시 여려화를 향했다.

"자네가 묵절(墨絶)을 맡아주어야겠어."

요선을 대할 때와는 사뭇 다른 어조였다. 이 때문에 연옥귀가 뭐라 뭐라 종알거렸지만 합합아는 쳐다보지도 않았다. 일행도 마찬가지였다.

여려화는 무척 당황한 모양이었다.

"도공님, 제가 어떻게 그런 일을 감당하겠어요?"

"걱정하지 않아도 돼. 너의 남편은 너를 무척이나 사랑하여 환혼독성대법을 베풀면서 위험을 무릅쓰고 놀라운 힘까지 갖게 해주었으니까 말이야."

"……."

아직 자신의 능력을 모르고 있던 그녀는 도공의 말에 감격하여 남편을 바라보았다.

장운은 얼굴 가득 부드러운 미소를 띠우며 여려화의 손을 다독여 주었다. 늙고 초라한 그의 얼굴에는 기이한 평안함과 따스함이 가득했다.

"자, 빨리 헤치우자구."

도공의 재촉에 일행은 각기 정해진 방위를 찾아갔다. 여려화도 마찬가지였다. 합합아는 그녀를 생각해서 힘을 쏟는 위치와 방법, 강약의 조절까지 상세하게 일러주었다.

"내가 셋을 세면 힘을 뻗도록! 하나! 둘! 셋!"

합합아의 신호가 떨어지자 여려화는 몸속에서 꿈틀거리는 기이한 존재를 밀어냈다. 그것은 와령각 이호와 나누던 욕망과도 같은 느낌을 주는 것이었다. 그녀는 남편에게 속죄하는 심정으로 격렬하게 떨쳐 냈다.

쾌과과~ 광!

귀를 멍멍하게 하는 폭음이 십방에서 울려 퍼졌다.

특히 여려화가 맡은 묵절에서는 시커먼 기류가 사방으로 휘날리고 있었다. 그것은 실로 극렬한 독기였다. 사방 십여 장이 한순간에 녹아

내리는 끔찍한 광경을 목격한 일행은 그녀가 정말로 독성이 되었음을 알 수 있었다.

강력한 기파의 흐름이 가시자 돌조각과 먼지, 나무 부스러기들이 가라앉고 전방이 보이기 시작했다.

"아! 성공이다!"

곽요진이 기뻐하며 소리쳤다.

눈앞에는 기이한 광경이 펼쳐져 있었다.

허공에 생겨난 구멍을 통해, 숲 한가운데 넓은 초원과 그 사이로 시원하게 흐르는 강물 양쪽으로 두 개의 마을이 나타난 것이다.

"어서 들어가. 곧 원상 복귀 되니까."

일행은 다시 들려온 도공의 말에 재빨리 구멍을 향해 몸을 날렸다.

언강호는 가슴이 두근거려 자신도 모르게 곽요진과 연옥귀의 손을 꼭 쥐었다.

마침내 그토록 기다리던 외가의 식구들을 만나게 된 것이다.

소주담가의 후예들.

그들은 세상에 남겨진 언강호의 한쪽 핏줄이자 앞으로 닥쳐올 사태에 중대한 열쇠를 쥐고 있는 존재들이었다.

언강호는 기대와 불안이 교차하는 마음으로 가장 먼저 달려가고 있었다.

갑작스러운 폭음에 놀란 것일까?

양쪽 마을에서 사람들이 쏟아져 나와 강을 사이에 두고 모여들었다. 그들의 얼굴에는 긴장한 표정이 역력했고 손에는 모두 무기를 들고 있었다. 더구나 질서 정연한 대오까지 갖추고 앞쪽부터 차례로 뛰어난 고수들을 배치하고 있었다.

한눈에 보기에도 숙련된 동작들이었다.

동천결계로 보호되고 있는 이곳에 무슨 일이 있었던 것일까?

첨벙, 첨벙.

양쪽 마을의 기세가 심상치 않아 언강호는 자기도 모르게 그 중간인 강 한가운데 멈추었다.

동쪽 마을에서 나온 사람들의 앞에는 나이를 가늠하기 어려운, 허연 수염을 배꼽까지 기른 선풍도골의 노인이 서 있었고, 서쪽 마을의 사람들 앞에는 호협한 기상이 대단한 사십대 후반의 장한이 서 있었다.

그들이 양쪽 마을의 지도자인 모양이었다.

얼마 지나지 않아 뒤늦게 허겁지겁 결계를 통과한 전락생과 삼대독물까지 언강호 뒤쪽에 길게 늘어섰다. 모양새가 이상했지만 괴이한 분위기에 아무도 불평은 하지 못했다.

언강호는 무슨 말을 해야 좋을지 몰라 잠시 입을 열지 못했다.

이때 침착하게 사방을 살피던 곽요진이 한 가지 사실을 발견하고 서쪽 마을의 사십대 장한을 향해 입을 열었다.

그는 한눈에 보기에도 언강호와 무척 닮은 점이 많았다.

"혹시 소면호상(笑面豪商) 담흔개(譚欣開) 전 소주담가 가주님을 아시나요?"

"낭자는 뉘시오? 어떻게 선친을 아시오?"

"아? 역시!"

그녀의 감탄사에 언강호는 머리가 아득해지는 느낌이었다.

이 사람이 바로 자신의 외숙인 것이다.

달려가 당신의 조카가 왔노라고 외치고 싶었지만 그의 얼굴에 가득한 경계심이 언강호의 발길을 막고 있었다.

이번에도 곽요진이 말했다.

"실례지만 성함이 어떻게 되세요?"

"나는 담승조(譚承祚)라고 하며, 부족하지만 현재 소주담가를 맡고 있소이다."

그의 말에 동쪽 마을에서 야유가 쏟아져 나왔다.

"우~! 무슨 소리야? 소주담가의 당대 가주님은 여기 계시거늘!"

"그러게 말이야. 말도 안 되는 소리 집어쳐!"

분위기가 심상치 않았다.

세력 다툼에서 패하여 소주에서 쫓겨나 이곳까지 도망친 이들 사이에서도 대립과 갈등이 있는 모양이었다.

언강호는 서글픔을 느꼈다.

곽요진이 담승조를 보고 말했다.

"이분을 보세요. 담 가주님과 닮았다고 느끼시지 않나요?"

"그… 는 누구요?"

담승조의 목소리가 약간 떨렸다.

갑작스럽게 나타난 무리들 속에 군계일학처럼 빛나는 한 젊은이가 자신과 닮았다는 사실은 처음 볼 때부터 느끼던 바였다.

하지만 죽었다고 생각했던 누이의 아들이 살아서 이곳까지 자신을 찾아오리라고는 전혀 생각하지 못하고 있었다.

"이분의 어머님은 바로 문자, 경자를 쓰시던 분이세요."

"뭐라고? 낭자! 그 말이 참이오? 아니, 이보게, 자네 입으로 말해보게. 자네 어머님이 누구라고?"

언강호는 더 참지 못하고 달려나가 그의 발아래 무릎을 꿇고 부르짖었다.

"외숙!"

"외, 외숙이라니? 설마 네가 문경 큰누이와 사마량 형님 사이에 태어난 아들이란 말이냐?"

"그… 렇습니다. 제가 바로 회하… 에서 스러져 간 두 분의 못난 자식… 입니다."

떨림을 참을 수가 없었다.

담승조도 마찬가지였다. 그는 허리를 굽혀 언강호의 어깨를 부여잡으며 격동했다.

"오오오오~! 이런 일이? 이런 일이 있다니? 문경 누이의 아들이 살아 있었다니? 하늘이시여! 그렇게 무심하시더니 당신이 마침내 눈을 뜨고 우리 소주담가를 내려보신 것입니까?"

"……."

이때만큼은 동쪽 마을에서도 침묵을 지키고 있었다.

언강호와 담승조는 마음껏 핏줄의 정을 나누었다.

한동안 감격을 나누는 두 사람을 향해 범마 등호가 다가왔다.

"이보시게, 담 가주! 나를 알아보겠나?"

"혹… 시 당신은 범마 형님?"

"하하하. 아직도 나를 기억하고 있다니 고마운 일이네. 그때 자네의 나이가 어려서 나는 사실 이름도 정확하게 기억하지 못하고 있었는데……."

언강호를 일으켜 세워준 담승조가 미소 지으며 말했다.

"문경 누이를 몰래 따라 나가 복마 형님과 범마 형님을 만났었지요. 그때 제가 떼를 많이 썼었던 걸로 기억하고 있습니다만."

"음, 형님과 나는 땀깨나 흘렸지."

"하하하. 죄송합니다."

"무슨 소리? 오히려 자네로 인해 즐거웠었거늘."

"만마성을 나왔다는 이야기는 후에 들었습니다. 나의 선자님과 남만으로 도피하셨다고……."

도피란 말이 어색했든지 담승조는 말꼬리를 흐렸다.

"괜찮네, 사실이 그런 것을. 어쨌든 행복한 세월이었지. 지금은 자네 조카의 집에서 신세지고 있네."

나원에 두고 온 백화심이 생각났는지 등호의 눈빛이 아련해졌다.

"늦었지만 축하드립니다. 누님이나 매형과 달리 두 분은 사랑을 성취하셨으니."

"고맙네."

마주 잡은 두 사람의 손을 통해 세월마저 뛰어넘는 진한 사내의 우정이 흐르고 있었다.

언강호 일행과 서쪽 마을 사람들은 분분히 인사를 나누었다.

그들도 일존사공의 명성은 들어보았기에 도공과 불공의 등장에는 크게 놀라워했다.

담승조는 일남일녀를 두고 있었다.

이제 갓 열 살인 아들 담현(譚晛)은 무척이나 의젓했고, 여덟 살의 담옥(譚玉)은 인형처럼 귀여웠다.

언강호는 자신의 외사촌 동생들이 그렇게 예쁠 수가 없었다.

특히 담옥은 아밀을 빼다 박은 듯이 닮아 가슴 한구석이 찡해지는 느낌이었다.

이때 동쪽 마을의 대표자로 보이는 선풍도골의 노인이 말했다.

“이보게, 승조! 그 사람들이 자네 외조카의 일행이지만 담씨가 아니라는 사실을 명심하게. 이곳 은성동은 담가의 땅일세.”

“노산군(魯山君)! 초용(楚容) 그 아이로도 부족해 그러시오?”

담승조가 고함을 버럭 질렀다.

그의 얼굴에는 분노한 표정이 역력했다.

하지만 동쪽 마을의 노산군이라고 불린 노인은 별로 동요하지 않고 침착한 어조로 대꾸했다.

“초용 그 아이는 어차피 각성할 운명이었네. 그걸 아직도 모르겠나?”

“헛소리 마시오. 당신들이 그 아이를 그렇게 구박하지만 않았어도 북쪽 땅으로 가지 않았을 것이고 각성하는 일도 없었을 것이오.”

두 사람의 대화에서 언강호는 초용이 바로 아밀이라는 사실을 알 수 있었다. 그녀는 어머니의 동생이었던 소주삼화의 둘째 담서경과 백운신문의 전대문주 취산비수 초적요, 즉 천교선려라고 불리던 무림제일의 선남선녀 사이에서 태어난 딸인 것이다.

노산군이 수염을 쓰다듬으며 다시 말했다.

“순수한 담가의 핏줄만이 만상천화(萬象天華) 칠편(七篇)을 완성할 수 있다는 사실을 잊었나? 우리가 놈들에게 복수하기 위해서는 그 수뿐이야. 더구나 그 애는 더러운 초가(楚家)의 핏줄이 아닌가? 애초부터 죽이지 않고 살려둔 것 자체가 자네의 큰 실책이었어.”

“말도 안 되는 괴변은 관두시오. 그 애도 희생자요. 둘째 누이와 매형 역시 놈들에게 당했다는 사실을 모르시오?”

담승조는 얼굴이 벌게질 정도로 분노를 드러냈다.

이를 느꼈음인지 동쪽 마을에서 담승조와 비슷한 나이의 한 사람이

나서며 소리쳤다. 그는 등 뒤에 제법 커다란 금(琴)을 메고 있었다.

"네놈이야말로 노산군께 그 무슨 버릇없는 말이냐? 산군께서는 너의 할아버지와 동배이시거늘. 헛소리 말고 썩 만상절부(萬象節符)나 내놓거라."

이에 맞서 서쪽 마을에서도 한 사람이 나서며 큰 소리로 외쳤다.

그는 왼손에 백수갑(白手甲)을 착용하고 있었는데 손톱 부분에서 예리한 섬광이 번쩍이는 것으로 보아 칼날 같은 것이 숨겨져 있는 모양이었다.

"담은조(譚殷祚)! 네놈이야말로 헛소리를 하고 있구나. 만상절부는 가주의 신물이며 자전신룡(紫電神龍) 담승조님은 담흔개님께서 직접 임명한 후계자가 아니냐? 죽마고우였던 가주님을 배신하고 산군에게 붙어 개노릇을 하는 네놈이 금형수사(琴形秀士)라니, 견형수사(繭形秀士：견형은 누에꼬치 모양)라고나 해라!"

"하하하."

서쪽 마을에서 비웃음이 터져 나왔다.

불공과 도공의 등장으로 기세가 크게 오른 그들은 마음 놓고 웃어대고 있었다.

견형수사, 아니, 금형수사라는 별호의 담은조가 눈매를 가늘게 좁히며 음침하게 웃더니 말했다.

그와 노산군을 비롯한 동쪽 마을 사람들은 상당한 거리가 떨어져 있어 언강호 등과 함께 등장한 일행이 누구인지 정확하게 듣지 못했다. 비록 수십 년간 이곳 은성동에 숨어살았지만 불공과 도공을 모를 리 있겠는가? 두 사람의 등장을 알았다면 당연히 큰 소리를 치지는 못했을 터였다.

"호호호, 시세를 아는 자만이 준걸이라고 했다. 십섬조영(十閃爪影) 담락조(譚樂祚)! 옛 친구의 정을 생각하여 다시 한 번 말하는 바이다. 속히 산군님께 귀의하도록 해라."

"나는 생각없으니 네놈이나 영원히 산군과 짝짜꿍하며 잘 먹고 잘살 아라."

평소 담락조의 성격과는 전혀 다른 말이었다.

그의 입에서 이처럼 과격한 말이 나온 것은 처음이었다.

노산군과 담은조는 얼굴을 마주 보았다.

'저놈들이 무엇을 믿고 이따위로 나오지?' 하는 눈빛이었다.

하지만 그들이 알 리가 없었다.

잠시 생각하던 담은조가 다시 음침하게 웃으며 말했다.

"호호호, 좋다. 우리도 더 이상 참지 않겠다."

"흥! 참지 않으면?"

"호호호, 오늘따라 용기가 대단하구나. 하지만 노산군께서 마침내 만상천화 오편을 완성했다는 사실은 몰랐겠지? 오늘은 각오하는 것이 좋을 거야. 네놈들을 처리하고 만상절부를 얻어 만상천화 육편과 칠편 을 완성하시면 모든 가인(家人)들을 이끌고 백운신문으로 향할 것이 다."

그의 말에 담락조는 안색이 변하며 담승조를 바라보았다. 눈을 마주 친 두 사람의 얼굴은 크게 어두워져 있었다. 언강호가 물었다.

"외숙, 만상천화 오편이 그렇게 대단합니까?"

"담은조, 저 녀석은 워낙 성격이 음침해 믿을 수가 없지만 그의 말이 사실이라면 노산군이 마침내 감람경의 고수가 되었다는 뜻이다. 그러 니 어찌 걱정이 되지 않겠느냐?"

총 칠편으로 이루어진 만상천화라는 무공이 오편에서 감람경에 이를 수 있다면 실로 대단한 무공이라고 할 수 있었다. 하지만 일행 중에 놀라는 사람은 전혀 없었다. 오히려 여유만만한 표정이라 담승조와 담락조가 다 어리둥절해할 정도였다.

"너무 걱정하지 않으셔도 될 것 같습니다."

"아? 불공님과 도공님께서 계시지. 알았다. 아무리 노산군이 감람경에 올랐다고 하지만 이미 이백 년 전에 삼경에 오르신 두 분과는 비교할 수 없겠지."

고개를 끄덕이는 담승조를 향해 범마 등호가 가볍게 웃으며 말했다.

"후후후, 두 분까지 나설 필요야 있겠는가?"

"예? 그럼, 형님이?"

"아니, 나는 아직 감람경에 오르지 못했네."

"그렇다면 누가 노산군을 당할 수 있단 말입니까?"

"하하하, 자네는 보기보다 무디군. 아니, 조카에 대한 사랑이 너무 지극하여 조카더러 싸우라고 할 생각이 아예 없는 모양이군."

"예? 그, 그럼 강호가 이미 감람경에 올랐다는……."

범마의 말에 담승조는 물론이고 담가의 식솔들이 모두 놀라 웅성거렸다. 감람경의 고수라는 것은 이처럼 놀라운 존재였다.

등호가 다시 웃으며 말했다.

"그것도 보통 감람경의 고수와는 질적으로 다르네."

"그건 또 무슨 말씀이십니까?"

"자네의 조카는 이백 년 만에, 아니, 의형의 뒤를 이어 처음으로 비도의 무공을 이루었네."

"……."

비도의 무공!

이 얼마나 놀라운 말인가?

웅성거리던 소리가 일시에 그치고 소주담가의 후예들은 경이의 눈빛으로 언강호를 바라볼 뿐이었다.

다시 입을 연 것은 담승조였다.

"역시 그 아버지에 그 아들이구나. 사마량 형님은 이백 년 만에 지옥검마종의 지옥멸겁광을 익혀 뭇 마왕들을 두려움에 떨게 만들었지. 그래서 별호조차 마를 엎드리게 한다는 복마(伏魔)가 아니었던가? 네가 이제 아버지의 뒤를 이어 비도의 무공을 성취했으니 저승에 계신 큰누님과 매형도 한… 을 푸… 실 수 있… 을 것이다."

그의 목소리가 떨리고 있었다.

등호가 그런 담승조의 등을 두드려 주며 다소 짓궂은 목소리로 물었다.

"자, 이제 걱정 말고 말해보게. 자네의 조카가 저자들을 어느 정도로 혼내주었으면 좋겠는지 말이야."

"저… 들도 우리 소주담가의 식솔들입니다. 저는 누구도 죽고 다치는 것을 원치 않습니다. 단지 노산군과 담은조만 제압하면 됩니다."

"좌검우도마에게 그쯤이야 식은 죽 먹기지."

등호가 언강호를 향해 눈을 찡긋해 보였다.

약간 당황하여 쓴웃음을 지어 보인 언강호는 앞으로 걸어나가다가 말고 고개를 돌려 저일민 등을 가리키며 말했다.

"의숙께서도 저들에게 전염되셨습니까?"

"엥? 그럴 리가?"

강하게 부인하는 등호의 말투가 검령과 거의 흡사했다.

　어쩐지 머리가 띵해지는 느낌에 언강호는 고개를 절레절레 흔들며 동쪽 마을을 향해 걸어갔다. 그런 그의 뒤에서 검령, 도령과 저일민, 하독승, 전락생 등이 불만스러운 표정으로 뭐라뭐라 중얼거리고 있었다. 어느새 전락생은 그들 무리에 당당하게(?) 끼어 있었다.

◆ 第九十章 ◆ 쉬어박다

건장한 체구의 낯선 청년이 자신
들을 향해 성큼성큼 걸어오자 노산군과 담은조는 눈빛을 번득이며 그
를 탐색했다.

청년은 금방 그들 앞에 당도했다.

담은조가 먼저 입을 열었다.

"자네가 담승조의 외조카요, 소주삼화의 첫째 담문경 누님의 아들인
가?"

"그렇소."

강 이쪽저쪽의 거리는 상당했지만 담승조가 울고불고(?) 하는 바람
에 언강호의 정체는 그들도 알아차릴 수 있었다.

"자네의 외가가 담가라니 우리도 환영일세. 더구나 자네의 모친은
우리 세대에게는 거의 우상이나 다름없었으니 더욱 반갑네. 하지만 출

가외인이라고 하지 않았는가? 자네가 담씨가 아닌 이상 외가를 방문한 것으로 만족하게. 더 이상 담가의 일에 끼어든다면 화를 부를 것이네."

"한 가지만 묻겠소."

언강호는 그의 이야기를 싹 무시하고 말했다.

"…젊은 사람이 버릇이 없군."

"당신이 초용을 때렸소?"

"뭐 때리기까지야… 단지 싸가지가 없어서 몇 대 쥐어박기는 했지만."

"어디를 쥐어박았소?"

"그야 머리지 어디겠나?"

"몇 대였던 것 같소?"

"글쎄, 하도 오래돼서……."

"대충 생각해 보시오."

"뭘 그런 걸 꼬치꼬치 묻고 그러나? 한 열 대쯤 되려나?"

떨떠름한 표정이 된 금형수사 담은조의 말이 끝나는 순간 언강호의 신형이 번득였다.

동시에 콰앙~! 하는 굉음(?)이 일더니 그는 비명을 지르며 머리를 감싸 쥐고 땅바닥을 떼굴떼굴 굴렀다.

"꾸애액!"

"이건 아밀, 아니, 초용을 대신한 복수요."

언강호는 냉랭하게 말하며 본원십일공의 무원권을 사용하여 딱 머리가 안 깨질 정도로 세게 쥐어박아 주었다.

콰앙~! 콰앙~! 콰앙……!

정확하게 열 대였다.

그리고 한 대를 더 쥐어박았다.

“이건 이자요.”

총 열한 대를 쥐어 박힌 담은조는 늘씬하게 뻗어버리고 말았다.

그는 정신을 잃고 깨어나지 못했다.

너무나 순식간이고 어이없이 벌어진 일이라 노산군을 비롯한 동쪽 마을 사람들은 한동안 멍하게 바라보고만 있었다.

담은조가 누구인가?

소주담가를 통틀어 네 손가락 안에 드는 절세의 고수였다.

어떤 사람들은 담승조마저 능가하는, 노산군에 이어 제이의 고수라고 할 정도였다.

은성동에 숨어 지내는 동안 소주담가의 후예들은 절치부심 무공의 수련에 전력을 다해왔다. 자연히 그들의 무공은 전체적으로 크게 상승해 있었다. 그런 소주담가에서 제이의 고수였다.

심지어 노산군도 자신의 뒤를 이어 두 번째로 삼경을 밟을 사람은 담승조가 아니라 담은조일 것이라고 공공연히 말하기도 했다.

그런 그가 이처럼 어이없이 쥐어 박힐 줄이야 누가 알았겠는가?

어이없음을 극복하고 가장 먼저 분노를 터뜨린 사람은 역시 최고의 고수인 노산군이었다.

“이놈! 그는 너의 외삼촌과 동배이거늘 이 무슨 못돼먹은 짓거리더냐?”

“당신도 초용을 때렸소?”

언강호는 이번에도 그의 말을 싹 무시하고 되물었다.

“이, 이놈이!”

선풍도골의 노인은 허연 수염을 부들부들 떨며 분노를 주체하지 못했다.

“어서 말해보시오.”

“죽어라! 이놈!”

노산군의 몸이 앞으로 쓱 나오는가 싶더니 그의 두 손이 풍차 돌리듯이 빙글빙글 돌아갔다. 그 속도가 너무나 빠르고 기묘한 방식으로 움직이고 있어 마치 수백, 수천의 손이 동시에 허공을 뒤덮는 듯한 착각이 일었다.

언강호는 직감적으로 이것이 바로 만상천화 칠편의 무공이라는 사실을 알아보았다.

과연 현무 해동신군의 후예다운 무공이었다.

중원의 장법(掌法)이나 수법(手法), 혹은 지법(指法)이나 권법(拳法), 그 어느 것과도 다른 독특한 무예였다.

더구나 놀랍게도 노산군의 손이 그려낸 손 그림자는 소멸되지 않고 하나하나가 살아서 꿈틀거리며 제각기 놀라운 위력을 보여주고 있었다.

원래 내공은 경(勁)이란 형태로 손이나 무기를 떠나 허공을 격하여 상대를 공격하게 되는데, 오대검류 중 장검류 같은 경우에는 검의 경, 즉 검경을 유형화하여 특별히 장시간 유지할 수 있도록 오랜 세월에 걸쳐 발전되어 왔다.

하지만 손바닥에서 일어나는 장경(掌勁)이나 손가락 끝에서 일어나는 지경(指勁), 주먹에서 일어나는 권경(拳勁), 수도(手刀)에서 일어나는 수경(手勁) 등은 지속 시간이 극히 짧고 경 자체를 일으키기 어렵다는 단점이 있었다.

또한 장검류의 검경은 내공의 소모가 막심하여 이처럼 수백 수천의 경을 동시에 쓴다는 것은 생각할 수도 없는 일이었다.

아무리 내공이 뛰어난 사람도 열 가닥의 검경만 동시에 사용해도 일각을 버티지 못한다는 것이 정설이었다.

한데 노산군은 그런 경을 끝도 없이 뻗어내고 있었다.

얼마 가지 않아 언강호와 그가 움직이는 공간은 경으로 가득 차 공기가 희박해지고 극심한 압력에 땅바닥이 움푹 꺼질 정도였다.

삽시간에 언강호의 머리는 산발이 되고 옷이 여기저기 찢겨 나갔다.

동쪽 마을 사람들은 이를 보고 역시 노산군이라며 득의양양한 표정을 지었다.

하지만 상대는 좌검우도마였다.

언강호는 패배의 위기 속에서도 고집스럽게 검도를 뽑지 않았다.

수많은 경을 몸으로 받아내며 이원종과 부명유공 등 보신경만을 사용해 피해 나갔다.

그는 지금의 고통을 통해 아밀의 아픔을 느끼고자 애쓰면서 동시에 만상천화의 무공, 즉 현무의 무공을 꿰뚫어 보고자 애쓰고 있었다.

하나의 무공을 파악하는데 가장 좋은 방법은 몸으로 직접 겪어보는 것이었다. 무식하기는 하지만 단시간에 파악하기에는 이보다 좋은 방법이란 없었다.

의외로 고전하는 언강호를 보고 담승조 등과 일행의 걱정은 대단했다. 등호가 전음으로 어떻게 된 것이냐고 물었다. 언강호는 자신의 생각을 말해주어 그들을 안심시켰다.

노산군이 일으키는 기이한 경의 압력은 더욱 거세어지고 강력해졌다.

그럼에도 언강호의 입가에는 비웃음이 걸려 있었다.

"후후후, 겨우 이 정도였소?"

부르르르.

노산군의 수염이 부들부들 떨렸다.

"오냐! 네놈을 만상천화 오편 최초의 제물로 삼아주마!"

한순간 그의 손이 반대로 빙글 도는가 싶더니 그 많은 경이 일시에 자취를 감추었다.

그러면서 기묘한 소리가 그의 손을 중심으로 일어났다.

고오오~!

언강호는 분노한 노산군이 최강의 공격을 선보이려 함을 느끼고 있었다. 두려움이 가슴속에 스물거렸다.

확실히 이 만상천화의 무공은 흔히 볼 수 있는 것이 아니었다.

가히 최절정의 무학들 중의 하나라고 할 수 있었다.

과연 이를 맨몸으로 받아낼 수 있을 것인가?

지금이라도 검도를 뽑아야 하나?

갈등은 한순간이었다.

언강호는 아밀을 위해, 다가오는 악목대전을 위해 기꺼이 몸을 던지기로 했다.

구우웅~!

기류가 극도로 팽창하는 소리였다.

노산군이 다시 두 손을 반대 방향으로 빙글빙글 돌렸다.

그의 손을 타고 파문이 번져 가듯 허공을 격하여 언강호를 향해 경의 고리가 날아왔다.

언강호는 주저없이 그 속으로 몸을 던졌다.

쿠웅~! 쿵쿵쿵쿵~!

가슴을 서늘하게 하는 둔중한 충돌음이 쉴 새 없이 울려 퍼졌다.

허공에 언강호의 신형이 그림자처럼 생겨나고 흩어지고 있었다. 멀리서 보고 있던 비마 옹확인 중얼거렸다.

"합극분류!"

자신이 생사의 순간에 깨달았던 부명유공 최절정의 묘리였다.

한데 다른 점이 있었다.

움직임이 극도로 절제되어 있어 마치 치명상을 입지 않는 한 피할 필요가 없다는 듯한 동작이었다.

비마로서는 이해할 수 없는 일이었다.

만약 언강호가 전력으로 합극분류를 펼친다면 저 무서운 공세를 벗어나는 것도 어려운 일은 아닐 터였다.

그의 의아함과 걱정을 뒤로하고 일장의 격렬한 충돌은 곧 끝났다.

두 사람의 거리는 불과 이 척.

오공에서 피를 흘리며 엉망진창이 된 언강호가 노산군 앞에 우뚝 서 있었다.

언강호가 울긋불긋해진 얼굴을 씰룩이며 물었다.

"초용을 몇 대나 쥐어박았소?"

"두, 두 대였다."

기가 질린 노산군은 자기도 모르게 대답하고 말았다.

순간 콰앙~! 하는 호박 깨지는 소리가 터져 나왔다. 언강호의 오른쪽 주먹이 최단거리로 날아가 그의 머리를 후려친, 아니, 쥐어박은 것이었다.

콰앙! 콰앙!

타격음은 정확히 세 번이었다.

두 대에 이자 한 대를 더한 것이었다.

"끄응~!"

노산군 역시 언강호의 무원권에 쥐어 박히는 충격을 견디지 못하고 기절하고 말았다.

너무나 엉뚱하고 괴이한 결말에 한동안 고요한 침묵이 흘렀다.

심지어 서쪽 마을 사람들까지도 덩달아 침묵하다가 누군가 한 사람을 따라 일제히 환호성을 울렸다.

십섬조영 담락조가 먼저 건너왔다.

"괜… 찮은가?"

"걱정 마시고 이자들을 데려가십시오."

언강호의 얼굴은 전혀 괜찮아 보이지 않았지만 맨몸으로 만상천화오편을 뚫은 이 신화적인 사나이의 말에 토를 달 엄두가 나지 않는 담락조였다. 그는 자신이 삼촌뻘이라는 사실도 잊고 있었다.

담승조와 담락조를 비롯한 서쪽 마을 사람들은 한동안 바쁘게 움직였다. 노산군과 담은조는 점혈을 하고 질긴 밧줄로 묶어 감옥에 가두었다. 동쪽 마을 사람들은 더 이상 반항하지 못했다. 그들의 우두머리이자 최고 고수 두 사람이 너무나 손쉽게, 괴이한 방법으로 제압당하는 바람에 저항할 의지를 상실해 버린 것이다.

일행은 거의 몰라볼 정도로 엉망이 된 언강호의 얼굴과 전신을 치료하며 시간을 보냈다.

저일민이 금방 담근 염라주를 그의 몸에 들이부었다.

상처를 소독한다는 명분이었다.

극심한 통증이 전신을 휩쓸고 지나갔지만 언강호는 담담한 표정으로 그를 한번 쳐다보았을 뿐이었다.

내심 불공에게서 자신을 말려주지 않은 것에 대한 복수를 꾀하던 저 일민은 특유의 깊고 서늘한 눈빛에 맥이 빠져 더 이상 언강호를 괴롭히지 않았다.

다행히 곽요진과 연옥귀는 별로 슬퍼하거나 당황해하지 않았다.

등호를 통해 언강호가 무슨 생각으로 그러는 것인지 이미 들었고, 더구나 상처를 살펴본 결과 피륙만 상했을 뿐, 뼈나 신경에는 이상이 없어 마음이 놓였던 것이다.

약 이각이 지났을 무렵 담현과 담옥이 그들을 찾았다.

꼬마 아가씨가 울상을 하고 말했다.

"히잉, 오빠 얼굴이 이게 뭐야? 그 할아버지 나빠. 많이 아프지?"

"옥아, 아니야. 별로 아프지 않아. 그리고 이 오빠는 몸이 튼튼해서 금방 나을 거야."

"정말?"

"암~! 물론이지."

"응. 그럼 다행이구."

담옥은 행동 하나하나가 그렇게 귀여울 수 없었다.

언강호는 안아주려다가 자신의 몸에 피가 많이 묻어 있다는 사실을 깨닫고 조그만 머리를 가볍게 쓰다듬어 주었다.

담현이 의젓한 음성으로 말했다.

"형님, 아버지가 모시고 오래요. 많이 기다리게 해서 죄송하다고."

"아니다. 지금도 모두들 바쁘게 움직이고 계시는데 신경 쓰게 해서 오히려 우리가 죄송하구나."

"그런 말씀 마세요. 형님을 볼 수 있게 된 것만 해도 더할 나위 없이 기쁜 일인데 동쪽 마을의 악당까지 제압해 주셔서 모두들 너무너무 좋아하고 있어요.”

“너도 그러냐?”

“그거야 두말하면 입 아프죠.”

“녀석!”

역시 아직은 어린애다운 구석이 많은 담현이었다.

언강호는 자기도 모르게 입가에 미소를 지으며 머리를 쓰다듬어 주었다.

담승조는 아직 바빠 보이는데도 일행을 집으로 초대했다.

가주의 거처라고 하기에는 초라하지만 많은 것이 부족한 은성동에서는 그런 대로 괜찮은 집이었다.

더구나 회의실로 쓰이는 곳에는 일행이 모두 둘러앉을 만한 탁자와 의자가 갖추어져 있었다.

“외숙, 저희들은 신경 쓰지 마시고 일 보십시오.”

“아니다. 나머지 일은 부가주가 충분히 알아서 할 수 있을 게다.”

그가 말한 부가주는 물론 십섬조영 담락조였다.

두 사람이 일하는 것을 잠시 지켜보는 것만으로도 뜻이 잘 통함을 알 수 있었다.

언강호는 고개를 끄덕이며 더 이상 그의 호의를 사양하지 않았다.

담승조가 사람을 시켜 차를 내왔다.

“이건 천령신목의 새순을 따서 용수(龍水)에 일 년간 담가 두었다가 말린 것입니다. 천령신목의 환혼과는 혼백을 빼앗을 정도로 달콤하고 향기롭지만 그 줄기나 잎에서는 실로 지독한 악취를 풍기지요. 하지만 새순을 따서 용수에 일 년간 담가두면 악취가 모두 빠지고 무척이나 담백한 맛이 나는 차가 됩니다. 드셔보십시오. 이곳에서 대접할 것이라고는 이 환룡차(還龍茶)밖에 없군요.”

“담 가주! 그 용수라는 건 무엇이오?”

천령신목 숲에서 참을 수 없을 정도로 지독했던 악취가 생각난 유곤은 선뜻 차를 마시지 못하고 물었다.

“아까 보신 강을 따라 북쪽 끝까지 올라가면 지하에서 물이 용솟음치는 곳이 있습니다. 그 형상이 마치 용이 용트림을 하는 것 같아 용수하고 부르지요. 한데 그 물은 얼음처럼 차갑고 무색투명합니다. 비록 강을 따라 내려오면서 화산의 화기에 평범한 물이 되어버리지만 북쪽의 용수는 아직 저희도 다 알지 못하는 특이한 성질들을 지니고 있습니다. 천령신목 새순의 악취를 제거하는 것도 그중의 하나입니다.”

“그… 렇소이까?”

여전히 남극어은 유곤은 껄끄러움을 떨치지 못했지만 대동심맹 천시원 원주였던 그가 약한 모습을 보일 수도 없는 일이라 떨떠름한 표정으로 차를 마셨다.

“아!”

탄성이 절로 나왔다.

천령신목의 그 지독한 악취도, 환혼과의 혼백을 빼앗는 향기도 없었다. 담숭조가 자신있게 내놓은 환룡차는 굳이 말하자면 가장 담백한 맛이라고 할 수 있었다.

과연 그가 자랑할 만했다.

사람들은 비로소 안심하고 차를 마셨다.

하나같이 감탄을 금하지 못했다.

술고래 석두타와 새끼 술고래 저일민까지 그윽한 표정으로 차를 음미할 정도였다.

특히 도공은 찻잔을 들어 코끝에 대고 그 담백한 향취를 즐기면서 아주 조금씩 마시고 있었다.

사람들이 서너 잔을 마셨을 때 그는 아직 반도 마시지 않고 있었다.

곽요진이 전음으로 이런 사실을 알려 주었다.

언강호는 비로소 도공을 유심히 살펴보았다.

합합아와 함께한 시간을 길지 않았지만 그의 얼굴이 이처럼 무심하고 무엇인가에 빠져 있는 모습은 처음이었다.

이곳을 떠날 때 외숙에게 부탁해 환룡차를 조금 얻어 도공에게 주어야겠다는 생각이 들었다.

합합아는 차 한 잔을 비우고는 무심한 그 얼굴 그대로 의자에 앉아 정좌한 채 꼼짝도 하지 않았다.

이로 인해 잠시 어색한 침묵이 흘렀지만 불공의 가벼운 농담으로 자연스럽게 이야기를 시작할 수 있었다.

언강호가 먼저 자신이 살아온 험난한 삶을 들려주었다.

때때로 감정이 격해지면 곽요진이 대신 말을 하기도 했다.

담승조는 기쁨과 슬픔을 시시각각 얼굴에 그대로 드러내면서 두 사람의 이야기를 들었다.

그는 마치 환룡차처럼 담백하고 꾸밈이 없는 사람이었다.

중간에 언강호가 혈사행을 하면서 등호를 만나게 된 대목에 이르자, 범마는 만마성 내에서 이상한 일이 일어나 복마 사마량이 감금되고 담문경을 만나러 위험을 무릅쓰고 나갔다가 실종된 일이며, 자신이 주작천궁의 대제자였던 백화심을 데리고 도망쳤던 일 등을 들려주었다.

담승조가 궁금해했던 것이다.

그리고 마지막은 조금 전 아밀을 만났던 일과 불공이 선불경에서 알아낸 내용에 관한 것이었다. 물론 불공이 해동신군의 선거를 찾아낸 곳에서 있었던 일도 들려주었다.

몇 가지 사항들을 일목요연하게 간추린 곽요진의 이야기가 끝나자 담승조는 스스로 환룡차 한 잔을 더 따라 마셨다.

감정을 추스르는 모습이 역력했다.

언강호는 그의 얼굴에서 혈육에 대한 진한 사랑을 느낄 수 있었다.

약 일각이 지나고 담승조가 천천히 입을 열었다.

"모든 일은 백운신문에서 시작되었다. 백운신문과의 관계를 설명하자면 이백 년 전으로 거슬러 올라가야 하겠구나."

백운신문!

역시 그들이었다.

언강호는 주먹에 힘이 불끈 들어가는 것을 느꼈다.

그의 기세에 놀랐음인가? 아니면 원수이자 부친인, 지금은 환혼과를 먹고 마족을 부르는 법체가 되어 아밀을 따라간 송백남이 생각나서일까. 공심이와 공여이는 어깨를 가늘게 떨고 있었다. 사독과 강숙이 손을 꼭 쥐어주었지만 이때만큼은 그녀들에게 별 위로가 되지 못했다.

담승조의 이야기가 먼 옛날 전설처럼 들려오고 있었다. 언강호는 운명이란 괴물과 분노 사이에서 아득한 기분으로 듣고 있었다.

강남의 꽃이라고 불리는 소주(蘇州)!

밤이면 불야성을 이루고 술과 미녀, 돈과 시(詩)로 흥청거리는 도시!

강남과 강북을 통틀어 가장 큰 이권이 걸린 도시.

이백 년 전 대혈전이 끝나고 십정의 세 문파가 몰락했는데 그중에는 소주를 차지하고 있던 문파도 있었다.

현무상인의 여섯째 제자였던 만상자(萬象子) 담조령(譚照靈)은 만마성이 사천으로 물러가자 모처럼 한가한 몸이 되어 소주에 장원을 짓고 시인묵객(詩人墨客:시인과 서예가·화가)들을 벗 삼아 세월을 보내고 있었으나 당시 무림은 한동안 세력 재편으로 홍역을 치르는 중이었다.

가장 큰 쟁점은 강남 최고의 이권이 걸려 있는 소주를 누가 차지할 것이냐 하는 것이었다. 유력한 후보는 소주와 가까운 무석의 주인 백운신문이었다. 지리적으로 가까워 그들의 기존 상권과 중복되는 점이 많았고, 만마성과의 싸움에서 많은 피를 흘렸기에 무림의 여론도 우호적이었다.

하지만 현무상인의 막내제자인 무극자가 반대하고 나섰다. 현무상인과 무림삼자가 사라진 당시 검공 곽포라와 현공(玄公) 위위홍(魏爲洪)의 사숙이었던 무극자의 영향력은 대단했다.

그의 한마디는 상황을 백팔십도 바꾸어놓았다. 결국 소주는 만상자가 세운 소주담가라는 작은 장원에 떨어졌다. 당시에는 문파라고 하기도 힘든, 담씨 일족의 장원에 지나지 않았다.

무극자가 이런 주장을 한 것은 만마성에 맞서 싸운 만상자의 공로가 적지 않았고, 그가 한 문파를 이루어야 자신도 문파를 세울 수 있다는 사사로운 욕심이 있었기 때문이다.

실제로 그는 얼마 지나지 않아 나원에 상팔대를 세우고 복건 북동부 일대를 장악했다. 나중에 상팔대를 방문해 이런 무극자의 야심을 알게 된 만상자는 그를 크게 꾸짖기도 했지만 이미 그때는 어쩔 수 없는 일이었다.

물론 무극자는 그럴듯한 명분을 내세웠다.

원래 담조령의 할아버지와 그 일족은 청구에서 건너온 동이족이었다.

약 이백오십 년 전 청구에는 구 왕조가 무너지고 신 왕조가 들어서면서 커다란 파란이 일어났다.

이때 담조령의 작은 할아버지 중 한 명이 구 왕조 마지막 황제의 왕사로 있었다. 그는 온화한 인품과 깊은 학식으로 온 나라의 존경을 한 몸에 받고 있었다.

한데 일부 무인들과 신진 사류(士類)들이 결탁하여 무력으로 나라를 뒤엎고 새로운 왕조를 창건할 움직임을 보이자 왕사는 이를 강력하게 제지했다. 사사로운 욕심에서 나라를 뒤엎는 행위를 어찌 그냥 보고 있으랴? 결국 그들과는 돌이킬 수 없는 사이가 되었고 무력을 앞세운 역도들은 무수한 피를 뿌리며 끝내 나라를 찬탈하고 말았다.

구 왕조를 무너뜨린 그들의 제일 목표는 자연히 왕사의 집안이요, 민족의 정신적 지주였던 풍악산 자부동이 될 수밖에 없었다.

하지만 자부동의 무공을 당할 수 없었던 그들은 간악하게도 동영의 인자(忍者)와 중원의 사마외도를 대거 끌어들여 일시에 들이닥쳤다.

다행히 신 왕조에도 자부동을 존경하는 선비가 있어 사전에 그들의 내습 계획을 알려주었다.

왕사의 큰형이요, 담조령의 할아버지였던 자부동 동주는 이 성스러운 땅에서, 같은 민족끼리 피를 뿌리는 일을 참을 수 없어 일족을 거느리고 정처없이 길을 떠났다.

배를 타고 강으로 내려간 그들은 바다에 다다랐고 물결을 따라 흘러갔다. 그리고 몇 달 뒤 그들이 당도한 곳은 다름 아닌 중원의 색향 소주였던 것이다.

이후 담씨 일족은 쉬엄쉬엄 청구와 인삼 무역을 하면서 조용히 숨어 살았다.

하지만 오십여 년이 지난 뒤 중원에 일대 변괴가 일어났다.

만마성의 멸천이마종이 침공한 것이었다. 다행히 동쪽 끝에 있는 소주까지는 만마성의 발길이 미치지 않았지만 마의 불길은 불과 십 리 밖까지 밀어닥쳐 도시를 공포에 몰아넣었다.

담가에서는 격론이 벌어졌다.

다시 배를 타고 길을 떠날 것인지, 아니면 자부동을 무공을 사용하여 만마성과 맞서 싸울 것인지 결정해야 했다.

담씨 일족의 자부심은 대단했다.

무공을 익힌 사람은 많지 않았지만 멸천이마종만 아니라면 만마성의 누구라도 상대할 수 있다는 자신감을 가지고 있었다.

토론 끝에 목소리가 큰 강경파가 승리했다.

그래도 일족의 운명이 걸린 일이라 일단은 신중하게 만마성의 실력을 파악할 필요가 있었다.

이에 담가의 최고 고수 세 명이 밤길을 떠나 만마성의 세력과 부딪쳤다. 결과는 참패였다. 그들의 자부심은 산산이 부서졌다.

더구나 만마성의 성주도 아닌 단지 사마(四魔)라는 자와 그 수하들을 상대로 싸운 결과였다.

이로 인해 소주를 치려던 만마성의 세력은 패퇴했지만 이것이 담씨 일족에게 위로가 될 수는 없었다.

이때 그들 앞에 반쪽은 도포를, 반쪽은 승포를 걸친 괴이한 인물이 나타났다.

그 사람은 다름 아닌 마의 불길에 휩싸인 중원무림을 구할 정도의 유일한 희망이라는 말이 은밀하게 떠도는 현무상인이었다.

그는 소주에서 누군가 사마를 물리쳤다는 말을 듣고 담가를 찾아온 것이었다.

담씨 일족은 정도와 손을 잡을 수밖에 없었다.

그들이 담가를 찾아냈으면 만마성도 어렵지 않게 찾아낼 수 있을 터였다.

이렇게 해서 담씨 일족은 정파에 가담했고, 이때 담조령을 보게 된 현무상인은 그 빼어난 자질에 반해 제자로 삼게 되었다.

그와 담씨 일족은 기이한 인연으로 얽혀 있었다.

현무상인은 담씨의 시조이자 배달민족의 시조인 자부신군의 신상을 보더니 크게 놀라워했다. 그리고 며칠 뒤 한 권의 책자를 들고 나타났다. 이번에는 담씨 일족이 놀랄 수밖에 없었다. 그것은 약 오백여 년 전에 한 반도가 가지고 도망쳤던 자부신군의 유물 천부경이었던 것이다.

담씨 일족에게는 지극히 중요한 책자였다.

거기에는 자부신군이 최강의 병기를 남겨둔 장소와 이를 사용할 수 있는 힘이 기록되어 있었다.

뜻밖에도 현무상인은 그 귀중한 천부경을 선선히 돌려주었다.

담가는 다시 고민에 빠졌다.

천부경을 이용해 청구로 돌아가서 신 왕조와 역도들을 쳐부수고 구 왕조를 회복해야 하는지 그들로서는 고민이 아닐 수 없었다. 하지만 무작정 과거의 정리만을 따질 수도 없는 일이었다.

이미 무도한 신 왕조의 개국 황제는 세상을 떠나고 그 손자가 즉위하여 자부신군 이래 최고의 성군이라는 백성들의 칭송을 들으며 선정을 펼치고 있었다.

고민 끝에 그들은 결국 신 왕조를 용서하기로 했다.

그리고 천부경의 처리는 전적으로 차기 가주로 내정된 담조령에게 맡겨졌다. 여기에는 사실 천부경의 힘을 이용해서라도 하루빨리 만마성의 난을 진압하기 바라는 염원이 담겨 있었다.

담조령은 이런 원로들의 뜻을 받들어 천부경을 번역하여 사부가 된 현무상인에게 주었다.

한데 천부경을 번역하는 과정에서 놀라운 사실이 발견되었다.

바로 오천 년 전에 있었던 선계, 마계, 인간계 사이의 처절한 악목대전과 이백 년 후에 닥칠 제이의 악목대전에 관한 내용이었다.

여기에 비하면 멸천이마종으로 인한 위기는 모기에 물린 정도에 불과했다.

이때 현무상인도 금강숙과 태극도량의 장경각에서 백호에 관한 기록들을 찾아내었다. 하지만 미흡한 점이 있어 그는 모든 일을 제자들에게 맡기고 천축 살가랍륵(薩伽拉勒)으로 백호와 흑마신의 행적을 쫓아 떠났다. 이러한 사실은 끝까지 현무상인을 수행했던 담조령만이 상세하게 알고 있었다.

두 사람은 더 큰 혼란이 일어날 것을 우려하여 비밀을 지켰다.

현무상인의 예측대로 멸천이마종으로 인한 난리는 무림삼자에 의해 평정되었다.

한편 사부가 천축으로 떠나자 담조령은 나이가 비슷한 막내 사제 무극자와 함께 셋째 사형 장천자를 도와 만마성과 싸웠다.

이 과정에서 그들은 장천자의 인품과 무공에 크게 감탄하게 되었다.

자연 만상자와 무극자는 무공에서도 장천자를 본받으려고 노력했다.

특히 담조령은 사부 현무상인이 전해준 금강숙과 태극도량, 즉 백호의 무공을 바탕으로 사형 장천자를 본받아 오대검류를 조화시킨 검정칠해(劍征七解)를 창안했다.

무림에는 잘 알려지지 않았지만 무림삼자 중 장천자(長天子)를 제외하면 오대검류를 통합하려던 무림의 오랜 꿈에 가장 근접한 사람이 바로 만상자였다.

장천자는 오대검류 전체를 통합한 조화검법과 이대도류를 하나로 만든 천지도법을 창안했지만 멸천이마존과 싸우는 도중에 탈각해 버리는 바람에 그것이 어떤 무공인지, 어떤 형태인지 전혀 알려지지 않았다.

이나마도 장천자를 가까이서 도왔던 만상자와 무극자만이 알고 있는 사실이었다.

결국 무림에 남은, 오대검류의 통합을 향한 발걸음은 만상자의 검정칠해뿐이었다.

무극지는 이 점을 강조하며 명분으로 내세웠다.

만상자의 무공을 계속 발전시켜 나간다면 언젠가 멸천이마존 같은 존재가 다시 나타났을 때, 무성자, 동심자의 후예와 더불어 이를 막는 데 큰 기여하리라는 판단에서였다.

물론 상팔대의 시조인 무극자 자신도 이대도류를 통합하여 무극유심도 구장이라는 무공을 만들었다.

이렇게 되면 장천자의 무공은 사라졌지만 정도의 무공에서 완성을 이루었다는, 오대검류와 이대도류를 모두 통합했다는 장천자의 무공이 되살아나는 셈이기 때문이다.

무극자의 이러한 설득에 만상자 담조령은 그의 제안을 받아들여 소주를 차지하고 문파를 세워 많은 담가의 자손들에게 적극적으로 무공을 전수했다.

사부인 현무상인과 함께 제이의 악목대전에 대해 알고 있던 그였기에 자신의 노력이 후일 조그만 도움이라도 될지 모른다는 생각에서였다.

그는 현무 전래의 무공인 만상천화 칠편을 연구하는 한편, 백호의 무공을 기반으로 오대검류를 통합한 검정칠해의 완성에도 커다란 노력을 기울였다.

그런 한편으로 후일 무극자의 야심을 눈치 챈 담조령은 그를 꾸짖어 상팔대가 복건 북동부를 벗어나지 못하도록 제어했다.

하지만 소주담가와 상팔대는 누구보다 친하게 지냈다.

어려운 시기를 함께 헤쳐 나온 동질성과 인연이 두 사람을 각별한 사이로 만들었고 그 전통은 후대에도 계속되었다.

후일 만상자는 자신의 연구 성과를 만상절부(萬象節符)에 새겨두고 세상을 떠났다. 그가 이룬 성과는 놀라운 것이었다. 장천자에 이어 마침내 오대검류를 통합한 검정칠해를 완성했을 뿐 아니라 당시까지 누구도 오편 이상을 성취하지 못했던 만상천화를 칠편까지 익힐 수 있는 방법을 연구해 냈던 것이다.

"후~!"

담승조가 한숨을 내쉬며 잠깐 말을 끊었다.

그의 가슴이 크게 부풀어 올랐다가 가라앉았다. 과거의 영광과 현재의 아픔이 대비되어 가슴이 뛰는 모양이었다. 언강호는 본격적인 이야기가 이제부터임을 느꼈다.

“상팔대와 달리 백운신문과 우리의 인연은 악연으로 인연이 시작되었다. 그들은 자신들이 가져야 할 몫을 보도 듣도 못한 우리가 차지했다며 공공연히 불만을 터뜨렸다. 만상자께서 현무상인의 제자가 아니었다면 아마도 그들의 중상모략을 견디지 못했을 것이다.”

“…….”

“본 가는 오랜 세월 동안 항상 그들에게 양보해 왔다. 심지어 소주 외곽 삼십 리 밖까지 그들의 이권을 인정해 주었다. 그럼에도 놈들은…….”

감정이 북받친 담승조는 말을 잊지 못했다.

그동안 가슴속에 묻어두었던 한을 풀어놓으려니 당연한 일이리라.

그는 환룡차로 마음을 가라앉히고 이야기를 계속했다.

“이십여 년 전, 본 가가 최후를 맞기 몇 시진을 앞두고 무슨 예감이 드셨든지 아버님께서는 나를 불러 많은 이야기를 들려주셨다. 나도 문경 큰누이를 몰래 뒤쫓아 복마, 범마 두 형님과 백화심 형수님을 한번 만나보았지만 당시 나이가 어려 가문의 일을 많이 모르고 있었기에 아버님께 들은 이야기가 대부분이다.”

“…….”

다행히 담승조는 소주담가의 최후에 얽힌 사정을 상세하게 알고 있었다. 언강호는 분노를 가라앉히며 평정심을 유지하고자 애썼다.

◆第九十一章◆ 담가의 고난

소주담가의 가주 소면호상(笑面豪商) 담흔개(譚欣開)는 세상에서 가장 행복한 사람이었다. 천상의 선녀가 하강했다는 소주삼화(蘇州三花)가 바로 그의 딸들이었기 때문이다. 한다하는 문파나 고관대작, 거상, 호족 등 수많은 명문가에서 청첩장이 쇄도했다. 사주단자가 한 길이나 쌓일 정도였다.

한데 첫째 담문경이 어느 날 한 남자를 데려왔다.

담흔개는 그의 이름을 듣는 순간 폭풍이 불어오고 있을 직감했다.

무림에는 별로 알려지지 않았지만 일성이웅 십정십패의 수뇌부들이 긴장된 마음으로 주의 깊게 관찰하던, 바로 그 사람의 이름이었던 것이다.

복마(伏魔) 사마량(司馬亮)!

그가 만마성 만마평의회에서 차기 성주로 선출되어 팔마(八魔)에 올랐다는 사실은 그다지 중요하지 않았다. 중요한 것은 그가 지옥검마종의 지옥멸겁광을 익혔다는 사실이었다.

지옥멸겁광!

암흑도마종의 암흑팔마해와 함께 이백 년 전 대혈사를 불러온 바로 그 비도의 무공이요, 죽음의 무공이었다. 무림인들에게는 끔찍한 기억으로 남아 있는 무공인 것이다.

비도의 무공은 수련하는 사람마저 헤칠 가능성이 높아 멸천이마종과 그의 제자를 제외하면 누구도 익히지 못했다.

한데 복마는 지옥멸겁광을 수련하고도 살아남았다.

이것만으로도 무림은 긴장하지 않을 수 없었다. 그가 어떤 행보를 보이느냐에 따라 향후 만마성과 중원의 운명이 결정될 것이기 때문이다.

하필이면 이런 그가 자신의 딸과 사귀게 되다니?

담흔개는 딸과 소주담가의 운명을 걱정하지 않을 수 없었다.

그는 좋은 말로 타일렀다. 만마성과 중원무림, 특히 만마성과 정파 출신 남녀의 결합은 있을 수 없는 일이었다. 총명한 사마량은 그의 심정을 이해하고 실망한 표정으로 어깨가 축 쳐져 만마성으로 돌아갔다.

한편 이때 둘째 딸 담서경은 백운신문의 소문주 취산비수(聚散飛手) 초적요(楚寂窈)와 몰래 사귀고 있었다. 당시 문주이자 팔선의 일인이었던 운선(雲仙) 초력(楚靂)이 이 사실을 알고는 찾아왔다.

그는 과거를 모두 잊고 두 사람을 결혼시켜 영원히 형제처럼 지내자고 제안했다.

담흔개는 고민에 빠졌다.

백운신문과의 혼사는 꺼림칙했지만 쉽게 거절하기도 힘들었다.

이백 년간의 불편한 관계는 그때까지도 계속되고 있었다. 무석과 소주는 거리가 가까워 상권 분쟁이 끊이질 않았고, 크고 작은 무력 다툼도 종종 일어났다. 언제까지고 이렇게 지낼 수는 없는 노릇이었다.

무엇인가 해결책이 필요했다.

서로 사랑하는 두 사람의 결혼을 통해 소주담가와 백운신문 사이에 평화를 가져올 수 있다면 이보다 좋은 일은 없을 터였다.

결국 담흔개는 초력의 제안을 받아들였다.

강소와 절강, 아니, 무림 전체가 떠들썩한 결혼식이 거행되었다.

운선은 이를 기념하여 스스로 문주에서 물러나 초적요에게 자리를 물려주었다. 두 사람은 천교선려(天狡仙侶)라고 불리며 무림의 뭇 젊은 이들의 부러움을 한 몸에 받았다.

이때까지는 모든 것이 행복해 보였다.

하지만 담흔개는 얼마 못가 불안감을 느끼기 시작했다.

첫째 딸 담문경의 외출이 잦아진 것이다. 한 달씩 집을 비운 적도 있었다. 무공을 익힌 무림가의 여식들이 강호를 유람하는 것은 흔한 일이지만 사마량을 몰래 만나면 어쩌나 하는 불안감이었다.

그의 불안감은 현실로 드러났다.

뒤늦게 담문경의 외출을 금지했지만 일 년이 지났을 무렵 배가 불러온 것이다. 하늘이 무너지는 충격이었다. 만약 만마성 출신의 사마량과 담문경 사이에 아이가 태어난다면 소주담가는 중원의, 정파의 배신자로 몰려 무슨 일을 당할지 알 수 없었다.

이런 현실에도 불구하고 담흔개는 세 딸을 너무나 사랑했다. 특히 첫째 담문경은 그에게 자랑이었고, 기쁨이었다. 화려한 조건을 두루 갖춘 수많은 남자들이 목을 매달며 애원했지만 눈길 한번 준 적 없는 딸이었다. 그런 담문경이 첫눈에 반해 아이까지 가졌으니 이는 운명으로 받아들일 수밖에 없었다.

담흔개는 후원에 커다란 나무를 가득 심어 담문경을 숨겼다.

매일 살얼음판을 걷는 듯한 심정이 된 그에게 셋째 딸 담지경(譚祉慶)이 남자를 데려왔다. 유난히 몸이 약하고, 담문경과 쌍둥이처럼 닮은꼴이었던 그녀가 데려온 남자는 초적요의 사촌동생인 운형비각(雲形飛脚) 초산요(楚散窈)였다.

담흔개는 못마땅했다.

자매를 한 사람에게 시집보내는 경우도 종종 있는 일이라, 사촌형제에게 나란히 시집보내지 못할 이유는 없었다.

하지만 초산요는 평판이 좋지 않았다. 그는 방탕할 뿐만 아니라 여자를 밝히고 사마외도와 어울린다는 소문이 떠돌았다. 강소와 절강에는 십패에 속하는 유명마곡, 지저음부동 등의 문파가 있었다. 초산요가 이런 문파의 젊은이들과 어울려 나쁜 짓을 한다는 소문에 운선도 곤혹스러워한 적이 있었다.

순진한 딸은 아버지의 말을 믿지 않았다.

초산요의 감언이설에 넘어가 완전히 마음을 빼앗긴 것이다. 담흔개는 건강이 좋지 않으니 몸이 좋아지면 그때 결혼을 하든, 어떻게 하든 결론을 내리자고 했다.

겨우 막내를 달래놓았을 무렵 담문경이 아들을 낳았다.

사마랑도 많이 닮았지만 외가의 특징이 더욱 많아 특히 담승조를 쏙 빼 닮은 아이였다.

그리고 며칠 뒤 담서경이 해산했다는 소식이 들려왔다.

그녀는 딸을 낳았다.

담혼개는 기쁨과 동시에 불안한 마음으로 가슴을 졸이며 하루하루를 보내고 있었다.

한데 기어코 불행이 찾아왔다.

태호(太湖)의 아름다운 야경 속에서 뱃놀이를 즐기던 둘째 딸 담서경과 백운신문의 문주 취산비수 초적요가 무참히 살해된 것이었다. 하늘이 무너지는 아픔이었다. 담혼개와 운선이 달려가 조사했지만 흉수를 알 수 없었다.

증거나 무공의 흔적은 전혀 발견되지 않았다.

다행히 담서경과 초적요의 딸은 백운신문에 남아 있었기에 무사할 수 있었다. 담혼개는 운선에게 당분간 이모들로 하여금 그 아이를 돌보게 하겠다는 핑계를 대고 소주담가로 데려왔다.

얼마 후 운형비각 초산요가 백운신문의 문주가 되었다. 그는 끈질기게 담지경과 결혼시켜 달라고 요구했다. 하지만 그를 의심하고 있던 담혼개는 끝끝내 거절했다.

그렇게 한 달이 지나갔다.

이때 담문경의 아들은 불과 생후 네 달, 담서경의 딸은 두 달이 막 지난 시점이라 이름조차 짓지 못하고 있었다.

원래 남쪽 지방에서는 아이들의 이름을 세 살이 되어야 짓는 경우가 많았던 것이다.

말을 멈춘 담승조의 눈이 붉게 충혈되어 있었다.

그 붉은빛은 마치 소주담가의 최후인 듯하여 언강호는 가슴이 미어지는 느낌이었다.

하지만 이미 알고 있던 이야기가 대부분이라 아직은 크게 동요하지 않고 있었다. 지금까지 담승조가 들려준 이야기는 전날 범마 등호가 들려준 이야기와 거의 똑같았다. 이는 당연한 일이었다. 담승조는 자신의 경험과 그의 부친 담혼개로부터 들은 이야기를 합쳐 말한 것이었고, 범마 등호 역시 자신이 만마성에서 경험한 일과 백화심이 담문경을 방문했을 때 들은 이야기를 종합하여 들려준 것이기 때문이었다.

환룡차로 목을 축인 담승조가 다시 입을 열었다.

"아버님은 영원히 사랑하는 외손자, 외손녀의 이름을 지어줄 수 없는 운명이셨다. 그러니까 그때는 백화심 형수님이 큰누님께 다녀가고 한 달 정도가 지난 뒤였다. 칠흑처럼 어두운 밤, 아버님께서 나를 찾아 너와 초용에 관한 이야기를 하고 있는데 갑자기 비명 소리가 어지럽게 들려왔다. 우리는 급히 밖으로 나갔다."

"……."

"백여 명의 괴무리가 본 가를 기습하여 남녀노소, 무공을 전혀 모르는 사람까지 닥치는 대로 무참하게 도륙하고 있었다."

"……."

말하는 담승조의 손이 덜덜 떨리고 있었다.

언강호는 그의 심정을 능히 이해할 것 같았다.

"당시 본 가가 비록 상업에 치중하고 있었지만 백호와 현무의 전통을 동시에 이은 무공은 결코 만만한 것이 아니었다. 무림에 소문은 본 가의 무공이 십정 중 하위에 속하는 것으로 알려져 있었으나 사실은 전혀 달랐다. 담조령 조사님의 유언에 따라 제이의 악목대전에 대비하여 조용히 힘을 기르고 있었던 것이다."

"……."

"오히려 본 가의 숨겨진 힘은 이웅에 뒤지지 않는다고 자부하고 있었다. 그럼에도 본 가의 무인들은 힘 한번 못써보고 속속 쓰러져 갔다. 분노하여 놈들을 쳐죽이려 달려나가던 아버님은 자신이 정체를 알 수 없는 기이한 독에 중독되었다는 사실을 깨달았다. 아버님이 중독되셨으니 다른 사람이야 말해 무엇 하겠는가? 본 가는 풍전등화의 위기에 처한 것이다.”

목이 타는지 다시 담승조는 말을 멈추고 환룡차를 마셨다.

“독이라면 내가 좀 아는데…….”

이때만큼은 전락생의 음성도 조심스럽기 그지없었다.

이미 소개를 받아 그가 현현독지의 계주임을 알고 있는 담승조는 곧 당시의 중독 증상을 알려주었다.

“그 독이 무엇인지는 나도 궁금하게 생각하고 있었소. 사실은 현현독지의 독이 아니었나 하고 의심하기도 했었고…….”

“쩝… 하여튼 중독 사고만 일어나면 무턱대고 본 독지부터 의심하고 본다니까. 말해보슈.”

“그 독은 전혀 무색, 무취, 무미하며 중독 증상을 느낄 수 없었소. 단지 무공을 사용하기 위해 내공을 끌어올리면 심맥이 끊어질 듯한 통증이 몰려왔소.”

“엥? 그런 독이… 본 독지의 삼대극독 중 하나인 백상화도 무색, 무취, 무미하며 중독 증상을 느낄 수 없지만 아예 내공을 사라지게 할 뿐, 심맥에 통증을 일으키지는 않는데… 그런 독은 금시초문인걸? 이보시오, 장 문주! 혹시 들어본 바가 있수?”

전락생이 양사독문의 문주인 장운을 향해 묻자 그는 얼굴을 붉히며 고개를 흔들었다.

“이 사람이 어찌 그런 독을 알겠소? 금시초문이오.”

“흐음, 하긴 독문의 종사인 이 적발독존… 헤헤헤, 아니, 그냥 적발
독광인… 제길… 나도 모르고 있으니 장 문주를 탓할 수도 없는 일이
고……. 한데 왜 째려보슈?”

“도움도 안 되면서 헛소리 말고 좀 찌그러져 있는 게 어떻겠나?”

“떠그… 아니, 아, 알았수.”

상대가 상대인지라 전락생은 즉시 입을 꽉 다물었다.

다시 석두타의 설법을 듣고 싶은 마음은 전혀 없었던 것이다.

담승조는 전락생을 한번 흘겨보고는 이야기를 계속했다. 그의 눈길
에는 현현독지의 계주가 그것도 모르냐는 원망이 약간 섞여 있었다.

“하지만 당시 본 가에는 실로 대단한 고수 칠십여 명이 있어 비록 잠
시지만 중독 증상을 억누르고 그동안 갈고닦은 무공을 능히 발휘할 수
있었다. 한데 그들을 막아서는 두 사람, 아니, 괴물들이 있었다. 놀랍
게도 단 두 명에게 본 가가 자랑하던 고수들이 막혔다. 특히 전신에 불
꽃이 이글거리는 신비한 괴물은 정말 무서웠다. 본 가의 고수들은 마
치 불나방처럼 스러져 갔다. 아버님도 그자에게는 도무지 상대가 되지
않았다.”

“불꽃이 이글거리는 괴물이라고 하셨습니까?”

분노한 중에도 언강호가 급히 반문했다.

“그렇다. 놀랍지?”

“아니, 그게 아닙니다.”

언강호는 고개를 흔들며 유곤을 쳐다보았다. 일행의 시선이 전부 남
극어은의 얼굴에 모였다.

“불꽃이 이글거리는 괴물이라면 마라원에 나타나 일존을 제거하고
본 맹의 잠렴들을 사냥한 그 악마와 비슷한데? 아니야. 그런 괴물이 흔

할 리도 없고 설마 동일한 놈이란 말인가?"

혼자 중얼거리듯 말하는 유곤의 말에 사람들의 안색은 심각하게 굳어졌다.

마라원이 초토화된 것은 얼마 되지 않은 일이지만 소주담가가 멸겁을 당한 것은 이미 이십 년이 훌쩍 넘은 일이었다. 그렇다면 마라원에 나타난 괴물이 이미 이십여 년 전에 존재하고 있었다는 말이 되는 것이다. 사람들은 일이 어떻게 되는 것인지 몰라 머리가 혼란스러웠다.

"이십여 년 전이라면 곽불인과 곽불굴은 불과 삼십대 초반이었습니다. 더구나 곽씨 형제의 부친인 남천검객 곽종악이 집비향 향주를 맡고 있을 때라 그들이 일을 꾸몄다고 보기에는 무리가 있습니다. 물론 만마성의 육마인 욕마 호덕견이나 동심맹의 천고자황수 진복원, 금강숙의 혜밀선사, 태극도량의 광유산인 왕조욱도 두각을 나타내지 못하던 때였고……."

적사묘의 계주인 그의 분석은 정확했다.

사람들은 정수산의 말을 들으면서 한 가지 비슷한 생각을 하고 있었다. 하지만 누구도 먼저 이야기를 꺼내지 않았다.

그것은 차마 믿고 싶지 않은 일이었던 것이다.

육합천의 육천 이전에 존재하고 있었을지도 모르는 신비인.

이제까지 소주담가의 원수라고 생각했던 송백남이나 백운신문은 그 하수인에 불과한 것일지도 모를 일이었다.

한동안 무거운 침묵이 감돌았다.

결국 언강호가 화제를 돌리기 위해 담승조를 보고 물었다.

"그래서 어떻게 되었습니까?"

"나의 할아버지, 그러니까 본 가의 전전대 가주로 당시 최고의 고수이셨던 너의 외증조부께서는 도저히 그 괴물을 당할 수 없다는 사실을 깨닫고, 아버님을 비롯한 칠십여 명의 고수가 사력을 다해 막는 동안 본 가의 문인(門人) 백여 명을 피신시켰다. 거기에는 나와 문경 누이, 그리고 너와 초용이 포함되어 있었다."

"백여 명이라면 상당한 숫자인데 그 무서운 괴물의 눈을 어떻게 피할 수 있었습니까?"

"그… 것은 순전히 동천결계 덕분이었다. 아까 이쪽으로 오면서 동천결계를 뚫었지? 사실 우리는 그것 때문에 많이 놀랐다. 동천결계는 마족이 된 초용도 뚫지 못한 것이었거든……."

"그렇군요."

"불공님과 도공님께서 천부경이 수록된 선불경을 보셨다니 동천결계를 알아보고 파훼하는 것은 어려운 일이 아니었겠지만 이를 모르면 아무리 무공이 뛰어난 자라도 결코 뚫을 수 없는 것이 바로 동천결계인 것이다. 아니, 알아보기도 힘들 것이다."

자부심 어린 담승조의 말에 언강호 등은 고개를 끄덕였다.

"외숙의 말씀이 맞습니다. 저는 전혀 알아보지 못했습니다."

"아미타불, 나는 선불경을 보고도 눈치 채지 못했지."

석두타의 칭찬하는 말에 담승조는 가볍게 고개를 숙여 보이고는 다시 입을 열었다.

"본 가의 후원에는 만약의 경우를 대비하여 좌우 화단에 동천결계를 쳐둔 피신처가 설치되어 있었다. 후~! 본 가에서 이를 실제로 사용하게 되리라고 생각한 사람은 아무도 없었는데……."

"……."

"어쨌든 할아버님의 무공은 대단하여 그 난리의 와중에서도 적도들

의 눈을 피하여 무려 백 명이 넘는 사람들을 결계 안으로 피신시키는
데 성공하셨다. 물론 이는 할아버님의 지시를 받고 아버님께서 칠십여
명의 고수와 함께 사력을 다해 두 괴물을 저지한 덕분이었다."

"……."

"결계 안에서는 밖을 훤히 볼 수 있다. 비명 소리가 차츰차츰 가시
고 적도들이 몇 사람을 끌고 후원에 나타났다."

담승조의 눈빛이 더욱 충혈되며 몸을 부르르 떨었다.

아직도 그날을 잊고 못하고 있는 모양이었다.

하긴 어찌 그렇지 않겠는가? 친인들이 죽어가는 기억은 비도의 무공
으로도 벨 수 없다. 달리 떨쳐 버릴 수 있는 방법도 모른다. 언강호는
담승조의 기억이 곧 자신의 기억이 되면 어떻게 할 것인지 자문해 보
았다. 답할 수가 없었다.

"나는 피눈물을 흘리며 아수라장을 지켜보았다……."

아비규환의 비명이 잦아들고 초산요가 의식이 없는 담지경을 안고
모습을 드러냈다. 곧 담혼개가 끌려왔다.

'늙은이, 진작 담지경을 내게 주었으면 이런 일이 없었을 것을… 지
경에 대한 나의 사랑만은 진실이라는 것을 몰랐느냐?'

'네놈이 이런 인면수심일 줄 알았다. 내 어찌 네놈에게 그 아이를
시집보낼 수 있었겠느냐? 분명 서경과 적요를 해친 것도 네놈 짓이렸
다?'

'흐흐흐, 늙은이 눈치 하나는 빠르군. 하지만 그건 나의 매제인 이
사람이 계획을 세우고 실행했지.'

음침하게 웃으며 놈이 가르킨 것은 두 괴물 중 하나였다. 한데 그가

초산요의 매제라니? 그럼 놈이 바로 백운신문의 부문주 해검신협(解劍神俠) 송백남(宋白南)이라는 말이 아닌가? 그는 워낙 혜성처럼 나타난 존재라 담승조도 익히 이름을 듣고 있었다.

'네놈들은 천벌을 면치 못할 것이다.'

'푸흐흐흐, 천벌? 좋지. 늙은이! 이것이 끝은 아니다. 담승조와 담문경은 어디로 빼돌렸느냐? 그들은 물론 복마 사마량도 무사치 못할 것이다.'

'뭐라고? 네놈이 문경과 사마량이 사귄다는 사실을 알고 있었단 말이냐?'

'물론이다. 만마성을 통해 듣고 있었지.'

'이런 쳐죽일 놈! 네가 감히 만마성과 손을 잡았단 말이냐?'

'만마성과 중원의 대결 구도는 영원할 수 없는 것이다. 우리는 서로에게 많은 도움을 줄 수 있다는 사실을 깨달았다. 이 친구는 이미 큰 도움을 받았지.'

'크으, 네놈들이…….'

'흐흐흐, 아직 완성되지도 않은 금갑마인에게 맥도 못 추는 꼴이라니?'

담흔개는 피눈물을 흘리며 말을 잊지 못했다.

결계 안에서 지켜보는 담승조도 마찬가지였다. 눈에서 절로 피눈물이 흘러나왔다.

초산요와 나란히 서 있는 송백남의 몸에서는 찢어진 옷자락 사이로 금빛의 비늘이 번쩍이고 있었다. 정말로 놈은 말로만 듣던, 만마성의 전설인 팔대마물 중 갑마의 최고봉 금갑마인이었다.

정파무림을 대표하는 십정의 일원인 백운신문의 부문주가 금갑마인이 되어 이처럼 극악한 짓거리를 벌이다니? 상상조차 할 수 없는 일이 현실로 벌어지고 있었다. 담승조뿐만 아니라 결계 안에 살아남은 소주 담가의 후예들은 치를 떨었다.

'본 가는 너희 백운신문에 많은 양보를 해왔다. 한데 그 은혜를 이런 식으로 갚는단 말이냐?'

'흐흐흐, 우리 백운신문과 엮이게 된 것 자체가 너희들에게는 불행이라고 봐야지.'

'크으, 그래! 네놈 말이 맞을지도 모르겠구나. 애초부터 백운신문과는 얽히지를 말았어야 했거늘.'

'늙은이! 초적요 그 자식에게는 서경을 주면서 내게는 지경을 주지 않다니… 하지만 내가 나만의 사사로운 감정으로 이런 일을 벌인 것 같으냐?'

'서, 설마 운선 그 사람이 시킨 일이란 말이냐?'

'할아버지 이야기는 꺼내지 말아! 어쨌든 내가 거사를 벌인다고 하자 많은 사람들이 자발적으로 이번 일에 참가했고 열에 일곱 이상이 암묵적으로 지지해 주었어. 즉, 우리 백운신문의 사람들은 너희들을 원수 이상으로 생각하고 있다는 말이야.'

'그렇게까지……'

'이백 년 만에 마침내 이렇게 결판이 나는군. 크흐흐흐.'

'비… 겁한 놈들!'

후원에 처참하게 나뒹굴고 있는 담혼개가 분노하여 초산요를 향해 핏물을 뱉어냈다.

하지만 놈은 가볍게 피하고는 능글맞게 웃으며 말했다.

'무엇이 비겁하다는 말이냐?'

‘독만 아니었어도 네놈과 금갑마인 따위에게 이처럼 어이없이 당하지는 않았을 것이다.’

‘흐흐흐, 소주담가가 그래도 명색이 만상자의 후예인데 바보가 아닌 이상 나름대로 한 수가 있으리라는 사실을 어찌 생각하지 못하겠느냐?’

‘크으.’

‘영감! 아니, 장인이라고 불러야겠지. 흐흐흐, 이래 봬도 나는 소주담가가 처가라고 특별 대우를 해준 것이오.’

‘……’

‘소주담가의 실력을 높이 평가하여 어렵사리 비독(秘毒)을 구해서 풀고, 그래도 안심이 되지 않아 이분까지 초청한 것이지. 내가 얼마나 힘들었는지 아시오?’

놈이 느물거리며 가리킨 것은 바로 전신에서 불꽃을 이글거리는 괴물이었다. 담흔개는 물론 결계 안에 살아남은 사람들까지 공포에 질려 괴물을 바라보았다.

‘대, 대체 이 괴… 물은 뭐냐?’

‘장인도 놀란 모양이구려. 흐흐흐, 당연한 일이겠지. 소주담가 최고의 고수라던, 만상자 담조령조차 능가한다는 말이 떠돌던 전대가주가 단 두 수만에 잿더미로 변해 버렸으니.’

놈의 말에서 담승조는 할아버지가 결국 그 괴물에게 돌아가셨음을 알 수 있었다.

“잠깐! 비독이라고 했수?”

전락생이 주먹을 으스러져라 움켜쥐고 있는 담승조의 말을 가로

챘다.

"그렇소. 한데 왜 그러시오?"

"혹시 그 초산요라는 개자식이 비독의 정체가 무엇인지 말해주었수?"

"그럼 내가 왜 아까 당신에게 그 독에 관해 물었겠소?"

"쩝, 하긴 그렇군."

"왜 생각나는 것이라도 있소?"

한껏 감정이 격해져 있는데 자꾸 끼어드는 전락생이 얄미워 자연스럽게 담승조의 말투가 거칠어졌다. 하지만 이 정도에 주눅 들 전락생이 아니었다. 그는 아예 담승조의 질문을 무시하고 장운을 쳐다보며 말했다.

"장 문주, 혹시 비독이란 말을 듣고 생각나는 것 없수?"

이름없는 삼류문파인 양사독문의 문주가 알아봐야 얼마나 알겠는가? 한데 눈치도 없이 자꾸 자신에게 물어대니 장운은 슬며시 짜증이 나는 기분이었다.

상대가 중원 독문의 종사만 아니라면, 아니, 자신에게 힘만 있다면 석두타처럼 헛소리 좀 그만 하고 찌그러져 있으라고 외치고 싶었다.

"전혀… 아니, 비… 독이라… 비독! 어디서 들은 것 같은데?"

인내심을 발휘하여 한껏 수위를 낮추어 대답을 하던 장운은 비독이란 말이 입에 익숙하다는 사실을 기억해 냈다.

전락생이 기뻐하며 말했다.

"장 문주, 역시 그렇쥬?"

"…설마 십패 중 마화비처(魔火秘處)의 멸화비독(滅火秘毒)은 아니겠지요?"

장운의 말에 일행은 비로소 멸화비독을 떠올릴 수 있었다.

마화비처는 원래 강력한 양기(陽氣)를 바탕으로 하는 양강의 마공과 화탄(火彈)으로 유명한 문파였다. 그러다가 오랜 세월이 지나면서 화탄에 희귀한 약재 몇 가지를 첨부하여 독처럼 괴이한 성질을 지닌, 암기도 아니고, 화탄도 아니고, 그렇다고 독도 아닌 특이한 무기를 개발했는데 이것이 멸화비독이었다.

몇몇 사람들이 고개를 끄덕였다.

"확실히 멸화비독일 가능성이 있습니다. 제가 듣기로 그 멸화비독은 밤에 등불을 밝히는 것처럼 하면서 자연스럽게 독기를 피울 수 있고, 또한 중독된 상태에서 무리하게 내공을 끌어올리면 양기가 폭발하여 심맥이 타버린다고 들었습니다."

구시사객 정수산은 적사묘의 계주로 무림에서 잡다한 지식이 가장 풍부한 사람이었다.

담승조도 고개를 끄덕이며 말했다.

"확실히 그렇습니다. 살아남은 저희 담가의 사람들은 양기가 지나치게 들끓어 죽을 고생을 하다가 이곳 은성동에 와서 차가운 용수를 마시면서 차츰차츰 회복할 수 있었습니다."

역시 많은 사람들이 모이니 해답이 나오는 모양이었다. 한데 전락생이 고개를 흔들며 이의를 제기했다.

"아니어, 멸화비독은 별로 대단한 것이 아니라구. 타면서 소리도 나고 심한 유황 냄새도 나는데 그 많은 사람들이 낌새도 알아차리지 못하고 중독된다면 모두 바보지. 또한 마화비독에 중독된 채 내공을 끌어올리면 몸속의 음기(陰氣)가 급속도로 소진되기 때문에 심맥이 타버리는 것인데 그것도 약간 시간이 걸린다구. 따라서 내공을 끌어올리자

마자 심맥에 극심한 통증을 느끼는 것과는 약간 차이가 있다는 말씀이야."

그의 말도 그럴 듯했다. 하지만 다시 정수산이 반박했다.

"전 계주도 현현독지의 삼대극독의 하나인 백상화를 개량하여 만마성의 칠대마독에 버금가는 독으로 발전시켰다고 들었소. 그러니 마화비처에서도 그렇게 하지 못한다는 법은 없지 않겠소? 더구나 기본적인 성질이 비슷하니 멸화비독 내지 그 발전형일 가능성이 큰 것 아니오?"

"누가 뭐랬수? 단지 멸화비독이 별것 아니라는 말이었으니 신경 끄슈."

제법 도움이 되는가 싶더니 결국 이런 식으로 나오는 전락생이었다. 석두타의 눈째림이 쏟아져 내렸고 그는 자라목이 되어 찌그러졌다.

"정 계주, 계속해 보게."

"예, 불공님. 제 생각은 이렇습니다. 약간의 차이는 있지만 비독이란 것이 마화비처의 멸화비독을 연상시키고, 그 불꽃을 이글거리는 괴물 역시 마화비처의 마물 화형마령(火形魔靈)을 생각나게 합니다."

"그렇지, 화형마령!"

유곤이 무릎을 치며 외쳤다.

담승조도 '내가 왜 그 생각을 못했지?' 하는 표정으로 정수산을 바라보았다.

"사실 이 화형마령은 오백여 년 전 딱 한 번 등장했을 뿐입니다. 물론 마화비처 자체가 북쪽의 사막 오지에 위치하고 있어 중원에서는 그들을 보는 것 자체가 어렵지요. 그러니 담 가주께서 멸화비독이나 화형마령을 생각지 못한 것은 당연한 일일 것입니다."

"그럴지도 모르겠군요."

“그리고 사실 멸화비독이나 화형마령이 소주담가를 위협할 정도의 위력이 있는 것도 아닙니다.”

이 말에 자라목이 되어 있던 전락생이 조그맣게 중얼거렸다.

“내 말이 그 말이라니까.”

하지만 일행은 누구도 그를 쳐다보지 않고 정수산의 이야기에 귀를 기울였다.

“여기서 우리가 생각해야 할 것은 만마성이 명실상부한 사마외도의 최고봉이라는 사실입니다. 원래 만마성자 인게라가 만마성을 창건할 때에는 팔대마물도, 칠대마독도 없었습니다. 한데 세월이 흐르면서 하나 둘 생겨나기 시작해 오백여 년 전에 완전히 틀을 갖추었습니다.”

“…….”

“무림에는 팔대마물 등이 십패의 마물을 본떠 만들어진 것이라고 말이 있습니다. 저는 이것이 단지 우리 십패의 자존심에서 나온 이야기만은 아니라고 믿습니다.”

“정 계주의 말뜻은?”

“예, 불공님. 저는 그 비독이나 불꽃의 괴물이 마화비처의 멸화비독과 화형마령에서 발전한 형태라고 봅니다. 하지만 마화비처만의 힘으로는 소주담가나 마라원을 초토화시킬 정도의 마물을 만드는 것은 불가능하므로 어떤 형태로든 만마성이 관계되어 있다고 생각합니다.”

“으음, 결국 자네의 말은 만마성의 누군가가 육천 이전에 이런 일을 꾸미고 있었다는 것인가? 거기에 마화비처가 관계되어 있고?”

“…안타깝게도 그렇습니다, 불공님.”

결국 결론은 모두가 생각하고 있던, 생각하고 싶지 않은 곳으로 귀결되고 있었다.

이런 마물을 만들어낼 정도의 능력자란 도대체 어떤 사람일까?

일행은 무화경에 오른 도공을 쳐다보았지만 그는 조용히 고개를 흔들 뿐이었다. 이는 일존사공 중 공식적인 최강자였던 일존 존마 고귀향조차 불가능하다는 뜻이었다.

낙담하던 언강호는 문득 생각나는 것이 있었다.

예전에 혈사행 제육행을 처리하기 위해 범마 등호를 찾았을 때 천오가 '어쩌면 육합천이 전부이면서 전부가 아닐지도 모릅니다' 라고 수수께끼처럼 한 말이었다.

혹시 낭심제갈 천오는 등호의 말을 듣고 그때 이미 이런 상황을 짐작하고 있었던 것은 아닐까? 그렇다면 천오에게 지금 상황을 상세하게 알려주면 적절한 방도를 찾아낼 수 있을지도 모를 일이었다.

그의 이야기를 들어본 다음 북쪽으로 올라가서 마화비처를 찾아보아야겠다는 생각이 들었다.

◆ 第九十二章 ◆ 불꽃의 괴물

불꽃의 괴물

담승조의 무거운 음성이 다시 들려왔다.

"만마성의 팔대마물 중 알려진 것은 절륜독봉과 흡혈마랑, 마시, 갑마뿐입니다. 어쩌면 나머지 네 마물 가운데 화형마령과 비슷한 마물이 있을지도 모르지요."

"가주님의 말씀이 맞아요. 미지의 네 마물 중 하나는 차령마녀란 것인데 곽불인이 이분, 전 계주님의 사부님이신 독선 장한징님을 시켜 만들고 있다고 해요. 하지만 그 위력이 어느 정도인지는 전혀 모르고 있어요."

곽요진의 말에 담승조가 전락생을 쳐다보았다.

그는 눈빛으로 어떻게 된 일이냐고 묻고 있었다.

"왜 그렇게 쳐다보슈? 난 모른다구. 그 영감은 워낙 제멋대로라 말을 들어먹어야지. 무슨 생각으로 사는지 모르겠수다.”

어이없는 대답이었다.

사람들은 ‘사돈 남 말하고 있네’ 하고 쏘아붙이고 싶은 충동을 간신히 참았다.

“가주님, 전대 가주님께서 초산요에게 괴물의 정체에 대해 물었다고 하셨는데 그는 끝까지 대답하지 않았나요?”

“그렇소이다, 곽 낭자.”

“혹시 초산요가 다른 말은 없었나요? 괴로우시겠지만 그 부분을 좀 자세히 말씀해 주세요.”

“알겠소. 그날의 광경은 악몽이 되어 십 년이 넘도록 꿈으로 재현되었기에 마치 어제 일처럼 생생하게 기억하고 있소. 지금도 눈을 감으면 놈의 목소리가 들려오는 것 같소.”

“죄송해요.”

“아니오. 낭자가 죄송할 게 무엇이오? 어쨌든 그 괴물에게 할아버님까지 돌아가셨다는 말을 듣고 우리는 모두 절망했소. 비록 결계 안으로 피하기는 했으나 괴이한 독에 중독되었고, 밖에는 그 무서운 괴물이 버티고 있으니 희망이 없는 것처럼 보였소.”

“……”

“그때 담문경 큰누이가 절규하듯이 외쳤소. 저 광경이 보이지 않느냐고? 어떻게든 살아남아야 복수해야 하지 않겠느냐고…….”

우드득.

‘크으윽.’

초산요 놈이 발로 담흔개의 왼팔을 짓이겼다.

'흐흐흐, 늙은이! 맛이 어떠냐? 이제 쓸데없는 잡소리 그만 하고 어서 불어라. 담승조와 담문경은 어디에다가 숨겼느냐? 그리고 시체를 세어보니 상당한 숫자가 모자라는데 모두 어디로 빼돌린 것이지?'

'이놈! 내가 말할 것 같으냐?'

'편히 죽고 싶거든 솔직히 말하는 게 좋을 거야.'

'이놈! 내가 편히 죽어서 무엇 하겠느냐? 나는 눈을 감지 않을 것이다. 하늘이 네놈들을 어떻게 벌하는지 똑똑히 지켜볼 것이다.'

'흐흐흐, 이 늙은이가 정신을 못 차렸군. 부문주! 맛 좀 보여주게.'

이야기하던 담승조가 부르르 몸서리를 쳤다.

그가 본 송백남의 끔찍한 고문 장면이 떠올랐기 때문이리라.

언강호는 절규하는 어머니의 모습이 보이는 것 같아 정신이 아득해지는 느낌이었다.

이후에도 담승조가 많은 이야기를 했지만 언강호가 다시 정신을 차렸을 때는 '송백남의 혹독한 고문을 견디지 못한 아버님은 결국 눈을 부릅뜬 채 돌아가셨다' 라는 말이 들려왔다.

다행히 언강호에게 더욱 중요한 이야기는 아직 남아 있었다.

구사일생으로 살아난 담문경과 담승조 등은 결계 안에서 꼼짝도 못하고 숨어 있었다.

그동안 이웅과 십정에서 세 차례나 의문의 멸겁을 조사한다며 나타났지만 공포에 질려 결계를 풀고 나설 엄두를 내지 못했다.

하지만 시간이 지남에 따라 벽곡단(辟穀丹)이 떨어지자 더 이상 숨어 있을 수가 없었다. 그들은 천둥이 치고 비가 억수같이 쏟아지는 칠흑

같은 밤을 이용해 결계를 빠져나왔다.

하늘이 탈출을 도와주었다.

소주를 무사히 벗어난 그들은 가까운 황산으로 숨어들었다.

산세가 험하고 숲이 깊어 인적이 없는 곳이 많기 때문이었다. 다시 시간이 흐르고 어느 정도 안심을 하게 된 담승조 등은 가끔 변장을 하고 산을 내려갔다.

소식을 듣기 위함이었다.

소주담가는 의문의 멸겁을 당했으며 초산요가 담지경만 간신히 구해 결혼하게 되었다는 등의 이야기를 들을 수 있었다.

실로 가증스러운 녀석이었다.

만마성에 관한 좋지 않은 소식도 들려왔다.

복마 사마량의 무공이 높아지면서 이성을 잃어가고 있다는 것이었다.

이를 전해들은 담문경은 절대 그럴 리가 없다고 부인했다.

비도의 무공 지옥멸겁광은 오히려 만마성의 일반 마공보다 안전하며 결코 주화입마에 빠져 광기(狂氣)를 일으킬 염려가 없다는 것이었다.

사마량 본인에게 직접 들은 말이었지만 담문경은 안심이 되지 않았다. 그녀는 위험을 무릅 쓰고 자신들만이 아는 비밀 글귀로 연락을 보냈다.

주작천궁의 대제자인 나의선자 백화심이 도와주었다.

그녀를 사랑하던 범마 등호는 비교적 행동이 자유로워 다행히 서찰을 사마량에게 전할 수 있었다.

그리고 복마는 약속 장소인 안휘 봉태(鳳台) 근처의 회하에 모습을 드러냈다.

오랜만에 만난 두 남녀의 사랑과 안타까움은 그 무엇으로도 표현할 수 없었다. 이때 담문경은 언강호도 데려왔는데 사마랑은 아들을 안고 말없이 눈물을 흘렸다.

멀리서 지켜보던 담승조는 가슴이 미어질 것 같았다.

사마랑이 들려준 만마성의 사정은 대단히 좋지 않았다.

어찌 된 일인지 만마성의 마인들이 일사불란하게 그의 위험성을 주장하고 있었다. 지옥멸겁광을 익힌 자가 광기를 일으키면 만마성에도 큰 위협이 될 수 있다는 이유에서였다.

사마랑은 절대 그런 일은 없으리라고 단언했지만 이를 믿는 사람은 없었다. 결국 그의 무공을 폐지해야 한다는 주장이 나왔고 당시 주요 마인들 중 념마(念魔) 요일방(姚一方)과 효마(驍魔) 설백(薛伯), 범마 등 호 단 세 사람을 제외한 모든 자들이 찬성하고 있다는 것이었다.

이때 언강호가 오줌을 누었다.

그 오줌발이 힘차게 솟구쳐 수염을 적시자 사마랑이 껄껄 웃었다.

'하하하, 문경, 이 녀석이 감히 만마성의 팔마 얼굴에 오줌을 뿌리는구려. 장차 천하를 우습게 아는 큰 인물이 될 모양이오.'

'저도 그러면 좋겠어요.'

'눈은 당신을 닮아 깊고 서늘하며, 기골은 나를 닮아 장대하니 분명 그렇게 될 것이오.'

언강호로 인해 두 사람은 잠시 걱정을 잊고 기뻐했다.

멀리서 지켜보는 담승조도 흐뭇한 마음이었다.

하지만 이것도 잠시, 어둠 속에 잠긴 갈대숲이 요란하게 흔들렸다.

아이에게 신경 쓰느라고 잠시 주변을 살피지 못한 사이 괴 무리들이 사방에서 에워싸고 밀려들었다.

담승조 자신이 있는 곳에도 적이 들이닥쳤다.

놀랍게도 그들은 만마성의 마인들이었다.

사천성에 있어야 할 놈들이 중원 한복판, 그것도 이웅의 통륜방이 지척에 있는 봉태에 모습을 드러낸 것이었다.

당시 겨우 지급에 불과했던 담승조는 한 명을 상대하기도 버거웠다.

아니, 아예 상대가 되지 않았다.

무공도 무공이지만 괴이한 독에 중독되어 있어 무공을 사용하는 것 자체가 무리였던 것이다.

그는 얼마 못가 무수한 상처를 입고 구사일생으로 겨우 도망칠 수 있었다.

살아난 것이 천만다행이었다.

도망치는 와중에 멀리서 바라보니 사마량과 누이가 있던 강가에서 지옥의 번갯불이 번쩍거렸다. 그때마다 수백 장이 환하게 밝아지며 갈대숲이 박살나 휘날리는 것을 볼 수 있었다. 말로만 듣던 지옥멸겁광의 무시무시한 위력이었다.

그럼에도 마인인지 마물인지 모를 괴이한 존재들이 그를 향해 불나방처럼 몸을 날리고 있었다. 지옥멸겁광의 광채는 점점 약해져 갔다.

"나는 추격해 오는 마졸들을 따돌리느라고 산을 넘어갔고 더 이상 사마형과 누이를 볼 수 없었다. 봉태는 회남과 가까운 곳이다. 회하도 봉태에서 회남으로 흐르고……. 네 사부님이 너를 중추절 전날 밤 회하에서 건졌다면, 위치와 시기가 모두 맞아떨어진다. 더구나 너의 눈동자는 누이를 빼 닮았다. 나와도 많이 닮았지. 거기에 커다란 체구와 얼굴형은 생전의 사마 형을 연상케 하고… 범마 형이 말했듯이 너는 의심할 바 없는 나의 조카다.”

“예, 외숙.”

격해졌던 감정은 이야기를 하는 중에 많이 가라앉아 있었다.

담승조가 손을 잡아주었다.

언강호는 잠시 그에게 손을 맡긴 채 혈육의 체취를 느끼고자 애쓰고 있었다.

“예전에 저는 만마성의 전대 대교령 궁마 도엄을 제거한 적이 있습니다. 그도 저를 보고 사마씨가 아니냐고 물었습니다.”

“궁마 도엄을? 대단하구나. 그는 은퇴한 이후 한번도 모습을 드러내지 않았다고 들었다. 하지만 사마 형을 모를 리는 없었을 것이니 당연한 일이겠지.”

이뿐만이 아니었다.

담승조가 들려준 말과 등호가 들려준 말은 많은 부분에서 일치하고 있었다. 등호의 말만 들었을 때는 약간 찜찜함이 있었지만 이제 의심할 여지가 없었다. 소주담가는 분명 자신의 외가인 것이다

“호오~! 큰누님과 매형이 너를 갈대바구니에 담아 회하에 떠내려보내면서 무림을 향해 복수하라는 수강호(讐江湖)라는 글귀를 남겼다니… 그날 일을 생각하면 가슴이 미어지는 것 같구나.”

“…저를 건져 주신 사부님께서는 수강호가 저의 이름인 것으로 생각하셔서 수(讐) 자에서 위의 새 추(隹) 두 개를 떼고 언(言)강호라고 부른 모양입니다.”

“네 사부님은 정말 고마우신 분이다. 큰누님과 매형이 그런 글귀를 남긴 것도 무리는 아니었지. 무림이나 무림인이라면 환멸을 느꼈을 테

니……."

"……."

잠시 침묵이 흘렀다.

담승조는 감정을 추스르고 따뜻한 눈빛으로 바라보며 말했다.

"이제는 사마강호라고 해야 하지 않겠느냐?"

"아닙니다. 저는 두 분의 유언인 수강호를 완수할 때까지 여전히 언강호로 살 것입니다. 사마씨를 회복하는 것은 그 다음입니다."

"으음, 알겠다. 네 뜻이 그렇다면 어쩔 수 없는 일이지."

언강호는 눈빛으로 오히려 담승조를 위로하며 다시 물었다.

"그 이후 외숙과 다른 분들은 어떻게 되었습니까?"

"발작하는 독기를 간신히 억누르고 황산으로 돌아간 나는 담락조와 담은조 등 죽마고우이자 일가형제들의 도움을 받아 몸을 추슬렀다. 하지만 완전히 회복할 수는 없었다. 더구나 무공이 약한 사람들은 시간이 흐름에 따라 음기가 완전히 말라 얼굴이 누렇게 뜨고 혓바닥이 갈라지는 등의 심각한 증세가 나타났다."

"……."

"우리는 더 이상 황산에 있을 수 없었다. 그때 담은조가 한 가지를 생각해 냈다. 그것은 바로 전설에 전해오는 자부신군, 그러니까 중원에서는 해동신군이라고 부르는 현무의 선거를 찾자는 것이었지."

"아? 다행이군요."

"그래. 우리는 자부신군의 가호에 힘입어 은성동을 찾을 수 있었다. 거기에 이곳으로 오는 도중 살아남은 본 가의 방계친족들을 만나게 되었다. 상당히 많은 숫자였지."

"그분들은 어떻게 살아남아 은성동까지 올 수 있었습니까?"

"소주와 그 부근에는 본 가에서 분가한 크고 작은 담씨 일족의 장원이 많았다. 백운신문 놈들도 한꺼번에 담가의 씨를 말릴 수는 없었던 것이지. 하지만 그놈들은 야금야금 담가의 장원을 없애 나갔다. 이에 남은 분들은 위협을 느끼고 노산군을 중심으로 뭉쳐 도망치다가 역시 은성동을 기억해 내고 찾아오게 된 것이다."

"……."

"은성동의 위치는 직계 후계자와 장로급 원로들만이 아는 비밀 사항이었다. 나는 당시에 이미 아버님께 후계자로 지명되었기에 알고 있었고 노산군은 장로급 원로였기에 알고 있었던 것이다."

"뒤에 혹시 담지경 이모님에 대한 소식은 들으셨습니까?"

"물론이다. 우리가 비록 은성동에 숨어 살았지만 세상과 완전히 단절되어 있었던 것은 아니다. 가끔 한두 사람이 바깥 세상을 출입하곤 했지."

"……."

"아버님의 걱정대로 몸이 약했던 막내 누님은 결국 몇 년 못가 세상을 떠났다고 하더구나. 그리고 초산요는 술독에 빠져 커다란 초상화를 정전에 걸어놓고 누님의 이름을 부르며 발광하다가 완전히 폐인이 되었다고 들었다. 그 이후 백운신문의 실권은 송백남이 장악했고……."

"……."

"인정하긴 싫지만 그 간악한 초산요도 누님에 대한 감정만은 일말의 진실이었는지도 모르지."

언강호도 알고 있는 사실이었다. 그러나 담승조의 마지막 말을 인정하기 싫어 얼른 화제를 돌렸다.

"그럼 초용의 일은 어떻게 된 것입니까?"

“으음……..”

담승조는 괴로운 듯 신음을 토해냈다. 언강호도 마음이 좋지 않았다.

“은성동에 들어온 이후 복수에 눈이 뒤집힌 우리는 모든 것을 수련 위주로 생각하게 되었다.”

“……..”

“한데 본 가의 두 가지 무공, 즉 현무 전래의 비공인 만상천화 칠편의 수련은 결코 쉬운 것이 아니었다. 만상자께서 백호의 무공을 바탕으로 오대검류를 통합하여 창안한 검정칠해도 마찬가지였지만……..”

“……..”

“특히 만상천화 칠편은 그분 이래 오편 이상 익힌 사람이 없었다. 오편을 익혀야 삼경에 이를 수 있고, 그래야만 복수할 한 가닥 희망이 생기니 답답한 일이 아닐 수 없었다.”

“혹시 그 문제가 초용과 관계있습니까?”

“후우~! 그래, 연구에 연구를 거듭하던 우리는 마침내 한 가지 문제점을 찾아냈다. 그것은 바로 체질에 관한 것이었다. 즉, 만상천화를 익히려면 특별한 체질이 필요한 것이다. 이런 체질은 담씨의 남자들 중에 많이 찾아볼 수 있었다.”

“……..”

“여기서 오해가 생겼다. 노산군과 담은조 등 일부 무리들이 이를 기화로 담씨 순혈주의(純血主義)를 주장하기 시작한 것이다. 그들은 결혼도 담씨끼리만 해야 만상천화를 완성할 수 있는 가장 순수한 체질이 태어난다는 것이었다.”

“……..”

"그의 의견에 의외로 많은 사람들이 동조했다. 하지만 나와 담락조
는 의견이 달랐다. 담씨 일족 가운데 만상천화에 특별히 잘 맞는 체질
이 많이 나타나기는 하나 일부는 담씨가 아닌, 그러니까 너처럼 담씨의
여자가 타 성의 남자와 결혼해 생긴 자식에게서도 발견되기 때문이었
다."

"……."

"우리는 이런 점을 들어 설득했지만 씨알도 먹히지 않았다. 사실 담
은조 녀석은 이를 핑계로 점점 강해지는 담씨의 힘을 움켜쥘 궁리를
하고 있었던 것이다."

"그렇군요."

"담은조는 노골적으로 노산군과 그의 추종 세력을 부추겼고, 얼마
가지 않아 강을 중심으로 양쪽 마을이 갈라지고 말았다."

"초용도 그 과정에서 희생된 것이군요?"

"그래. 불쌍한 아이였지. 큰누님도 그 아이를 무척 사랑하셨는데…
어쨌든 나는 그 아이를 지켜주려고 무던히 애를 썼지만 한계가 있었다.
더구나 그 아이는 초씨가 아니냐? 백운신문에 피맺힌 원한을 가지고
있는 본 가 사람들은 알게 모르게 그 아이를 구박했고, 건디다 못한 초
용은 어느 날 사라지고 말았다."

"그때가 몇 살이었습니까?"

"네 살이었지. 우리는 그 아이가 죽은 것으로 생각했다. 은성동이
선경처럼 보이지만 사실은 위험이 도처에 깔린 곳이다. 네 살짜리가
살아갈 수 있는 곳이 아니었지."

"찾아보지 않으셨습니까?"

"왜 찾지 않았겠느냐? 근 한 달간 은성동을 샅샅이 뒤졌지만 찾을

수가 없었다. 그래서 나는 죽은 것으로 생각하고 있었던 것이다.”

“은성동이 넓기는 하지만 숙부님 같은 고수의 눈을 피할 곳은 많지 않은데 그 아이는 어디 있었던 것입니까?”

“나중에 초용을 통해 직접 알게 된 사실이지만 탈백인들이 키워주었다는구나. 처음 은성동에 들어왔을 때 이미 그 위험성을 알고 있었음에도 본 가의 고수들 중 일부가 환혼과의 향기를 이기지 못하고 탈백인이 되었는데 혼백이 나가 버린 그들은 천령신목 숲 근처를 유령처럼 배회하며 살고 있었다.”

“……..”

“설마 그들이 아이를 데리고 있을 줄은 누구도 상상하지 못했지. 그렇지 않았다면 천령신목 사이를 일일이 뒤져 찾아낼 수도 있었을 텐데……..”

“탈백인들이 아이를 키웠다니 믿기 힘들군요.”

“그래. 처음엔 나도 믿지 않았지만 초용이 마족으로 각성할 운명이었다는 점을 생각하고 어느 정도는 수긍하게 되었지.”

“……..”

언강호는 과연 운명에 의해서 초용이 마족으로 각성한 것이냐고 되묻고 싶었지만 그만두었다. 담승조라고 어찌 가슴 아프지 않겠는가?

“어느 날 초용이 나타났다. 사라진 지 십오 년이 지난 뒤였다. 그러니까 그때 초용의 나이 열아홉 살인데 외형은 열 살짜리 꼬마의 모습이었다.”

“얼마 전에 제가 볼 때도 그랬습니다.”

“탈백인들을 거느리고 나타난 초용은 놀랍게도 네 살 때는 물론, 한 살 때의 일도 다 기억하고 있었다. 그녀는 환혼과를 가져와 자신을 괴롭힌 사람들에게 강제로 먹였다. 이미 마정환의 씨앗이 부활하여 마족의 보패까지 가지고 있는 그녀를 상대할 수 있는 사람은 아무도 없었다. 다행히 내가 사정사정하여 몇 명만 탈백인으로 만들어 데리고 갔다."

"그들은 왜 데려갔습니까?"

"아마도 복수였을 것이다. 초용의 말로는 신전을 짓기 위함이라고 했지만 마족의 능력이라면 하루만에도 가능할 일이니 그대로 믿기는 힘들지."

"……."

"그때부터 초용은 심심하면 나타나 한 명, 두 명 탈백인으로 만들어 데려갔다. 견디다 못한 우리는 온 힘을 다하여 동천결계를 치고 그녀를 막지 않을 수 없었다."

"……."

"마족의 능력은 확실히 대단하더구나. 그녀는 단숨에 결계를 알아보았다. 하지만 아직 완전히 마족의 능력을 얻지 못한 것인지 뚫지는 못했다. 대신 거의 날마다 입구로 찾아와 무서운 힘으로 두들겨 대며 애원과 협박을 반복했다."

"저희들이 나타났을 때 그렇게 긴장하신 것은……."

"사실 우리는 그때 너희 일행이 탈백인인 줄 알았다."

"그녀가 부디 초용의 기억을 간직하고 있었으면 좋겠습니다."

"후우~! 그래야 할 텐데… 예전에도 그 애는 수시로 변했다. 초용이 되면 나의 말을 잘 듣다가도 마족이 되면 예전에 자신을 괴롭혔던 자들을 냉정하게 몇 명씩 잡아가곤 했지."

언강호는 그들 일족의 운명이 어찌하여 이처럼 가혹한 것인지 묻고 싶었지만 그럴 수도 없어 가슴이 답답한 느낌이었다.

자기도 모르게 싸늘하게 식어버린 환룡차를 몇 모금 마시고 나니 그런 대로 마음이 가라앉았다.

정신이 맑아졌음인지 생각나는 것이 있었다.

"은성동으로 들어올 때 입구에서 시신 두 구를 보았습니다. 송백남의 제자인 포건공과 은경보의 소설란이 이끄는 부참마시의 시독에 당한 형상이었습니다. 그들은 누구입니까?"

"아! 초용에게 잡혀갔나 했더니 그게 아니었구나. 그래서 돌아오지 못한 것이었군. 그들은 동쪽 마을 사람들로 나보다 한 배분 아래 청년들이다."

"역시 외가의 사람들이었군요. 그들은 왜 거기에 있었습니까?"

"이곳 은성동은 상당히 넓지만 사람 사는데 필요한 모든 것이 있는 것은 아니다. 가끔씩 외부에서 물건을 사오지 않으면 안 되었다. 그래서 우리는 돌아가면서 한 번씩 필요한 물건을 사왔다."

"초용이 그냥 있지 않았을 텐데요?"

"그 정도 위험은 감수할 수밖에 없는 것 아니냐? 그리고 탈백인들은 이목이 영민하지 못하고 초용은 신전에 가만히 있는 경우가 많아 조심만 하면 그녀에게 잡혀가는 경우는 거의 없었다."

"그렇군요."

고개를 끄덕이던 언강호는 한 가지 더 생각나는 것이 있었다.

"혹시 외가에 낭아곤을 사용하는 무공이 있습니까?"

"낭아곤? 본 가는 그런 외문병기를 사용하지 않는다. 왜 그러느냐?"

"예. 초용과 함께 있던 탈백인들이 상상 외로 높은 경지의 낭아곤법을 사용하더군요. 거기에 진(陣)까지 이루고 있었던 것 같은데 이건 저도 확신할 수는 없습니다."

"아! 그것 말이구나."

"……."

"초용이 마족이 되어 나타난 이후 우리는 가끔 그녀의 행동을 멀리서 감시하곤 했다. 그때 본 것인데 그녀는 심심하면 탈백인들을 모아 놓고 무엇인가 가르치곤 했다. 처음에는 엉성하던 것들도 그녀 자신이 계속 몸을 움직여 연습하다 보면 아주 놀라운 무공이 되고는 했다. 심지어 나도 보고 배우는 바가 있을 정도였다."

"하면 그 낭아곤법도 초용이 스스로 창안하여 가르쳤단 말입니까?"

"그녀의 행동으로 보아 틀림없을 것이다."

하나의 무공을 창안한다는 것은 실로 지난하고도 지난한 일이다.

남이 만들어 놓은 무공을 익히는 것도 쉽지 않은데 새로운 무공을 만들어내는 것이 어찌 쉬우랴? 아마도 이것은 마족의 능력이 틀림없으리라.

이때 뒤에서 가늘게 훌쩍거리는 소리가 들려왔다.

보지 않아도 공심이 자매임을 알 수 있었다.

원수이자 부친인 송백남!

그의 죄악을 이곳에서 다시 확인하고 떨고 있음이 틀림없었다.

언강호가 그녀들을 돌아보며 담승조에게 말했다.

"이들 공심이 자매의 부친은 사실 송백남입니다. 그리고 그녀들의 어머니와 그 일족을 무참하게 도륙한 자도 송백남이구요."

"그, 그래?"

"예. 그자에게 복수하기 위해 이곳까지 온 것인데 놈은 환혼과를 먹고 마족의 법체가 되어 초용을 따라가 버렸으니 곤란하게 되었습니다."

"……."

송백남은 소주담가에도 큰 원수였다. 곤란한 것은 담승조도 마찬가지였다. 그가 머리를 짚고 있는데 공심이 자매가 다가와 무릎을 꿇었다.

"저희… 들이라도 대신 사죄드리… 고… 싶어요. 소주담가의 영령들… 께서 원한을 잊지는 못하… 겠지만 조금이라도 구천을 떠… 도는 시간이 줄어… 들었으면 하는 바람이에요."

"후우~!"

담승조는 자기도 모르게 한숨을 내쉬었다.

그는 천천히 자리에서 일어나 두 자매를 일으켰다.

"그대들에게 무슨 잘못이 있겠소? 죄는 지은 사람의 몫이오. 더구나 두 분 아가씨는 나의 조카와 고락을 함께해 온 처지이니 그대들의 고통과 번민이 조금이라도 빨리 사라지기만을 바랄 뿐이오."

"흑흑흑."

"가, 감… 사드려요, 가주님."

그녀들의 눈에서는 이슬방울이 굴러 떨어지고 있었다.

언강호는 담승조의 손에서 그녀들의 손을 받아 사독과 강숙에게 전해주었다. 그리고 두 쌍의 남녀들의 손을 꼭 쥐어주었다.

"제기랄."

저일민이었다.

그는 불만스러운 듯 투덜거리면서도 눈가를 훔쳤고 하독승은 아예 고개를 돌린 채 외면하고 있었다.

작은 용서와 화해를 지켜보던 불공이 담승조를 보고 말했다.

“아미타불, 이보게, 담 가주.”

“예, 불공님.”

“한 가지 부탁이 있네.”

“말씀하십시오.”

“자네도 제이의 악목대전에 대해 알고 있다니 이야기가 쉽겠군. 간단히 말하지. 그때를 대비하여 자네의 조카에게 만상천화 칠편을 전수해 주게.”

“아!”

“현무의 신기 현무건은 이미 내가 꺼내왔고, 또 선불경에 천부경이 수록되어 있어 현무건의 사용법도 알고 있다네. 하지만 이를 익히기 위해서는 현무의 기본 무공이 있어야 하는데 만상천화 칠편이 아마도 그것이 아닌가 하네.”

석두타의 부탁에 잠시 생각하던 담승조는 곧 고개를 끄덕이며 승낙했다.

“알겠습니다. 조카야말로 가장 이상적이 무공의 길을 걸어가고 있다고 생각됩니다. 더구나 오대검류와 이대도류를 통합한 장천자의 무공까지 익히고 있으니 금상첨화가 아닐 수 없습니다. 혹시 참고가 될지 모르니 검정칠해까지 상세하게 적어드리겠습니다.”

“그러면 정말 고맙지.”

“별말씀을 다하십니다. 저는 조카만이 제이의 악목대전을 막아낼 수 있다고 믿습니다. 한데 한 가지 문제가 있습니다.”

“뭔가?”

“아까도 말씀드렸지만 만상천화 오편 이상을 익히기 위해서는 특이한 체질이어야만 가능합니다. 이는 여섯 개 주맥(主脈)과 칠십이 개 세

맥(細脈), 백팔 개 혈도, 그리고 삼백육십 근골에 나타나는 특질이지
요.”

“으음, 그것 참~! 아무튼 시간이 많지 않으니 지금 즉시 검사해 주
겠나?”

“그렇게 하시지요.”

담승조는 바로 자리에서 일어나 조카의 몸을 만지기 시작했다.

언강호는 거부하지 않았다.

사양하기에는 악목대전에 대한 부담감이 너무나 컸다. 그리고 사랑
스러운 동생 초용을 되돌릴 수 있다면 무슨 일이라도 하고픈 마음이었
다.

담승조는 신중하고도 꼼꼼하게 검사해 나갔다.

자연히 상당한 시간이 걸렸다.

그가 손을 떼고 이마의 땀을 훔치자 사람들은 긴장하여 바라보았다.

담승조가 가벼운 미소를 지으며 말했다.

“좋습니다. 그것도 아주 좋습니다. 제가 본 가운데 최고의 체질이군
요. 어쩌면 마지막 칠편까지도 완성할 수 있을지 모르겠습니다.”

“야호~!”

연옥귀가 기뻐하며 환성을 울렸다.

그녀의 귀여운 모습에 담승조는 부드러운 미소로 답해주었다.

우여곡절이 많았지만 뜻하는 바가 그런대로 이루어지자 사람들은
비로소 긴장이 풀리는 느낌이었다.

담승조는 일행이 쉬도록 배려해 주고는 서둘러 밖으로 나갔다.

만상천화 칠편과 검정칠해는 담씨 일족에게 구술(口述)로만 전해지
는 것이라 이를 비급으로 기록하는 것은 쉬운 일이 아니었던 것이다.

　언강호는 미안함을 느끼면서 담현, 담옥과 함께 시간을 보냈다. 곽요진과 연옥귀도 아이들을 좋아해 즐거운 시간이 흘러갔다.
　아이들이 잠들고서야 언강호 등도 수면을 취했다.

　후다닥.
　급한 발걸음 소리에 도공이 먼저 눈을 뜨고 언강호가 뒤이어 일어났다. 어느새 아침이었다. 수정 같은 돌을 타고 전해오는 빛줄기는 용암연의 빛이 아니라 햇빛이었다.
　담락조가 급히 뛰어들어 왔다.
　"큰일났습니다."
　"무슨 일인가?"
　도공이 약간 안색을 찌푸리며 물었다.
　"노산군과 담은조가 탈옥하였습니다. 하, 한데……."
　"한데?"
　"그자들이 가주님을 습격하여 만상절부를 빼앗아 도망쳤습니다."
　"만상절부가 그렇게 중요한 것인가?"
　"예, 가주의 신물이기도 하지만 바로 거기에 만상천화 육편과 칠편이 도형으로 새겨져 있습니다. 가주님께서는 이미 검정칠해와 만상천화 오편까지의 비급은 완성하셨지만 육편, 칠편에 대해서는 누구도 아는 바가 없어 사실은 만상절부를 그냥 드리려고 했었습니다."
　"……."
　어쩐지 일이 너무 쉽게 풀린다 했더니 기어코 또 일이 터졌다.
　도공마저도 안색이 크게 흐려져 있었다.
　언강호가 물었다.

"외숙께서는 무사하십니까?"

"일장을 맞기는 했지만 며칠만 요양하면 괜찮을 것이네. 이건 가주 님께서 밤새 기록한 것인데 자네에게 전해주고 속히 놈들을 추적하여 만상절부를 회수하라고 하셨네."

담락조가 채 꿰매지도 않은 종이 뭉치를 건네주었다.

언강호는 녹피낭(鹿皮囊)을 꺼내 비급을 넣고 물에 젖지 않도록 단단히 밀봉한 후 품에 넣으며 말했다.

"…무사하시다니 다행이군요. 알겠습니다. 못 뵙고 가서 죄송하다고 전해주십시오."

"걱정 말게. 그리고 부디 뜻을 이루게."

언강호를 바라보는 그의 얼굴에도 따스함이 어려 있었다.

일행은 그를 향해 손을 흔들어 보이고는 마을을 벗어나 숲을 향해 몸을 날렸다. 결계는 이미 걷혀 있었다. 초용과 송백남 등 위험 요소가 사라진 이상 결계는 오히려 그들의 출입을 제한하는 방해물이었던 것 이다.

담락조가 은성동 입구까지 따라와 그들을 배웅해 주었다.

언강호는 그에게 천령신목의 위험성을 언급하면서 가능하면 불태워 버리라고 했다. 담락조는 자신도 그런 생각이 있었다면서 담승조와 의 논해 보겠다고 약속했다.

『좌검우도전』 9권에 계속…